TIMEQUAKE

TIMEQUAKE
by Kurt Vonnegut

타임 퀘이크

TIMEQUAKE

커트 보니것 장편소설

KURT VONNEGUT

유정완 옮김

문학동네

일러두기

1. 주석은 모두 옮긴이주이다.
2. 본문 중 고딕체는 원서에서 이탤릭체로, 볼드체는 대문자로 강조한 부분이다.
3. 장편문학 · 기타 단행본은 『 』, 시 · 단편문학은 「 」, 연속간행물명 · 방송 프로그램명 · 곡명 등은 〈 〉로 구분했다.

표백된 평면의 목재 펄프 위에
잉크로 새겨넣은 기이한 이야기들의
낭만적이고도 위대한 출판인
시모어 로런스를 기억하며.

산 자와 죽은 자, 모든 사람은 순전히 우연의 산물일 뿐이다.

절판된 SF 작가 킬고어 트라우트의 1975년 뉴욕주 코호스에서의 모습. 당시 관계가 소원해진 아들 리온이 스웨덴의 한 조선소에서 죽었다는 소식을 듣고 잉꼬 '사이클론 빌'에게 자유를 주고 그 자신은 부랑자가 되기 직전의 모습이다.

차례

프롤로그

어니스트 헤밍웨이는 1952년 잡지 〈라이프〉에 『노인과 바다』라는 긴 단편소설을 발표했다. 그 소설은 팔십사 일 동안 아무것도 잡지 못한 어느 쿠바 어부에 관한 이야기다. 이 쿠바인은 어마어마한 청새치 한 마리를 낚았다. 그는 그 청새치를 죽여서 조각배 뱃전에 붙들어맸다. 하지만 해안까지 끌고 오기도 전에 상어들이 청새치의 살점을 모두 뜯어먹어버리고 뼈만 남겼다.

이 이야기가 출판되었을 때 나는 케이프코드의 반스터블빌리지에 살고 있었다. 나는 고기잡이로 생계를 잇는 이웃 어부에게 이 이야기를 어떻게 생각하느냐고 물었다. 그는 이야기의 주인공이 멍청이라고 말했다. 가장 좋은 살점들은 잘라서 갑판 아래에 넣고, 나머지 사체를 상어들에게 줬어야 했다는 거다.

헤밍웨이는 어쩌면 그 상어들이 평론가들이라고 생각했을지도 모른다. 이 년 전 평론가들은 그가 십 년 만에 출판한 장편소설 『강을 건너 숲속으로』를 썩 좋아하지 않았다. 내가 아는 한 헤밍웨이가 그렇게 말한 적은 없다. 그러나 바로 그 소설이 청새치였을 수도 있다.

그후 1996년 겨울, 나는 나 자신이 잘 풀리지도 않고, 의미도 없고, 무엇보다 애초에 결코 쓰이길 원하지 않았던 한 장편소설의 작가가 되어 있었다. 제기랄! 생각해보시라, 나는 은혜도 모르는 그 물고기에 근 십 년을 허비하고 있었다. 그 소설은 심지어 상어 녀석도 먹지 않았을 것이다.

내가 막 일흔세 살로 접어들었을 때였다. 우리 어머니는 쉰둘까지 사셨고, 아버지는 일흔둘까지 사셨다. 헤밍웨이는 거의 예순둘까지 살았다. 이미 나는 너무 오래 살았다! 무엇을 해야 했을까?

정답: 물고기 살을 발라낸다. 나머지는 던져버린다.

나는 1996년 여름과 가을에 정확히 그렇게 했다. 그해의 어제 날짜인 11월 11일에 나는 일흔넷이 되었다. 일흔넷이나!

요하네스 브람스는 쉰다섯이 되던 해에 교향곡 작곡을 중단했다. 이제 그만! 건축가인 우리 아버지는 쉰다섯이 되던 해에 건축에 신물이 나셨다. 이제 그만! 미국의 남성 소설가들도 그

나이쯤에는 이미 최고의 작품을 써냈다. 이제 그만! 지금의 내게는 쉰다섯도 아주 먼 옛날이다. 궁휼히 여기시라!

그토록 악취를 풍기던 거대한 내 물고기는 『타임퀘이크』였다. 이걸 『타임퀘이크 1』이라 하자. 그리고 현재 이 소설은 『타임퀘이크 2』라고 하자. 『타임퀘이크 2』는 『타임퀘이크 1』의 가장 좋은 부분을 가져다 지난 칠 개월가량의 생각과 경험을 섞어서 만든 스튜다.

오키?

『타임퀘이크 1』의 전제는 하나의 타임퀘이크, 즉 시공간 연속체 속의 갑작스러운 미세 오류 하나가 모든 사람, 모든 일로 하여금 지난 십 년간 했던 일을 좋건 나쁘건 정확히 한번 더 반복하게 만든다는 것이다. 십 년이라는 긴 시간 동안 기시감이 멈추지 않았다. 인생이 낡은 것들뿐이라고 불평할 수도 없었고, 그저 내가 돌아버린 건지 아니면 모두가 돌아버린 건지 물어볼 수조차 없었다.

지난 십 년 동안 어떤 말을 입 밖에 꺼내지 않았다면, 재연 기간 동안에도 그것에 대해 결코 어떤 말도 할 수 없었다. 지난 첫 십 년 동안 자기 자신의 목숨 혹은 사랑하는 이의 목숨을 지키지 못했다면, 자신의 목숨도 사랑하는 이의 목숨도 다시는 지킬 수 없었다.

나는 타임퀘이크가 모든 사람, 모든 일을 2001년 2월 13일에서 1991년 2월 17일로 한꺼번에 날려버리게 했다. 그렇게 해서 우리는 2001년을 향해서 다시 매분, 매시간, 매년 힘들게 나아가야 했다. 또다시 엉뚱한 말에 돈을 걸고, 또다시 엉뚱한 사람과 결혼하고, 또다시 임질에 걸리고. 무슨 일이건 다시 한번 더!

사람들은 타임퀘이크가 강타한 순간으로 되돌아갔을 때만 과거의 로봇이 되지 않았다. 늙은 SF 작가 킬고어 트라우트가 말했듯이 "자유의지가 다시 작동하고 나서야 사람들은 스스로 만들어낸 장애물달리기를 멈추게 된다."

트라우트는 실존하지 않는다. 그는 나의 몇몇 장편소설에 등장하는 나의 또다른 자아다. 하지만 『타임퀘이크 1』에서 내가 그대로 남겨두기로 한 것은 대부분 트라우트의 모험이나 의견에 관한 것이다. 나는 그가 열네 살이 되던 1931년부터 여든네 살로 죽음을 맞이한 2001년 사이에 쓴 이야기 수천 개 중에서 몇 가지만 다시 활용했다. 인생 대부분을 뜨내기로 살았지만, 그는 로드아일랜드주 포인트자이언의 여름 휴양지에 있는 작가 마을 재너두*의 어니스트 헤밍웨이실에서 호화롭게 생을 마감

* 새뮤얼 테일러 콜리지의 시 「쿠블라 칸」에서 칭송되는 전설 같은 이상향.

했다. 이 사실만 알아도 다행이다.

트라우트가 죽어가면서 내게 한 말에 따르면, 그가 쓴 최초의 이야기는 영국 아서왕의 왕궁 카멜롯을 배경으로 한다. 트라우트는 국사國師, Court Magician 멀린의 주술에 걸린 원탁의 기사들을 45구경 톰슨 경기관총과 덤덤탄 탄창으로 무장하게 만들었다.

가장 순결한 마음과 정신의 소유자 갤러해드 경은 미덕을 강제하는 이 새로운 무기에 스스로를 적응시킨다. 그 와중에 그는 성배에 납탄을 관통시키고, 귀네비어왕비를 스위스치즈로 만들어버린다.

십 년의 재연 기간이 끝나고, 자신과 사람들 모두가 갑자기 새로운 일거리를 생각해내야 하며 또다시 창의적이어야 한다는 사실을 깨달았을 때 트라우트가 한 말은 이렇다. "아이쿠, 이런! 자유의지를 가지고 다시 러시안룰렛을 하기에 난 너무너무 늙고 낡아버린걸."

그렇다. 그리고 나도 『타임퀘이크 1』의 등장인물 중 한 명이었다. 나는 재연 기간이 끝난 지 육 개월, 자유의지가 다시 작동하기 시작한 지 육 개월 뒤인 2001년의 그 여름, 작가 마을 재너두 해변에서 열린 조개구이 파티에 카메오로 등장했다.

당시 나는 킬고어 트라우트를 포함한 책 속의 몇몇 가공인물과 함께 거기 있었다. 오래전 이미 절판된 SF를 쓴 이 늙은 소설가가 만물의 우주적 질서 안에서 지구인들이 차지하는 특별한 위치를 설명해주고, 또 직접 나서서 시연까지 해주는 것을 듣는 혜택을 누렸다.

이렇게 해서 지금 이 서문을 제외한 나의 마지막 책이 완성되었다. 오늘은 1996년 11월 12일이다. 내 짐작에 이 책의 출판일, 곧 이 책이 인쇄소의 산도産道, birth canal를 빠져나오기 약 구 개월 전쯤일 게다. 서두를 건 없다. 인도코끼리의 임신 기간은 그보다 두 배나 길다.

친구들이여, 이웃들이여, 주머니쥐의 임신 기간은 십이 일이다.

나는 이 책에서 2001년 조개구이 파티 때까지 내가 여전히 살아 있을 거라고 가정했다. 46장에서는 나 자신이 2010년에도 살아 있다고 상상했다. 어떤 때는 내가 실제로 존재했던 1996년에 내가 존재한다고 말하고, 또 어떤 때는 타임퀘이크 이후의 재연 기간 한가운데 존재한다고 말하기도 한다. 이 두 상황을 뚜렷하게 구별하지 않고서 말이다.

내가 정신이 나갔나보다.

1

나를 주니어라 부른다. 내 장성한 자식 여섯이 그렇게 부른다. 그중 셋은 입양한 조카고 또다른 셋은 친자식이다. 그들은 뒤에서 나를 주니어라 부른다. 그들은 내가 그걸 모른다고 생각한다.

나는 강연에서 말한다. 예술가의 타당한 사명은 사람들로 하여금 적어도 살아 있다는 사실에 조금은 감사하게 만드는 것이라고. 그러면 곧바로 그런 일을 해낸 예술가를 알고 있느냐는 질문이 날아온다. 나는 대답한다. "비틀스가 해냈지요."

내가 보기에 가장 고도로 진화한 피조물인 지구인은 살아 있다는 사실을 당혹스럽게 여기거나 그보다 훨씬 더 나쁘게 여기는 것 같다. 십자가에 못박히는 이상주의자처럼 극단적으로 불쾌한 경우는 잊어버리시라. 내 인생에서 소중한 두 여자, 지금은 하늘나라에 가 있는 우리 어머니와 하나뿐인 누나 앨리스 또는 앨리는 인생을 싫어했고, 또 그렇다고 말도 했다. 앨리는 이렇게 소리치곤 했다. "포기한다고! 포기한다니까!"

당대의 가장 웃기는 미국인이었던 마크 트웨인은 나와 같은 칠십대에 이르러 인생이 자신과 다른 사람들에게 너무도 부담스럽다는 걸 알고서 이렇게 적었다. "어른이 된 후로 나는 인생에서 해방된 친구 중 그 누구도 다시 생명을 회복하길 바란 적이 없다." 이 말을 쓴 것은 며칠 전 갑작스럽게 죽은 딸 진에 대해 쓴 에세이에서다. 트웨인이 부활하지 않기를 바란 사람들 중에는 진과 또다른 딸 수지, 그리고 사랑하는 부인과 가장 친한 친구 헨리 로저스가 있었다.

트웨인은 1차세계대전을 보지 못하고 세상을 떠났지만, 그럼에도 그렇게 느꼈던 것이다.

예수는 산상수훈에서 인생이 얼마나 끔찍한지에 대해 말씀하셨다. "애통한 자는 복이 있나니" "온유한 자는 복이 있나니", 그리고 "의에 주리고 목마른 자는 복이 있나니."

헨리 데이비드 소로가 한 가장 유명한 말은 "대부분의 사람은 조용한 좌절의 삶을 살아간다"는 것이었다.

그러니 우리가 물과 공기와 지구 표면을 오염시키고, 산업과 군사 분야에서 더욱 교활한 종말 장치들을 끝없이 만들어내더라도 조금도 신기할 게 없다. 분위기 쇄신을 위해 한번쯤은 완전히 솔직해지자. 사실 우리에게는 세상의 종말이 아무리 빨리 와도 시원치 않다.

인디애나폴리스에서 건축가로 일했던 우리 아버지 커트 시니어는 암에 걸린데다, 그의 부인은 십오 년 전쯤에 자살했다. 아버지는 어느 날 동네에서 빨간 신호등을 무시하고 차를 몰다가 체포되었다. 그런데 그가 이십 년 동안 운전면허증을 가진 적이 없다는 사실이 밝혀졌다!

그런데 자신을 체포하는 경찰에게 아버지가 뭐라고 했는지 아는가? "쏠 테면 쏘시라"고 했다.

아프리카계 미국인 피아니스트 팻츠 월러는 자신의 연주가 정말 기가 막히게 성공적이고 유쾌해지면 어떤 문장 하나를 외치곤 했다. 바로 이거다. "내가 행복할 때 누가 총으로 좀 쏴주세요!"

담배 라이터처럼 작동이 쉽고 토스터만큼이나 값싼 무기가 있다는 사실은, 늙은 SF 작가 킬고어 트라우트의 말을 빌리자면, 누구에게나 "살아 있다는 건 똥바가지"에 불과하다는 충분한 증거가 된다. 누구나 마음만 먹으면 아버지도 죽일 수 있고,

팻츠도 죽일 수 있고, 에이브러햄 링컨도 죽일 수 있고, 존 레넌도 죽일 수 있고, 마틴 루터 킹 주니어도 죽일 수 있고, 심지어 유아차를 밀고 가는 어떤 여자도 죽일 수 있기 때문이다.

2

이런 상상 한번 해보시라. 미국의 한 위대한 대학교가 합리성을 이유로 풋볼을 포기한다. 이 대학교는 텅 빈 경기장을 폭탄 공장으로 바꾼다. 합리성을 명분으로 그렇게까지 하는 거다. 킬고어 트라우트가 생각난다.

나는 지금 모교인 시카고대학교 얘기를 하고 있다. 내가 그 대학교에 들어가기 한참 전인 1942년 12월, 스태그필드 경기장 스탠드 밑에서 과학자들이 지구 최초의 우라늄 연쇄반응을 촉진하고 있었다. 그들의 의도는 원자폭탄의 실현 가능성을 보여주자는 것이었다. 우리는 독일, 일본과 전쟁중이었다.

오십삼 년 후인 1995년 8월 6일, 내 모교 예배당에서는 최초의 원자폭탄이 일본 히로시마 상공에서 폭발한 것을 기념하는 행사가 열렸다. 나도 거기에 있었다.

연사 중 한 명이 물리학자 리오 세렌이었다. 그는 그 오래전 생기 잃은 스포츠 시설에서 행해진 성공적인 실험에 참여했다. 들어보시라. 그는 그 실험에 참여한 것을 사과했다!

누군가 그에게 이렇게 말했어야 했다. 가장 영리한 동물들이 살아 있기를 그토록 증오하는 행성에서 물리학자가 된다는 건 이미 미안하다는 말을 결코 할 필요가 없다는 뜻이라고.

또 이런 상상 한번 해보시라. 한 사람이 망상에 빠진 소련연방을 위해 수소폭탄을 만들어내고, 그 폭탄을 확실히 작동하게 하고, 그후 노벨평화상을 받는다! 킬고어 트라우트의 이야기 소재가 될 만한 이 실존 인물은 물리학자 고故, late 안드레이 사하로프였다.

사하로프는 핵무기 실험 중단을 요구한 공으로 1975년에 노벨상을 받았다. 당연히 자신의 핵무기는 이미 실험을 마쳤다. 그의 부인은 소아과의사였다! 도대체 어떤 사람이 아동보호 전문가와 결혼한 상태에서 수소폭탄을 완성할 수 있을까? 어떤 의사가 그런 정신머리 없는 배우자와 같이 살려 하겠는가?

"자기야, 오늘 직장에서 재미있는 일 있었어?"

"그럼. 내 폭탄이 아주 훌륭하게 작동할 거야. 그런데 수두에 걸린 그 꼬마는 이제 어때?"

1975년 안드레이 사하로프는 일종의 성자, 말하자면 냉전이 끝난 뒤로는 더이상 칭송받지 않는 유의 성자였다. 소련연방에서 그는 반체제 인사였다. 그는 핵무기 개발과 실험을 중단하라고, 동포들에게 더 많은 자유를 주라고 요구했다. 그는 소비에트사회주의공화국연방과학원에서 추방되었다. 또 모스크바에서 추방되어 초라한 동토의 어느 마을로 유배되었다.

사하로프에게 노벨평화상을 받으러 오슬로에 가는 것이 허용되지 않았다. 소아과의사인 부인 옐레나 본네르가 그 대신 상을 받았다. 하지만 이제는 물어봐야 하지 않을까? 어느 곳의 어느 정부를 위해서건 수소폭탄 개발에 발을 담근 사람보다는 오히려 사하로프의 부인이나 다른 소아과의사나 의료인이 노벨평화상을 받을 자격이 더 있는 게 아니냐고.

인권이라고? 모든 종류의 생명의 권리에 대해 수소폭탄보다 더 무관심한 게 있을까?

1987년 사하로프는 뉴욕시의 스태튼아일랜드대학교에서 명예박사 학위를 받았다. 이번에도 그의 정부는 그가 학위 증서를 직접 수령하는 것을 허락하지 않았다. 내가 그를 대신해서 학위 증서를 수령하도록 요청받았다.

내가 해야 할 일이라곤 사하로프가 보낸 메시지를 전달하는 게 전부였다. 그 메시지는 이랬다. "원자에너지를 포기하진 마세요." 나는 로봇처럼 그렇게 말했다.

나는 너무도 점잖게 말했다! 그때는 이 미친 행성에서 역사상 가장 치명적인 핵 재앙이 우크라이나 체르노빌에서 발생한 지 일 년이 지난 때였다. 방사능 누출로 북유럽 전역의 어린이들이 그후 여러 해 동안 병에 걸리거나 더 큰 해를 입게 될 상황이었다. 소아과의사들에게 많은 일거리가 생기게 된 거다!

사하로프의 터무니없는 권고보다 내게 더 고무적이었던 것은 체르노빌 사건 후 뉴욕주 스케넥터디의 소방관들이 보여준 행동이었다. 나는 그때 스케넥터디에서 일하고 있었다. 당시 소방관들은 체르노빌의 동료 소방관들에게 편지를 보내서 인명과 재산을 구하느라 애쓴 그들의 용기와 헌신에 경의를 표했다.

소방관 만세!

그들 중 일부는 일상에서 지구의 인간쓰레기처럼 굴 수도 있겠지만, 비상시에는 모두 성자가 될 수 있다.

소방관 만세.

3

『타임퀘이크 1』에서 킬고어 트라우트는 원자폭탄에 관한 이야기를 하나 썼다. 타임퀘이크로 인해 그는 그 이야기를 두 번 써야 했다. 기억하시라, 타임퀘이크 이후 십 년의 재연 기간에 트라우트와 나, 그리고 당신과 모든 사람이 1991년 2월 17일부터 2001년 2월 13일 사이에 행한 모든 일을 한번 더 반복해야 했다는 사실을.

트라우트는 그 이야기를 다시 쓰는 걸 괘념치 않았다. 재연이건 아니건 그는 볼펜으로 노란 법률 괘선지에 끈기 있게 글을 끼적이는 동안에는 적어도 삶이라는 똥바가지에 대해 신경을 끌 수 있었다.

트라우트는 그 이야기에 '웃음거리 아님'이라는 제목을 붙였다. 그는 누군가 보기도 전에 그 이야기를 폐기해버렸고, 재연 기간에 다시 폐기해야 했다. 자유의지가 다시 작동하기 시작한 『타임퀘이크 1』의 마지막 부분인 2001년 여름의 조개구이 파티에서 트라우트는 자신이 갈기갈기 찢어 변기통 속으로 흘려내려버렸거나, 쓰레기로 뒤덮인 공터에 던져버린 그의 모든 이야기에 대해 이렇게 말했다. "쉬이 오면, 쉬이 가게 마련이지요."

'웃음거리 아님'이라는 제목은 이야기 속의 한 판사가 미군 폭격기 조이스 프라이드 승무원들에 대한 극비 군사법정에서 한 말에서 따왔다. 군사재판은 2차세계대전이 끝난 후 태평양의 바날룰루섬에서 열렸다.

조이스 프라이드는 완벽하고 정상적인 상태로 바날룰루섬의 격납고 안에 있었다. 조이스 프라이드라는 이름은 조종사의 어머니 조이 피터슨을 기리기 위해 붙여졌는데, 조이는 텍사스주 코퍼스크리스티에 있는 어느 병원의 산부인과 간호사였다. 프라이드pride에는 이중적 의미가 있었다. 그것은 자랑거리를 의미했다. 또한 사자과의 동물을 지칭하기도 했다.

사연은 이랬다. 원자폭탄 하나가 히로시마에 떨어지고, 그후 나가사키에 또하나가 떨어지고 나서, 조이스 프라이드는 이백만 명의 "노랭이 왜놈들"이 사는 요코하마에 또하나의 원자폭탄을 떨어뜨리라는 명령을 받았다. 노랭이 왜놈들은 그 당시에 "노랭이 왜놈들"이라고 불렀다. 전시였다. 트라우트는 세번째 원자폭탄을 이렇게 묘사했다. "보통 크기의 중학교 지하실에 있는 보일러만큼이나 큰 자주색 개쌍놈."

이 폭탄은 너무 커서 폭탄 투하실에 들어가지 않았다. 그래서 폭격기 동체 아래에 묶어서 매달았고, 조이스 프라이드가 저 거친 푸르름 속으로 이륙할 때는 활주로에서 겨우 1피트 떨어져 있었다.

조이스 프라이드가 목표 지점에 근접하자 조종사는 내부 통신망에 대고 임무를 마치고 나면 산부인과 간호사인 어머니가 고향에서 유명 인사가 될 거라고 크게 외쳤다. 폭격기 에놀라 게이와 그 이름이 기리는 여자는 에놀라 게이가 히로시마에 폭탄을 떨어뜨린 뒤 영화배우만큼이나 유명해졌다. 요코하마의 인구는 히로시마와 나가사키의 인구를 합한 것보다 두 배나 많았다.

하지만 그런 생각을 하면 할수록 사랑하는 홀어머니가 기자들에게 아들의 비행기가 세계에서 가장 많은 수의 민간인을 한꺼번에 죽여버려서 너무 행복하다고는 결코 말할 수 없으리라는 생각이 점점 더 확실해졌다.

트라우트의 이야기는 나의 돌아가신 왕고모 에마 보니것이 중국인이 밉다고 말하던 때를 상기시킨다. 세상을 떠난 에마 왕고모의 사위 커풋 스튜어트는 켄터키주 루이스빌에서 스튜어트 서점을 운영하고 있었는데, 왕고모에게 그렇게 한꺼번에 많은 사람을 미워하는 건 부도덕한 일이라고 일러주었다.

어쨌거나.

조이스 프라이드의 승무원들은 어쨌거나 조종사에게 내부 통신망으로 자기들도 비슷한 생각이라고 말했다. 그들은 저 하늘 위에 고립되어 있었다. 일본에는 항공기가 남아 있지 않았기 때문에 그들은 전투기의 호위를 받을 필요도 없었다. 서류 작업을 제외하고는 전쟁이 이미 끝난 상태였고, 사실상 에놀라 게이가 히로시마를 화장시켜버리기 전의 상황이 이미 그랬다.

킬고어 트라우트의 말을 인용하면 이렇다. "이건 더이상 전쟁이 아니었고, 그 이전의 나가사키 삭제도 이미 전쟁이 아니었다. 이건 '훌륭한 과업을 완수한 양키들을 위한 심심한 감사의 표시!'였다. 이제는 쇼 비즈니스였다."

트라우트는 「웃음거리 아님」에서 이렇게 말했다. 소이탄과 고성능 폭탄 외에는 사람들에게 떨어뜨릴 게 별로 없었던 이전의 임무에서 조종사와 폭격수는 어느 정도 신이 된 듯한 기분을 느꼈다. "하지만 그때는 소문자 g의 신god이 된 기분이었다"고 트라우트는 적었다. "그들은 스스로를 복수하고 파괴를 일삼는 작은 신들과 동일시했다. 그러나 비행기 아래에 자주색 개쌍놈을 매단 채 저 높은 하늘 위에 고립되어 있는 지금 병사들은 마치 자신들이 신들의 대왕 그 자체Boss God Himself가 된 듯한 기분이 들었다. 과거에는 그들의 선택지가 아니었던 힘, 바로 자비를 베풀 수 있는 힘을 가진 진정한 신들의 대왕 말이다."

트라우트도 2차세계대전에 참전했지만, 공군이 아니었고 태평양 전선에 있지도 않았다. 그는 유럽 전선의 미 지상군 야전포병대 전방 관측병이었다. 쌍안경과 무전기를 들고 중위로 근무하며, 보병대와 함께 움직이거나 앞서서 움직였다. 후방의 포대에 유산탄이건 황린이건 뭐건 어디에 쏘면 얼마나 큰 도움이 될지 알려주는 일을 했다.

트라우트는 자비를 베풀지 않은 게 분명했고, 그의 설명에 따르면 자비를 베풀어야 한다고 느낀 적도 없었다. 나는 2001년 재너두 작가 마을의 조개구이 파티에서 그 스스로 "문명의 실패한 두번째 자살 시도"라고 일컫는 전쟁 때 그가 무슨 일을 했는지 물어보았다.

트라우트는 털끝만큼의 후회도 없이 이렇게 말했다. "용솟음치는 지구와 폭발하는 하늘 사이에서, 그리고 면도날 같은 파편의 폭풍 속에서 독일군으로 샌드위치를 만들었지요."

조이스 프라이드 조종사는 하늘 저 위에서 유턴했다. 아래에는 여전히 자주색 개쌍놈을 매단 채였다. 조종사는 바날룰루로 기수를 돌렸다. 트라우트는 이렇게 썼다. "그 조종사가 그렇게 한 건 어머니가 그것을 바랐을 것이기 때문이다."

그후 극비 군사법정에서 재판이 진행되는 중에 모두가 배꼽을 잡고 웃는 일이 벌어졌다. 그러자 재판관은 판사봉을 두드리면서 피고들이 한 일은 "웃음거리가 아니"라고 선언했다. 법정의 사람들을 그렇게 웃게 만든 것은 조이스 프라이드가 자주색 개쌍놈을 매단 채 기지로 돌아와 겨우 1피트 높이에서 활주로 착륙을 시도했을 때 사람들이 보인 행동을 검사가 설명할 때였다. 사람들은 창밖으로 뛰쳐나왔다. 바지에 오줌을 지렸다.

킬고어 트라우트는 이렇게 적었다. "모든 종류의 차량들 사이에서 모든 종류의 충돌이 일어났다."

하지만 재판관이 질서를 유지하자마자 태평양 바닥에서 거대한 균열이 일어났다. 그 균열이 바날룰루와 군사법정과 조이스 프라이드와 사용하지 않은 원자폭탄과 그 밖의 모든 것을 삼켜버렸다.

4

독일의 탁월한 소설가이자 그래픽 아티스트인 귄터 그라스는 내가 1922년에 태어났다는 말을 듣고 이렇게 말했다. "유럽에는 선생이 대화를 나눌 만한 선생 또래의 남자가 없습니다." 킬고어 트라우트와 내가 전쟁을 겪는 동안 그라스는 어린아이였고, 엘리 위젤과 예지 코진스키와 밀로시 포르만 등도 그랬다. 나는 운좋게도 저쪽이 아니라 이쪽에서, 책과 그림이 가득찬 집에서, 이제는 존재하지 않는 대가족의 일원으로 태어났다.

시인 로버트 핀스키가 이번 여름에 시 낭송회를 열면서 자신이 보통 사람들보다 훨씬 더 좋은 인생을 산 데 대해 교훈적인 사과를 했다. 나도 그래야 한다.

최소한 나는 지난 5월 버틀러대학교에 졸업식 연사로 갔을 때 내 출생지에 대해 감사할 기회를 가졌다. 나는 이렇게 말했다. "내가 만약 완전히 다시 시작한다면, 인디애나폴리스의 병원에서 다시 태어나기로 선택하고 싶습니다. 나는 여기서 열 블록쯤 떨어진 노스일리노이 스트리트 4365에서 어린 시절을 다시 보내고 싶고, 또다시 이 도시의 공립학교 졸업생이 되고 싶습니다.

버틀러대학교 여름학교에서 또다시 세균학과 정성분석 강좌들을 듣고 싶습니다.

여러분과 마찬가지로, 내 모든 것이 여기 있었습니다. 여러분이 관심 있게 보기만 하면 서구문명의 가장 좋은 것들과 가장 나쁜 것들이 여기에 다 있습니다. 음악, 재정, 정부, 건축, 법률과 조각과 그림, 역사와 의학과 체육, 그리고 모든 종류의 과학이 있고, 책이 있고, 책이 있고, 또 책이 있고, 그리고 선생님도 있고 롤 모델도 있지요.

너무 영리해서 여러분이 믿을 수 없는 사람들도 있고, 너무 멍청해서 믿을 수 없는 사람들도 있지요. 너무 친절해서 여러분이 믿을 수 없는 사람들도 있고, 너무 비열해서 믿을 수 없는 사람들도 있고요."

나는 충고도 해주었다. 이렇게 말이다. "우리 삼촌 알렉스 보니것은 하버드에서 수학한 생명보험 판매원이셨는데, 노스펜실베이니아 스트리트 5033에 살면서 내게 아주 중요한 것을 가르쳐주셨습니다. 삼촌은 일이 정말 잘 풀릴 때 그것을 확실히 인지해야 한다고 말씀하셨지요.

삼촌은 또 위대한 승리가 아니라 간단한 일들에 관해 말씀하셨습니다. 어쩌면 더운 여름날 그늘에서 레모네이드를 마신다거나, 근처 빵가게에서 나는 빵냄새를 맡는다거나, 낚시를 하면서 뭘 잡건 못 잡건 신경을 안 쓴다거나, 옆집의 누군가가 혼자서 치는 훌륭한 피아노 연주를 듣는다거나 하는 것 말이죠.

알렉스 삼촌은 그런 깨달음의 순간에 이렇게 외치라고 강조하셨습니다. '그래, 이 맛에 사는 거지!'"

나는 또다른 점에서도 운이 좋았다. 내 인생의 처음 삼십삼 년 동안은 잉크로 종이 위에 단편소설을 쓰는 것이 미국의 주요 산업이었다. 당시 내게는 아내가 있었고 아이도 둘이나 있었다. 그럼에도 건강보험과 퇴직금이 있는 제너럴일렉트릭사의 홍보부 일을 그만둔 것이 나로서는 훌륭한 사업 감각이었다. 나는 〈새터데이 이브닝 포스트〉와 〈콜리어스〉에 이야기를 팔아서 더 많은 돈을 벌 수 있었다. 광고로 가득찬 이 주간지들은 매 호마다 다섯 편의 단편소설을 게재했고, 손에 땀을 쥐게 하는 연재물을 한 회분씩 실었다.

두 주간지는 내가 생산할 수 있는 글에 최고의 고료를 주는 구매자들이었다. 소설에 굶주린 다른 잡지들도 너무 많아서 이야기 시장은 마치 핀볼게임기와 같았다. 비록 거절되고 또 거절될 수도 있었지만, 내가 에이전시에 단편소설 하나를 송부하고 나면 그 대가로 누군가 내게 돈을 지불해주리라는 상당한 확신이 있었다.

하지만 우리 가족이 뉴욕주 스케넥터디에서 케이프코드로 이사한 지 얼마 지나지 않아 잡지보다 훨씬 좋은 광고 구매처인 TV가 생겨나는 바람에 생계수단으로서의 단편소설 핀볼게임은 시대에 뒤처진 것이 되어버렸다.

나는 산업광고 에이전시에서 일하기 위해 케이프코드에서 보스턴까지 출퇴근을 했다. 그후에는 사브 자동차 판매원이 되었고, 또 그다음에는 사립학교에서 너무도 엉망진창인 부자 아이들에게 고등학교 영어를 가르쳤다.

광란의 1960년대에 관한 멋진 책을 쓰고 그후 하버드 의대를 졸업한 내 아들 마크 보니것 박사가 금년 여름에 매사추세츠주 밀턴에서 수채화 전시회를 개최했다. 신문기자가 그에게 유명한 아버지 밑에서 자라는 것이 어땠는지 물었다.

아들 마크는 이렇게 대답했다. "제가 자랄 때 아버지는 자동차 판매원으로 일하셨어요. 케이프코드 칼리지에서 학생들을

가르치는 일도 구하지

못하셨고요.”

5

나는 마치 단편소설이 돈벌이라도 되는 양, 지금도 가끔 단편소설들을 생각해내곤 한다. 습관은 완고하다. 단편소설이 잠시 유행하기도 했다. 한때는 아주 박식한 사람들이 레이 브래드버리나 J. D. 샐린저나 존 치버, 존 콜리어나 존 오해러나 셜리 잭슨이나 플래너리 오코너, 또는 누군가 지난 며칠간 잡지에 발표한 단편소설에 대해 서로 열정적으로 토론하던 시절이 있었다.

이제는 아니다.

단편소설 아이디어로 요즘 내가 하는 일이란 그것들을 다듬어서 킬고어 트라우트의 작품으로 돌린 뒤 장편소설 속에 배치하는 것이다. 여기 『타임퀘이크 1』의 잔해에서 잘라낸 또하나의 단편소설 「B-36 자매들」의 서두가 있다. "게성운의 모계제 행성 부부Booboo에 성씨가 B-36인 세 자매가 살았다. 그들의 성씨가 부패한 지도자들 치하의 민간인 지역에 폭탄을 투하하기 위해 설계된 지구산 항공기의 이름과 똑같은 것은 우연에 불과할 수도 있다. 지구와 부부는 교신을 하기에는 너무 멀리 떨어져 있다."

또 한 가지 우연이 더 있다. 부부의 글은 지구의 영어와 비슷하다. 그것은 표음문자 스물여섯 개와, 열 개의 수와, 약 여덟 가지의 구두점을 합한 기이한 수평 조합으로 구성되어 있다.

이 세 자매는 모두 아름다웠지만, 트라우트의 이야기에 따르면 오직 두 명만 인기가 좋았는데, 그 한 명은 화가였고 다른 한 명은 단편소설 작가였다. 셋째는 누구도 참을 수 없을 지경이었는데, 그녀는 과학자였다. 그녀는 너무도 재미가 없었다! 할 줄 아는 얘기라고는 열역학 얘기뿐이었다. 시기심도 강했다. 그녀의 은밀한 야심은 두 예술가 자매를, 트라우트가 애용하는 표현을 빌리자면 "쓰레기가 된 듯한" 느낌이 들게 만드는 것이었다.

트라우트 말에 따르면, 부부 사람들은 은하계에서 적응력이 가장 뛰어난 존재들이다. 엄청나게 큰 뇌 덕분인데, 부부 사람들의 뇌는 그 어떤 것이라도 하거나 하지 않거나, 느끼거나 느끼지 못하도록 프로그래밍될 수 있었다. 그 어떤 것이라도!

이 프로그래밍은 외과적이거나 전기적인, 또는 어떤 신경학적인 개입에 의한 것이 아니었다. 그것은 말로만, 말로만, 그저 말로만으로 이뤄진, 즉 사회적으로 프로그래밍된 것이었다. 어른들은 어린 부부 사람들에게 적절하고 바람직한 감정과 행위에 대해 긍정적으로 말한다. 그리하여 어린 세대의 뇌는 문명화된 쾌락과 행위를 자동화하는 회로를 발달시킨다.

예컨대, 크게 무슨 일이 일어나고 있지도 않을 때, 부부 사람들이 최소한의 자극에도 유익한 활력을 얻는 것은 참 좋은 방법인 듯했다. 가령 표음문자 스물여섯 개와, 열 개의 수와, 약 여덟 가지의 구두점으로 이뤄진 기이한 수평 조합 또는 사각 평면 위의 색소 자국 같은 자극에 의해서도 말이다.

부부 꼬마가 책을 읽고 있을 때 어른이 끼어들어서, 예를 들면 책 속에서 벌어지는 내용에 따라 이렇게 말할 수도 있다. "슬픈 이야기 아니니? 방금 여자아이의 예쁜 강아지가 쓰레기 트럭에 치였네. 그걸 보고 울고 싶어지지 않니?" 또는 아주 다른 유의 이야기에 대해 이렇게 말할 수도 있겠다. "재미있지 않니? 우쭐대는 늙은 영감이 님님 껍질을 밟아서 뚜껑 열린 맨홀에 빠지면, 정말로 배꼽이 빠지게 웃음이 터질 것 같지 않니?"

님님은 바나나를 닮은 부부의 과일이다.

미성년 부부 아이를 미술관에 데려가 한 그림을 보여주고 그림 속 여인이 정말로 미소를 짓고 있는지 아닌지 물어볼 수도 있다. 저 여인은 슬픈 일이 있어서 저런 표정을 짓는 게 아닐까? 네 생각에 저 여인이 결혼은 했을 것 같니? 아이는 있을까? 아이에게 잘 대해줄까? 다음에는 이 여인이 어디로 갈 것 같니? 가고 싶어할까?

그림 속에 과일 한 바구니가 있으면 부부 어른은 이렇게 물을 것이다. "저 님님이 참 먹음직스럽지 않니? 냠냠, 얌, 냠!"

이런 부부 교육법의 예들은 내 생각이 아니다. 킬고어 트라우트의 것이다.

이런 식으로 해서, 결코 전부는 아닐지라도 대다수의 부부 사람의 뇌는 회로, 또는 원하신다면 마이크로칩이라고 불러도 좋을, 그리고 지구에서라면 상상력이라고 부를 만한 것들을 발달시켰다. 그렇다. 그리고 두 B-36 자매, 단편소설 작가와 화가 자매가 그토록 사랑받는 이유도 정확히 말하면 대다수의 부부 사람이 상상력을 가졌기 때문이었다.

나쁜 자매도 물론 상상력을 가졌지만, 그녀의 상상력은 예술 감상의 영역이 아니었다. 그녀는 책을 읽지도, 미술관에 가려 하지도 않았다. 어린 시절 모든 여가시간을 집 옆에 있는 정신병자 수용소 정원에서 보냈다. 정원에 나온 정신병자는 해를 끼치지 않는다고들 했는데, 그래서 그녀가 정신병자들과 함께 있는 것은 칭찬받을 만한 공감의 행위로 간주되었다. 하지만 그 또라이들이 그녀에게 열역학과 미적분학 따위를 가르쳤다.

나쁜 자매가 젊은 여인이던 시절, 그녀와 그 또라이들은 함께 TV 카메라와 송신기와 수신기를 만들었다. 그런 뒤 나쁜 자매는 엄청난 부자 엄마에게서 돈을 받아 상상력을 쓸모없게 만드는 이 악마의 장치들을 대량 생산해서 시장에 내다팔았다. 너무도 매력적이고 생각할 필요가 없게 만드는 TV쇼들 때문에 그녀의 장치들은 즉시 인기를 끌었다.

나쁜 자매는 엄청난 돈을 벌었지만, 그녀를 정말 기쁘게 한 것은 다른 두 자매가 쓰레기가 된 듯한 기분을 느끼기 시작했다는 사실이었다. 젊은 부부 사람들은 스위치를 켜서 온갖 화려한 쓰레기들을 바라보기만 하면 되었기에 더이상 상상력 계발의 중요성을 느끼지 못했다. 그들은 인쇄된 종이나 그림을 보면 다른 사람들이 어찌 이렇게 단순하고 움직이지도 않는 것들을 바라보면서 희열을 느낄 수 있는지 의아해했다.

나쁜 자매의 이름이 님님이었다. 부모가 그 이름을 지었을 때는 그녀가 얼마나 싸가지 없는 사람이 될지 생각조차 못했다. TV는 그녀의 절반도 못 따라갔다! 언제나 재미없고 그래서 인기가 없었던 그녀는 자동차와 컴퓨터와 가시철조망과 화염방사기와 지뢰와 자동소총 따위를 발명했다. 그만큼 화가 나 있었던 것이다.

새로운 부부 세대는 상상력 없이 성장했다. 권태를 벗어나려는 그들의 오락 취향은 님님이 그들에게 팔고 있는 모든 쓰레기가 완벽하게 충족시켜주었다. 왜 안 그랬겠는가? 빌어먹을.

상상력이 없으니 선조들이 했던 일, 곧 서로의 얼굴에서 흥미롭고 마음을 따뜻하게 해주는 이야기들을 읽어내는 일을 할 수 없게 되었다. 그러니 킬고어 트라우트에 따르면 "부부 사람들은 은하계 민족 중에서 가장 무자비한 존재가 되었다."

6

2001년 조개구이 파티에서 트라우트는 삶이란 더할 나위 없이 터무니없다고 말했다. "그렇지만 우리 뇌는 피할 수 없는 엉덩방아나 장난질에도 잘 적응할 만큼 큽니다." 그는 계속해서 말했다. "오늘처럼 인간이 만든 깨달음의 순간도 그런 적응수단이지요." 별이 흐르는 하늘 아래 해변에서 열린 조개구이 파티를 가리켜 말한 것이었다. "이 맛에 사는 거 아니겠습니까?" 그는 말했다.

트라우트는 해초와 바닷가재와 대합과 함께 찐 통옥수수가 천상의 맛이라고 선언했다. 그는 이렇게 덧붙였다. "그리고 저 숙녀분들은 오늘밤 천사 같아 보이지 않나요?" 그는 통옥수수와 여인들을 사상으로 감상하고 있었다. 트라우트는 틀니 윗부분이 불안정해서 옥수수를 먹을 수 없었다. 여인들과의 장기적인 관계는 파국이었다. 트라우트는 자신이 시도한 유일한 연애 이야기 「다시 키스해주세요」에서 이렇게 적었다. "아름다운 여인이 충분히 긴 세월을 그 외모에 걸맞게 살아갈 방법이란 없다."

그 이야기 말미의 교훈은 이런 것이다. "남자들은 바보다. 여자들은 정신병자다."

인간이 만든 깨달음의 순간 중 내게 가장 으뜸가는 것은 희곡 공연이다. 트라우트는 그걸 "인조 타임퀘이크"라 불렀다. 그는 "지구인은 자연계에 타임퀘이크라는 것이 존재한다는 사실을 알기도 전에 이미 타임퀘이크를 발명했다"고 말했다. 그리고 그건 사실이다. 배우들은 자신이 하게 될 모든 말이나 행동을 미리 안다. 또 1막 1장의 막이 올라갈 때, 좋게든 나쁘게든 모든 것이 결국 어떻게 전개되리라는 것도 안다. 그럼에도 연기자들은 미래가 마치 신비로운 일인 양 행동하는 것 말고는 선택의 여지가 없다.

그렇다. 그리고 2001년의 타임퀘이크는 우리를 1991년의 과거로 날려보내면서 우리의 과거 십 년을 미래 십 년으로 만들어 버렸고, 그래서 우리는 시간이 되면 해야 할 말과 해야 할 행동을 전부 기억할 수 있었다.

다음 타임퀘이크 후의 재연 기간에는 처음부터 이걸 명심하도록 하자. 쇼는 계속되어야 한다!

금년까지 나를 가장 크게 감동시킨 인조 타임퀘이크는 좀 오래된 것이다. 바로 세상을 떠난 손턴 와일더의 『우리 읍내』. 이미 나는 이 희곡 공연을 조금도 물리지 않고 거의 대여섯 번을 보았다. 그런데 금년 봄 열세 살 난 귀여운 내 딸 릴리가 순수하고 감상적인 이 대작의 학교 공연 때 그로버스코너스의 묘지에서 말하는 죽은 사람으로 캐스팅되었다.

이 희곡 공연이 릴리와 학교 친구들을 공연 당일 저녁에서 1901년 5월 7일로 날려보낸 것이다! 타임퀘이크란 말이다! 제일 마지막 장면에서 여자 주인공 에밀리의 장례식이 끝나고 막이 내릴 때까지 이 아이들은 손턴 와일더의 상상의 과거 속 로봇이 되어 있었다. 막이 끝나고 나서야 1996년으로 살아 돌아올 수 있었다. 막이 내린 후에야 비로소 다음에는 무엇을 말하고 또 무엇을 할지 다시 스스로 결정할 수 있게 되었다. 그때가 되어서야 다시 자유의지를 실현할 수 있게 되었다.

그날 밤 나는 슬픈 생각에 잠겼다. 릴리가 성인이 되어 죽었다고 가정하기도 하고, 릴리가 고등학교를 졸업하면 내가 일흔여덟 살이 된다거나, 대학을 졸업하면 내가 여든둘이 된다는 등의 생각을 했다. 미래를 기억했다는 말이다!

그날 밤 내게 진짜 큰 충격을 준 것은 주인공 에밀리의 작별

인사였다. 마지막 장면에서 조문객들이 에밀리를 땅에 묻고 언덕 아래 마을로 돌아가고 난 뒤 그녀는 이렇게 말한다. "안녕, 세상이여, 안녕. 안녕, 그로버스코너스…… 엄마, 아빠도 안녕. 똑딱거리는 벽시계야 너도 안녕…… 엄마의 해바라기도 안녕. 음식도, 커피도 안녕. 그리고 새로 다림질한 드레스도, 따뜻한 목욕도 안녕…… 잠자는 것도 안녕, 깨어나는 것도 이제는 안녕. 아, 대지여 너무도 멋진 널 누구도 알아보지 못하는구나.

인생을 살면서 인생을 알아보는 사람이 도대체 있기나 할까, 인생의 매 순간, 매 순간을?"

그 대사를 들을 때마다 나는 에밀리가 된다. 나는 아직 죽지 않았다. 하지만 20세기 초반의 그로버스코너스만큼 안전하고 단순하며 배울 게 있고 또 만족스러운 장소가 하나 있기는 했다. 이제는 진저리나게 먼 그 옛날에 이미 내가 똑딱거리는 벽시계와 엄마 아빠와, 따뜻한 목욕과 새로 다림질한 옷과, 기타 모든 것과 완전히 안녕을 고해버린 그런 곳 말이다.

바로 내 인생의 처음 칠 년이었다. 처음에는 대공황이, 그다음에는 2차세계대전이 모든 것을 엉망진창으로 만들어버리기 전의 그 시간 말이다.

나이가 들면 처음 맛이 가는 게 다리와 시력이라고들 한다.

그건 사실이 아니다. 처음 맛이 가는 건 평행주차다.

지금 내가 사람들이 거의 알지도 못하거나 더이상 신경쓰지도 않는 희곡의 일부에 대해 두서없는 말을 지껄이고 있다는 걸 안다. 예를 들면 『우리 읍내』의 묘지 장면이나 테네시 윌리엄스의 『욕망이라는 이름의 전차』에 나오는 포커게임이나, 아서 밀러의 『세일즈맨의 죽음』에서 비극적으로 평범하고 서투르게 의협심 강한 미국인 윌리 로먼이 자살하고 난 뒤 부인이 한 말 같은 것 말이다.

로먼 부인은 말했다. "이런 이에게 관심을 가져야 해요."

『욕망이라는 이름의 전차』에서 블랜치 두보이스는 제부에게 강간당한 뒤 정신병원에 끌려가며 이렇게 말했다. "저는 항상 낯선 분들의 친절한 도움을 받아왔어요."

이런 말, 이런 상황, 이런 사람들은 갓 성년이 된 내게 감정적, 도덕적 이정표가 되었고 1996년에도 여전히 그랬다. 그 이유는 그들을 처음 보고 그들의 말을 처음 들었을 때, 내가 거기에 심취해 있던 극장의 동료 인간 무리 속에서 옴짝달싹할 수 없었기 때문이다.

내가 만약 혼자 나초를 먹으며 브라운관의 면상을 들여다보고 있었더라면, 이 사람들은 〈월요일 밤 풋볼〉만큼의 감동도 주지 못했을 것이다.

TV가 처음 나와 기껏해야 여섯 채널뿐일 때는 그나마 의미 있고 잘 쓰인 브라운관 드라마 덕에 집에 혼자 있어도 여전히 경청하는 공동체 구성원이라는 느낌을 받을 수 있었다. 당시에는 선택할 프로그램이 극히 적었기에 친구들과 이웃들도 우리가 보고 있는 프로그램과 똑같은 걸 보면서 여전히 TV를 최고의 불가사의라고 여길 가능성이 아주 높았다.

심지어 그날 밤 친구에게 바로 전화를 걸어서 이미 답을 아는 질문을 할 수도 있었다. "그거 봤지? 대단하지!"

무슨 말이 더 필요하리.

7

나는 대공황이나 내가 겪은 2차세계대전에 대해 아무것도 그리워할 게 없었다. 조개구이 파티에서 트라우트는 다른 전쟁은 그렇지 못하겠지만, 우리의 전쟁은 나치 제복 덕분에 쇼 비즈니스에서 영원히 살아남을 것이라고 주장했다.

트라우트는 요즘 우리 편 장군들이 우리가 석유 때문에 제3세계 나라들을 흠씬 패주는 모습을 설명할 때 TV에 입고 나오는 위장복에 대해 곱지 않은 말을 했다. 그는 이렇게 말했다. "군인을 눈에 잘 띄게 할 뿐인 저런 번쩍이는 파자마로 제대로 위장할 수 있는 곳이 세계 어디에 있을지 도대체 상상이 안 가네요."

"우리는 거대한 스패니시오믈렛 한가운데서 3차세계대전을

치를 준비를 하고 있는 게 틀림없어요." 트라우트가 말했다.

트라우트는 내 친척 누구누구가 전쟁에서 부상을 입었는지 물었다. 내가 알기로는 한 명뿐이었다. 내 외증조할아버지인 피터 리버인데, 그분은 남북전쟁에서 한쪽 다리에 중상을 입고 난 뒤 인디애나폴리스에서 양조장을 운영했다. 외증조할아버지는 불가지론자였는데, 불가지론자란 볼테르나 토머스 제퍼슨이나 벤저민 프랭클린 같은 사람들처럼 전통적 종교 신앙에 대해 회의적인 사람을 말한다. 이를테면 킬고어 트라우트와 나도 그런 셈이다.

나는 외증조할아버지 피터 리버의 영국계 미국인 중대장이 모두 독일계 불가지론자인 병사들에게 영적 교훈을 주려고 기독교 신앙 안내서를 나눠주었다는 이야기를 트라우트에게 했다. 이 이야기에 대한 반응으로 그는 자기가 직접 수정한 「창세기」를 들려주었다.

운좋게도 마침 녹음기를 가지고 있던 나는 그것을 켰다.

트라우트는 이렇게 말했다. "음식 먹던 것을 중단하시고, 제 말씀 좀 들어보세요. 이건 중요한 이야기입니다." 그는 잠시 말을 멈추고는 왼손 엄지손가락 바닥으로 틀니 윗부분을 입천장 쪽으로 눌렀다. 그의 틀니는 이 분마다 입천장에서 떨어졌다.

트라우트는 왼손잡이였는데, 나도 부모님이 바꿔주기 전까지는 왼손잡이였고, 내 딸 이디스와 릴리도 그랬다. 우리는 이디스와 릴리를 사랑스럽게 이디 버킷과 롤리-부라고 불렀다.

"태초에는 절대적으로 아무것도 없었지요. 말 그대로 무無, nothing였다는 말입니다." 그가 말했다. "하지만 무는 유를 수반합니다. 위가 아래를 수반하고, 단맛이 쓴맛을 수반하고, 남자가 여자를 수반하고, 만취가 맨정신을 수반하고, 기쁨이 슬픔을 수반하듯이 말입니다. 친구들과 이웃분들, 이 말은 하기 싫지만, 그럼에도 우리는 거대한 어떤 수반 속의 작디작은 수반들입니다. 지금 여기가 싫다면 우리가 온 곳으로 되돌아가보는 건 어떨까요?"

트라우트가 말했다. "그 모든 무에서 수반된 최초의 유는 사실 두 개의 유, 곧 하느님과 사탄이었습니다. 하느님은 남자였고, 사탄은 여자였지요. 그들은 서로를 수반했고, 그러므로 새로 등장한 권력구조 속의 동료였습니다. 권력구조 자체도 하나의 수반에 불과했지요. 권력은 나약함에 수반되니까요."

오래전 이미 절판된 SF를 쓴 늙은 소설가가 계속 얘기를 이어나갔다. "하느님이 천지를 창조하셨지요. 그리고 땅이 혼돈하고, 공허하며, 흑암이 깊음 위에 있고, 하느님의 성신이 수면에 운행했지요. 사탄도 그렇게 할 수 있었지만 그녀는 행위만을 위한 행위는 멍청한 거라고 생각했지요. 그게 왜 중요해? 처음에 그녀는 아무 말도 하지 않았지요.

하지만 하느님이 '빛이 있으라' 하매 빛이 있게 되자 사탄은 하느님을 걱정하기 시작했어요. 궁금해지기 시작한 겁니다. '하느님은 도대체 자기가 무슨 일을 하고 있다고 생각하는 거지? 얼마나 계속 저럴 요량일까? 게다가 이 모든 미친 짓거리를 관리하는 데 설마 내 도움을 기대하는 걸까?"

"그런데 그때 모든 것이 완전 엉망진창이 되어버렸습니다. 하느님은 하느님 당신과 사탄의 아름다운 축소물인 남자와 여자를 만드신 후 풀어두고 어떻게 하는지 지켜보셨습니다." 트라우트가 말했다. "에덴동산이 콜로세움과 로마 원형극장 경기들의 원조일 수도 있다는 말입니다."

트라우트가 말했다. "사탄은 하느님이 하신 일은 어떤 것도 되돌릴 수 없었지요. 그녀는 최소한 하느님의 작은 노리개들의 고통을 덜어줄 수는 있었습니다. 사탄은 하느님이 할 수 없는 것을 보기 시작했습니다. 살아 있다는 것은 지루하거나 몹시 놀랍거나 둘 중의 하나였지요. 그래서 그녀는 사과 한 알에다 최소한 권태라도 해소해줄 온갖 종류의 생각들을 집어넣었습니다. 예컨대 카드나 주사위 게임 규칙이나, 섹스하는 방법이나, 맥주와 와인과 위스키 제조법이나, 피울 수 있는 여러 가지 다양한 약초 그림 같은 것들 말입니다. 그리고 음악을 만들고, 춤추고 노래하고, 진짜 미치는 법, 진짜 섹시해지는 법이 담긴 설명서 따위도 넣고요. 게다가 발끝이 채이면 불경스러운 말을 내뱉는 방법도 말이죠.

사탄은 뱀을 시켜 이브에게 그 사과를 주었습니다. 이브는 한입을 베어물고 나서 아담에게 건넸지요. 아담도 한입 베어물었고, 그다음에 둘이 섹스를 했죠."

트라우트는 말했다. "저도 인정합니다. 그 사과 속에 들어간 생각들 중 일부는 사과를 먹으려는 일부 사람들에게 파멸이라는 부작용을 가져다주겠지요." 여기서 트라우트 자신은 알코올 의존자도, 마약중독자도, 도박꾼도, 섹스광도 아니었다는 말을 분명히 해두기로 하자. 단지 그런 이야기를 쓸 뿐이었다.

"사탄은 그저 어떻게든 도와주고 싶었을 뿐이고, 실제로 많은 경우에 도움을 주었습니다." 그는 이렇게 말을 끝맺었다. "게다가 어쩌다 치명적 부작용을 유발하는 특효약을 개발하고자 했던 사탄의 이력은 오늘날 가장 저명한 제약회사들의 이력에 비하면 그리 나쁜 것도 아닙니다."

8

사탄의 술 제조법이 끼친 부작용은 미국의 많은 위대한 작가들의 삶과 죽음에 해를 불러왔다는 것이다. 『타임퀘이크 1』에서 나는 재너두라는 작가 마을을 구상했는데, 재너두에 있는 네 개의 초청 작가실에는 각각 미국의 노벨문학상 수상자들을 기리는 의미로 그들의 이름이 붙어 있었다. 어니스트 헤밍웨이실과 유진 오닐실은 저택의 이층에 있었다. 싱클레어 루이스실은 삼층에 있었다. 존 스타인벡실은 차고에 있었다.

킬고어 트라우트는 자유의지가 다시 작동하기 시작하고 이 주 후 재너두에 도착하자마자 이렇게 소리쳤다. "종이 위 잉크의 영웅인 당신들 네 분은 모두 정신병원에 가야 마땅한 알코올 의존자들이군요!"

도박은 윌리엄 사로얀을 파멸시켰다. 술과 도박은 너무나도 그리운 내 친구, 언론인 앨빈 데이비스의 파멸에 협공을 가했다. 어느 날 나는 우연의 게임 중 어떤 순간에 가장 큰 흥분을 느꼈는지 앨빈에게 물은 적이 있다. 그는 밤샘 포커게임에서 돈을 몽땅 잃고 난 뒤에 가장 큰 흥분을 느꼈다고 말했다.

앨빈은 친구, 전당포, 고리대금업자 등 닥치는 대로 이곳저곳을 쑤셔대서 돈을 구해 몇 시간 뒤 도박장으로 돌아갔다. 그리고 테이블에 앉으며 말했다. "내게도 패를 주쇼."

세상을 떠난 영국 철학자 버트런드 러셀은 알코올, 종교, 체스라는 세 가지 중독 중 하나로 인해 친구들을 잃었다고 말했다. 킬고어 트라우트는 표백되고 평면화된 목재 펄프 위에다 잉크로 표음문자 스물여섯 개와, 열 개의 수와, 약 여덟 가지의 구두점을 합한 기이한 수평 조합을 만드는 데 중독되다시피 했다. 남녀를 막론하고 스스로 트라우트의 친구라고 여길 만한 사람에게 그는 하나의 블랙홀이었다.

나는 결혼을 두 번 하고 이혼을 한 번 했는데, 과거에는 제인, 지금은 질인 두 아내 모두 내가 그 점에서는 트라우트를 아주 많이 닮았다고 말하곤 했다.

우리 어머니는 부자 행세, 도우미와 한도 없는 마이너스 통장, 사치스러운 디너파티 개최, 빈번한 유럽행 일등석 여행에 중독되어 있었다. 그래서 대공황 시절에는 줄곧 금단증상으로 고통받았다고 말할 수 있겠다.

우리 어머니는 문화충격을 받았다!

문화충격을 받은 사람이란 바깥세상이 변해버려서 과거 자신들이 받았던 대접을 더이상 받지 못하게 되어버린 사람들을 말한다. 경제적 불행이나 새로운 기술, 또는 다른 나라나 다른 정치 파벌에 의한 정복은 눈 깜짝할 사이에 우리에게 문화충격을 안겨준다.

트라우트는 단편 「명왕성에 고립된 미국인 일가」에서 이렇게 썼다. "어떤 종류의 사랑이건, 과거에는 무난했던 당신의 행동이 우스꽝스럽게 돼버렸다는 사실을 발견하는 것보다 더 효과적으로 사랑을 파멸시키는 것은 없다." 그는 2001년 조개구이 파티의 대화에서 이렇게 말했다. "내가 하나의 문화도 사회도 없이 살아가는 법을 배우지 않았더라면, 문화충격 때문에 천 번도 더 비참해졌을 겁니다."

『타임퀘이크 1』에서 나는 트라우트가 단편 「B-36 자매들」을 미국문학예술아카데미 건물 앞 소화전에 묶인 뚜껑 없는 철망 쓰레기통에 던져버리게 했다. 미국문학예술아카데미는 맨해튼의 지랄같이 한참 저 위쪽 동네인 웨스트 155번 스트리트의 브로드웨이에서 서쪽으로 두번째 건물이다. 트라우트가 그렇게 한 것은 2000년 크리스마스이브 오후, 타임퀘이크가 모든 사람과 모든 일을 1991년 과거로 날려버리기 약 오십일 일 전이었다.

내가 말했듯이, 컴퓨터도 없이 구닥다리 방식으로 구닥다리 예술을 창작하는 데 중독된 문학예술아카데미 회원들은 문화충격을 경험하고 있었다. 그들은 게성운의 모계 행성인 부부의 두 예술가 자매 같았다.

미국문학예술아카데미라는 것은 실제로 있다. 나는 그 궁궐 같은 본부를 『타임퀘이크 1』의 배경으로 삼았다. 본부 앞에는 실제로 소화전이 하나 있다. 안에는 실제로 도서관이 하나 있고, 미술관이 하나 있고, 여러 개의 접견실과 회의실과 직원 사무실이 있고, 또 매우 웅장한 강당도 하나 있다.

1916년 의회에서 통과된 법률에 따라 문학예술아카데미는 이백오십 명 이하의 회원을 두고 있는데, 모두가 미국 시민이며 소설가, 드라마 작가, 시인, 역사가, 수필가, 평론가, 작곡가, 건축가, 화가, 또는 조각가로 유명해진 사람들이다. 회원수는 저승사자, 즉 죽음에 의해 정기적으로 감소한다. 생존자의 임무 한 가지는 빈자리를 채우기 위해 다른 이들을 지명하고, 비밀투표를 통해 그 빈자리를 채우는 일이다.

문학예술아카데미 창립자들은 헨리 애덤스, 윌리엄 제임스, 헨리 제임스, 새뮤얼 클레먼스(마크 트웨인) 같은 구닥다리 작가들, 그리고 구닥다리 작곡가 에드워드 맥다웰이다. 그들의 독자와 청중은 당연히 소수였다. 그들이 작업에 사용할 수 있는 것이라곤 자신의 뇌뿐이었다.

나는 『타임퀘이크 1』에서 이렇게 말했다. 2000년이 되면 저런 부류의 장인들은 일반 대중의 관점에서 "기이해져"버릴 것이다. "오늘날의 뉴잉글랜드 민속촌에서 영국 식민지 시절부터 팔랑개비라고 알려진 장난감 풍차를 만드는 사람들처럼 되어버렸다는 말이다."

9

20세기 초반 문학예술아카데미 창립자들은 여러 가지 발명품 중에서도 음성 녹음과 영화를 발명한 토머스 앨바 에디슨과 동시대인이었다. 하지만 전 세계 수백만 명의 관심을 끌기 위한 이런 계책도 2차세계대전 전에는 삶 자체에 대해 투덜거리고 나불거리는 풍자에 불과했다.

1923년 문학예술아카데미는 매킴, 미드&화이트사가 설계하고, 자선가 아처 밀턴 헌팅턴이 비용을 댄 현재의 건물에 입주했다. 그해 미국의 발명가 리 드 포리스트는 영화에 소리를 입힐 수 있는 장치를 시연했다.

나는 『타임퀘이크 1』에서 2000년 크리스마스이브 날 가공의 문학예술아카데미 사무총장 모니카 페퍼의 사무실을 배경으로 장면 하나를 구상했다. 그날 오후는 킬고어 트라우트가 「B-36 자매들」을 문학예술아카데미 건물 앞 뚜껑 없는 철망 쓰레기통에 던져버린 날, 그러니까 타임퀘이크가 강타하기 오십일 일 전이었다.

휠체어 신세인 작곡가 졸턴 페퍼의 부인 페퍼 여사는 인생을 그토록 혐오하다 세상을 떠난 우리 누나 앨리를 너무도 빼닮았다. 앨리 누나는 마지막 순간까지 수금원들에게 괴롭힘당하다가 내가 서른여섯 살, 누나가 마흔한 살이던 저 먼 옛날 1958년에 온갖 암에 걸려서 세상을 떠났다. 페퍼 여사와 앨리 누나는 둘 다 미모의 금발이었는데, 그건 문제가 없었다. 하지만 그들은 키가 188센티미터였다! 지구상 어디에서든 와투시족을 제외하고 여자 키가 그렇게 클 수 있다는 게 말이 안 되었기에 두 여자는 사춘기 시절에 이미 영원히 문화충격을 받아버렸다.

두 여자 모두 불행했다. 앨리 누나는 멋진 남자와 결혼했지만, 그 남자는 돈을 모두 잃고 나서도 멍청한 사업을 벌여서 또 돈을 잃었다. 모니카의 남편 졸턴 페퍼는 모니카 때문에 하반신 마비 신세가 되었다. 이 년 전 페퍼 여사는 저멀리 콜로라도주 애스펀의 수영장에서 실수로 남편 머리 위로 뛰어내렸다. 앨리 누나는 빚의 수렁에 깊이 빠진 채 네 아들을 키우긴 했지만 적어도 한 번만 죽었다. 모니카 페퍼 여사는 타임퀘이크가 강타한 뒤 다시 한번 스완다이빙을 해서 남편 머리 위로 뛰어내려야 했다.

2000년 크리스마스이브, 모니카와 졸턴 부부는 문학예술아카데미 사무실에서 얘기를 나누고 있었다. 졸턴은 울면서 웃었다. 그들은 마흔 살로 나이가 똑같았고 베이비부머 세대였다. 그들은 자녀가 없었다. 부인 때문에 졸턴의 물건은 더이상 일을 하지 못했다. 졸턴은 분명 그 문제 때문에도 울고 웃었지만, 대부분은 옆집의 음치 꼬마 때문에 더 크게 울고 웃었다. 그 꼬마는 볼프강이라는 새로운 컴퓨터 프로그램의 도움으로 모방이긴 하지만 그래도 봐줄 만한 베토벤풍 현악 사중주곡을 혼자서 작곡하고 관현악곡으로 편곡까지 했다.

혈압 오르게 하는 꼬마의 아버지는 그날 아침 아들의 인쇄기가 뱉어낸 악보를 졸턴에게 보여주면서 그게 좋은지 어떤지 물어보는 수밖에 없었다.

마치 더이상 기능하지 못하는 두 다리와 물건만으로는 아직도 졸턴의 감정적 불안정이 충분히 악화되지 않았다는 듯이, 고작 한 달 전 졸턴의 형 프랭크가 전문가로서의 자존심에 거의 똑같은 충격을 받고 자살해버렸다. 그랬다. 게다가 프랭크 페퍼는 타임퀘이크로 인해 결국 무덤에서 튀어나와 부인과 세 아이가 보는 앞에서 다시 한번 자기 머리를 날려버려야 했다.

얘기인즉슨 이렇다. 프랭크가 콘돔인지 껌인지 뭔지를 사러 약국에 갔는데, 약사가 말하기를 열여섯 살짜리 딸이 이제 건축가가 되었으니 고등학교를 다니는 게 너무 시간 낭비일 것 같아 자퇴를 고려중이라는 거였다. 그 딸은 학교가 전문계 학생들, 말하자면 전문대 진학을 빼고는 어떤 일도 하지 않을 머저리들을 위해서 구입한 새 컴퓨터 프로그램으로 경기침체 지역의 십대들을 위한 레크리에이션 센터를 설계했다. 그 컴퓨터 프로그램 이름이 팔라디오*였다.

프랭크는 컴퓨터 매장으로 가서 팔라디오 프로그램을 사기 전에 한번 시험해볼 수 있는지 물었다. 자기처럼 타고난 재능이 있고 전문교육을 받은 사람들에게 그 프로그램이 무슨 큰 도움이 될지 썩 믿기지 않았다. 그리하여 팔라디오 프로그램은 컴퓨터 매장에서 삼십 분도 안 되는 시간에 프랭크가 시킨 일을 해주었다. 도급업자가 토머스 제퍼슨식 삼층짜리 자동차 차고를 지을 수 있는 설계도를 뚝딱 그려준 것이다.

프랭크는 팔라디오가 필경 다른 곳에 가서 알아보라고 말해주겠거니 확신하고서, 자기가 떠올릴 수 있는 가장 터무니없는 과제를 생각해냈던 것이다. 그런데 그렇지 않았다! 팔라디오는 자동차 몇 대를 위한 차고를 말하는 것이냐, 어느 도시를 말

* 안드레아 팔라디오. 르네상스시대 이탈리아의 고전파 건축가.

하는 것이냐, 왜냐하면 각각의 지역마다 건축 규정이 다르니까, 그리고 트럭도 차고를 사용할 수 있게 할 것이냐 등등, 자세한 메뉴를 끝없이 제시했다. 심지어 주변 건물에 관해서도 물어보고, 제퍼슨식 건축물이 주변 건물들과 조화를 이룰지마저 물어보았다. 프로그램은 마이클 그레이브스나 이오 밍 페이 스타일의 다른 설계들도 함께 제시해주었다.

팔라디오 프로그램은 배선과 배관 설계도 제시해주고, 세계 어느 곳이건 프랭크가 이름을 대는 곳에 야구장을 짓는 데 드는 비용 견적까지 제시해주었다.

그래서 프랭크는 집으로 가서 첫번째 자살을 했다.

첫번째 2000년 크리스마스이브에 문학예술아카데미에 있는 부인의 사무실에서, 졸턴 페퍼는 그렇게 웃고 울다가 미모의 그러나 덜떨어진 부인에게 이렇게 말했다. "자신의 전문분야에서 파멸에 가까운 좌절을 경험한 사람은 접시 위에 올려진 제 머리를 넘겨받는 기분이라고들 하잖아. 우리는 지금 핀셋에 집힌 우리 머리를 넘겨받는 꼴이고."

물론 졸턴은 그때 마이크로칩에 대해 얘기하고 있었다.

10

앨리 누나는 뉴저지주에서 생을 마쳤다. 앨리는 자신과 마찬가지로 후저*인 남편 짐과 나란히 인디애나폴리스의 크라운힐 공동묘지에 묻혀 있다. 평생 비혼의 알콜의존자였던 후저 시인 휘트컴 라일리도 그 묘지에 묻혀 있다. 대중의 사랑을 받은 1930년대의 은행 강도 존 딜린저도 거기에 있다. 우리 부모님 커트와 이디스, 그리고 아버지의 동생 알렉스도 그곳에 묻혀 있다. 하버드에서 공부한 생명보험 판매원이자 인생이 멋있을 때마다 "그래, 이 맛에 사는 거지!"라고 말하던 삼촌 말이다. 그리고 부모님 이전의 두 세대, 양조장 주인, 건축가, 상인, 음악가,

* Hoosier. 인디애나주 출신을 일컫는 별칭.

그리고 그분들의 배우자들도 크라운힐 공동묘지에 묻혀 있다.

풀 하우스!

한번은 농촌 소년 존 딜린저가 부서진 욕조 널빤지를 깎아 만든 목제 권총을 휘두르며 감옥을 탈출했다. 목제 권총을 구두약으로 검게 칠한 것이다! 딜린저는 너무도 흥미진진했다. 도망치는 와중에 은행을 털고 오지로 사라지면서 헨리 포드에게 팬레터를 썼다. 그는 이 반유대주의자에게 그렇게 빠르고 민첩한 도주 차량을 만들어준 데 대해 감사를 표했다!

그 시절에는 더 좋은 차를 타고 운전만 잘하면 경찰을 따돌리는 게 가능했다. 페어플레이에 관한 이야기 아닌가! 모든 미국인이 원하는 바로 그것에 관한 이야기! 평평한 운동장! 게다가 딜린저는 부자와 강자, 무장 경비원이 있는 은행만 털었다, 그것도 본인이 직접.

딜린저는 히죽히죽 웃는 교활한 협잡꾼이 아니었다. 그는 스포츠맨이었다.

우리네 공립학교 서가에서 불온한 문학을 색출하려는 간절한 노력이 간단없이 이어지고 있지만, 세상에서 가장 불온한 이야기 두 편은 전혀 의심받지 않고 여전히 그 자리에 남아 있다. 하나는 로빈 후드다. 존 딜린저만큼이나 교육을 못 받은 그가 딜린저에게 영감을 주었을 게 분명하다. 진짜 사내가 인생을 가지고 시행할 수 있는 저명한 청사진.

그 시절 미국에서는 지적으로 소박한 가정 어린애들의 정신이 수없이 많은 TV 속 이야기의 홍수에 휩쓸려 있지 않았다. 단지 몇 가지 이야기를 듣거나 읽었고, 그러니 그 이야기를 기억할 수 있었고, 아마 뭔가를 배울 수도 있었을 것이다. 영어를 사용하는 모든 곳에서는 『신데렐라』가 그런 이야기 중 하나였다. 다른 하나는 『미운 오리 새끼』였다. 또다른 이야기 하나가 로빈 후드였다.

그리고 로빈 후드만큼이나 기성 권위를 경멸하는 이야기는 『신약성경』에 묘사된 예수그리스도의 일생이다. 『신데렐라』와 『미운 오리 새끼』는 그렇지 않다.

평생 비혼의 동성애자로 살다 간 미연방수사국 국장 J. 에드거 후버의 지시를 받은 연방수사관들이 딜린저를 사살했다. 연인과 함께 영화관을 나오던 그를 간단히 처형해버린 것이다. 딜린저는 총을 뽑지도 않았고, 돌진하거나 몸을 숙이지도 않았고, 도망갈 시도조차 하지 않았다. 그저 영화가 끝난 뒤 황홀경에서 깨어나오며 현실세계로 들어오는 여느 사람과 똑같았다. 딜린저가 죽임을 당한 이유는 너무 오랫동안 연방수사관들을 멍청이로, 제정신이 아닌 상태로 보이게 만들어서였다. 당시에는 모든 연방수사관이 펠트 중절모를 쓰고 다녔다.

그 일은 1934년에 일어났다. 내가 열한 살 때였다. 앨리 누나는 열여섯 살이었다. 누나는 눈물을 흘리며 격분했고, 우리는 극장에 간 딜린저의 연인을 함께 욕했다. 그 나쁜 년이 연방수사국 놈들에게 그날 밤 딜린저가 어디에 있을지 밀고한 것이다. 그러니 우리는 그년을 나쁜 년 말고는 다르게 부를 도리가 없었다. 그년은 놈들에게 자기는 오렌지색 드레스를 입고 있겠다고 했다. 또 영화관을 나설 때 자기 옆에 있을 수수한 차림의 이상한 자식이 바로 연방수사국의 호모 국장님께서 '공공의 적 넘버원'으로 낙인찍은 바로 그놈이라고.

그년은 헝가리 출신이었다. 옛말처럼, "헝가리 사람을 친구로 두면 적이 아예 필요 없다."

앨리 누나는 그후 웨스트 38번 스트리트의 담장에서 멀지 않은 크라운힐 공동묘지에 있는 딜린저의 커다란 묘비 옆에서 사진을 찍었다. 나도 가끔 그곳에 가서 총기류광이던 아버지가 생일선물로 준 22구경 반자동소총으로 까마귀 사냥을 하곤 했다. 당시에는 까마귀가 인류의 적으로 분류되었다. 까마귀들은 조금만 기회가 보여도 우리의 옥수수를 먹어치우곤 했다.

내가 알던 아이 하나는 황금독수리를 쏜 적이 있다. 여러분도 그 펼쳐진 날개를 보셨으면 좋았을걸!

앨리 누나가 너무도 싫어하는 바람에 나는 사냥을 그만두었고, 아버지도 그랬다. 내가 다른 곳에서도 썼듯이, 아버지가 총기류광이 되고 사냥꾼이 된 것은, 비록 당신이 건축가에다 화가에다 도공으로 예술 분야에 종사하긴 했지만, 그럼에도 사내답지 못한 건 아니라는 사실을 증명하기 위해서였다. 대중 강연을 할 때 나도 자주 이렇게 말하곤 한다. "여러분이 부모님을 정말로 괴롭히고 싶다면, 그럼에도 동성애자가 될 만큼 배짱이 두둑하지 않다면, 최소한으로 할 수 있는 게 바로 예술 분야로 진출하는 겁니다."

아버지는 낚시로 여전히 당신의 남자다움을 보여줄 수 있다고 여겼다. 그런데 그것마저 버니 형이 망쳐버렸다. 낚시는 마치 스위스 회중시계나 정교하게 제작된 다른 소형 기계류를 박살내는 것과 같다고 말해버렸기 때문이다.

2001년 조개구이 파티에서 나는 형과 누나가 어떻게 아버지로 하여금 사냥과 낚시를 부끄러워하게 만들어버렸는지에 대해 킬고어 트라우트에게 얘기했다. 그는 셰익스피어를 인용했다. "감사할 줄 모르는 자식을 둔다는 건 뱀의 이빨보다 날카로운 상처일지니!"

트라우트는 고등학교도 미처 마치지 못하고 독학한 사람이다. 나는 그때 그가 셰익스피어를 인용하는 걸 보고 내심 놀랐다. 나는 그 훌륭한 작가의 말을 많이 외우고 있느냐고 물었다. 그의 답은 이랬다. "물론이지요, 동료 작가 선생. 인간이 살아가는 삶을 너무 완벽하게 묘사해버리는 바람에 그후 어떤 작가건 한 단어도 더 쓸 필요가 없게 만들어버린 바로 그 문장도 포함해서 말이올시다."

"트라우트 선생님, 그 문장이 뭐지요?" 내가 물었다.

그러자 그가 말했다. "세상은 전부 무대이고, 모든 남자와 여자는 그저 배우일 뿐이라네."

11

지난봄 나는 오랜 친구에게 편지를 써서, 내가 왜 여러 해 동안의 많은 시도와 실패 끝에 출판 가능한 소설을 더이상 쓸 수 없다는 게 명백해져버렸는지 얘기했다. 그 친구는 스카스데일에 사는 내 또래의 시인이자 광고인 에드워드 뮤어다. 내 장편소설 『고양이 요람』에서 나는 이렇게 적었다. 어떠한 논리적 이유도 없이 당신의 삶이 계속 누군가와 엮이게 된다면 그 사람은 당신의 커래스, 즉 하느님이 뭔가를 하기 위해 만들어놓은 팀의 구성원이다. 에드 뮤어는 확실히 내 커래스의 구성원이다.

이 이야기 좀 들어보시라. 내가 2차세계대전 후 시카고대학교에 다닐 때, 에드 뮤어도 거기 있었다. 비록 그때는 만나지 않았지만. 내가 제너럴일렉트릭사의 홍보부 직원이 되기 위해 뉴욕주 스케넥터디에 갔을 때 에드도 유니언 칼리지의 선생이 되기 위해 그곳에 갔다. 내가 GE사를 그만두고 케이프코드로 이사했을 때 그는 그레이트 북스 프로그램* 모집원으로 거기에 나타났다. 마침내 우리는 만났고 하느님을 섬기건 아니건 관계없이 내 첫번째 아내와 나는 그레이트 북스 그룹의 리더가 되었다.

그리고 에드 뮤어가 보스턴의 광고회사에서 일자리를 잡았을 때 나도 광고회사에서 일했다. 나는 에드가 거기서 일하는 줄도 몰랐다. 에드의 첫 결혼이 파국에 이르렀을 때 내 결혼도 파탄이 났고, 지금은 둘 다 뉴욕시에 있다. 그러나 내가 강조하고 싶은 이야기는 이것이다. 내가 작가로서의 폐색 경험에 관한 편지를 보냈을 때 에드 뮤어는 그것을 한 편의 시처럼 바꿔서 돌려보내주었다.

에드 뮤어는 나의 인사말 부분과 자신의 유니언 칼리지 학생이었던 데이비드 마크슨의 『독자의 폐색』을 칭찬하는 내용의 처음 몇 줄은 생략했다. 나는 사람들이 아무리 출중한 장편소설을 읽고도 더이상 놀라지 않는 이런 세상에서 데이비드가 그렇게 훌륭한 책을 쓸 수 있었던 데 대해 운명의 여신에게 감사할 필

* 1952년 브리태니커 백과사전이 청소년과 성인을 대상으로 한 고전 읽기와 교양 교육을 위해 출판한 54권의 전집을 말한다.

요는 없다고 말했다. 뭐 대충 그런 투였다. 산문으로 된 내 원래 편지는 지금 갖고 있지 않다. 하지만, 시로는 이런 모습이다.

운명의 여신에겐 이제 노 생큐.
우리가 가고 나면 종이 위의 잉크에 흥분해서
그 가치를 충분히 알아챌 이
이제 그 어디에도 없을지니.

내 병은 폐렴 외래환자의 병과
다르지 않나니, 그건 바로
외래 작가의 폐색이라네.

날마다 종이 위에 단어를 얹건만
이야기는 가치 있는 그 어디에도
이제 이르지 못하네.

『제5도살장』은 젊은 독일인의 손에 의해
오페라로 바뀌어,
오는 유월에 뮌헨에서 첫 공연을 한다더라만.
난 거기도 가지 않으리.
관심도 없고.

나는 좋아한다네,
'오컴의 면도날'과 '절약의 법칙'*을,
둘 다 현상의 가장 단순한 설명이
늘 가장 믿을 만한 설명이라기에.

이제 나는 믿나니, 데이비드의 도움으로,
작가의 폐색은 바로 알아채는 것,
사랑하는 이들의 삶이 내 바람과 달리
그토록 끝나버린 것은
우리의 영어 정체英語 政體, Body English 덕분임을.
소설이 바로 그 영어 정체이기에.

어쨌거나.

에드가 그렇게 시로 바꾸어준 건 멋진 일이었다. 에드에 관한 또 한 가지 멋진 이야기는 그레이트 북스 사업 때문에 떠돌이생활을 하던 시절의 것이다. 에드는 〈애틀랜틱 먼슬리〉 같은

* '오컴의 면도날'(Occam's Razor)과 '절약의 법칙'(Law of Parsimony)은 어떤 현상에 대해 똑같은 결과를 낳는 두 개의 이론이 경합할 때 단순하고 명료한 설명이 우선한다는 논리학의 명제다.

곳에 간간이 시를 게재하는 이류 시인이다. 그런데 그의 이름은 1959년에 죽은 스코틀랜드의 일류 시인 에드윈 뮤어의 이름과 거의 똑같다. 어설픈 겉똑똑이들은 가끔 그에게 바로 그 시인 에드윈 뮤어냐고 물었다.

한번은 에드가 어떤 여성에게 자기는 그 시인이 아니라고 말했더니, 그 여성이 크게 실망을 표했다. 그녀는 자기의 애송시 하나가 「시인, 아이를 감싸다」라고 말했다. 잘 들어보시라. 그 시를 쓴 사람이 바로 이 미국의 에드 뮤어였다.

12

내가 『우리 읍내』를 썼더라면 얼마나 좋았을까. 또 내가 롤러블레이드를 발명했더라면 얼마나 좋았을까.

나는 세상을 떠난 헤밍웨이의 친구이자 전기 작가 A. E. 하츠너에게 헤밍웨이가 자기 자신을 제외하고 다른 사람을 쏴죽인 적이 있는지 물어보았다. 하츠너는 말했다. "아니오."

나는 세상을 떠난 독일의 위대한 소설가 하인리히 뵐에게 독일인 성격의 기본 결점이 뭔지 물어보았다. 그가 말했다. "복종이지요."

나는 입양한 조카 한 명에게 내 춤 솜씨가 어떠냐고 물어보았다. 조카가 말했다. "봐줄 만은 해요."

내가 돈이 떨어져서 보스턴의 광고회사에서 카피라이터로 일하게 되었을 때 회계 이사 하나가 보니것이 어떤 종류의 이름인지 물었다. 나는 "독일 이름입니다"라고 대답했다. 그가 이렇게 말했다. "독일인들이 내 사촌 육백만 명을 죽였지."

내가 왜 그토록 많은 사람처럼 에이즈에 안 걸렸는지, 왜 HIV 양성이 아닌지 궁금하신가? 나는 쓸데없이 지랄하며 돌아다니지 않는다. 그렇게 간단한 것이다.

트라우트는 에이즈나 신종 변이 매독과 임질과 부고환염이 약쟁이 여자들이 미쳐 날뛰듯이 시시때때로 창궐하는 이유에 대해 이런 이야기를 해주었다. 2차세계대전이 끝난 직후인 1945년 9월 1일에 모든 화학원소의 대표들이 트랄파마도어 행성에서 회의를 개최했다. 그들이 회의를 개최한 이유는 원소 회원 일부가 인간처럼 잔혹하고 멍청할 뿐 아니라 거대하고 너절하고 악취나는 유기체들의 몸속으로 편입된 데 대해 항의하기 위해서였다.

지금껏 단 한 번도 인간의 본질적 구성 요소였던 적이 없는 폴로늄이나 이테르븀과 같은 원소들은 그럼에도 어떤 화학원소

건 이제 그렇게 오용될 수 있다는 사실에 분개했다.

역사를 통틀어 수없이 많은 대학살의 참전용사였던 탄소는 당황했다. 그럼에도 탄소는 회의의 관심을 15세기 영국에서 반역죄로 공개처형당한 한 사람에게 집중시켰다. 그 반역자는 거의 죽을 때까지 목이 매달려 있었다. 그런데 다시 살아났다. 그의 배가 갈라졌다.

교수형 집행관이 그의 내장 한 꾸러미를 끄집어냈다. 집행관은 반역자의 면전에 내장 꾸러미를 걸어놓고 여기저기 횃불로 지졌다. 내장 꾸러미는 여전히 그의 나머지 내장들과 연결되어 있었다. 교수형 집행관과 수하들은 반역자의 사지에 각각 말을 한 마리씩 묶었다.

그들이 말에 채찍질을 가하자 그 사내의 몸이 네 조각으로 들쭉날쭉 찢어졌다. 사지는 정육점 갈고리쇠에 걸린 채 시장에 전시되었다.

트라우트에 따르면, 회의의 정식 개회 전에 성인 인간들이 어린아이들에게 자행한 끔찍한 일들에 대해서는 얘기하지 않기로 합의되었다고 한다. 몇몇 대표가 가만히 앉아서 그렇게 역겨운 얘기를 들을 바에는 차라리 회의를 보이콧하겠다고 위협했기 때문이다. 그게 도대체 무슨 의미가 있겠는가?

"성인 인간들이 성인들을 대상으로 자행한 짓만으로도 인류가 멸종될 만하다는 데는 의심의 여지가 없으니까요." 트라우트가 말했다. "성인들이 어린아이들에게 자행한 짓들을 구역질나도록 재탕하는 건 말하자면 백합에다 금칠을 하는 셈일 테니 말이지요."

질소는 본의 아니게 2차세계대전 시기 나치 친위대와 의사들의 부속물로 부역했던 사실에 대해 한탄했다. 칼륨은 스페인 종교재판에 관해 머리가 쭈뼛주뼛 서게 만드는 얘기를, 칼슘은 로마 원형극장 경기들에 대한 얘기를, 산소는 아프리카 흑인 노예제에 관한 숨막히는 얘기를 했다.

나트륨은 이제 제발 그만하자고, 더이상의 증언은 뉴캐슬항에 석탄 붓는 꼴이 될 거라고 말했다. 나트륨은 더 강력한 항생제를 만들기 위해 의학 연구에 가담하는 모든 원소는 가능한 한 항상 힘을 합치자고 제안했다. 이로 인해 신종 변이로 진화한 질병성 미생물이 항생제에 다시 저항하게 된 것이다.

나트륨이 예견하기로는 좌창과 완선을 포함한 인간의 모든 질환이 곧 치료가 불가능해질 뿐 아니라 치명적인 병이 될 터였다. 트라우트의 전언에 따르면 나트륨은 이렇게 말했다. "모든 인간이 죽을 겁니다. '우주'의 탄생 때처럼 모든 화학 원소도 다시 죄악으로부터 자유로워질 테고요."

철과 마그네슘은 나트륨의 제안에 재청했다. 인이 표결을 요청했다. 나트륨의 제안은 환호 속에 통과되었다.

13

졸턴 페퍼가 사람들이 이제는 제 머리가 접시에 올려지기는커녕 핀셋으로 집힌 채 넘겨받는 꼴이라고 부인에게 말하던 2000년 크리스마스이브, 킬고어 트라우트는 미국문학예술아카데미 건물 바로 옆에 있었다. 트라우트에게는 졸턴의 얘기가 들리지 않았다. 하반신이 마비된 작곡가 페퍼가 사람들로 하여금 사람보다 더 똑똑한 기계와 경쟁하게 만드는 광란에 대해 고래고래 소리지르고 있을 때, 두꺼운 벽돌벽이 페퍼와 트라우트 사이를 가로막고 있었기 때문이다.

페퍼는 이런 수사학적인 질문을 했다. "그렇게 엄청난 창의력과 많은 돈을 처발라가면서까지 우리가 모욕을 당해야 할 만큼 중요한 이유가 도대체 뭐냐고? 애초부터 우리가 스스로를 그렇게 멋진 존재라고 여긴 적도 없는데 말이야."

그때 트라우트는 한때 북미원주민박물관으로 쓰였던 노숙자 보호소의 간이침대에 앉아 있었다. 명실공히 역사상 가장 많은 작품을 쏟아내는 단편소설 작가 트라우트였지만, 저 아래 42번 스트리트와 5번가 사이에서 경찰의 뉴욕공공도서관 일망타진으로 체포된 상태였다. 트라우트와 약 서른 명의 사람들이 그 도서관에서 살고 있었고, 트라우트는 그들을 "신성한 소떼"라고 불렀다. 그들은 검은색 버스에 실려 지랄같이 한참 저 위쪽 동네인 웨스트 155번 스트리트의 보호소에 맡겨졌다.

북미원주민박물관은 전멸당한 원주민들이 모든 게 엉망진창이 되기 전에 어떻게 살았는지 보여주는 축소 세트장이었다. 유적의 잔해들은 트라우트가 거기로 끌려가기 오 년 전에 안전한 다운타운 인근으로 옮겨졌다.

2000년 11월 11일에 또하나의 이정표를 통과한 탓에 트라우트는 지금 여든네 살이다. 그는 2001년 노동절에 세상을 떠났는데, 나이는 만으로 여전히 여든넷이었다. 하지만 그때는 이미 타임퀘이크가 트라우트와 우리 모두에게 그러니까 십 년이라는 예상치 못한 보너스를 준 뒤였다.

트라우트는 이 재연 기간이 끝날 때쯤 『나의 자동항법 십 년』

이라는 책을 쓴다. 그 책은 재연 기간에 대한 결코 끝나지 않을 회고록이다. "들어보세요, 타임퀘이크라는 게 우리를 이 옹이구멍에서 저 옹이구멍으로 끌고 다니지는 않을지 몰라도, 그렇게 하는 것만큼이나 심술궂고 또 강력한 뭔가일 겁니다."

나는 『타임퀘이크 1』에서 이렇게 말했다. "트라우트는 외동이었는데, 그가 겨우 열두 살 때 매사추세츠주 노샘프턴대학교 교수로 재직하던 그의 아버지가 부인을 살해했다."

나는 트라우트가 1975년 가을부터 자신의 이야기를 출판사에 투고하지 않고 모두 버린 뒤 부랑자가 되었다고 말했다. 미 해병대 탈영병인 외동아들 리온의 사망 소식을 접한 후였다. 리온은 스웨덴에서 정치적 망명 허가를 받고 조선소 용접공으로 일하다가 뜻밖의 사고로 머리가 잘려나갔다.

나는 또 트라우트가 길거리로 나섰을 때가 쉰아홉 살이 되던 해라고 말했다. 그후 트라우트는 세상을 뜨기 직전 로드아일랜드주 재너두 작가 마을의 어니스트 헤밍웨이실이 주어질 때까지 단 한 번도 자기 집을 가져본 적이 없다.

트라우트가 역사상 가장 광범하고 집요했던 인종대학살을 추념한 북미원주민박물관에 입주했을 때, 그의 호주머니에는 「B-36 자매들」이 속된 말로 따끈따끈한 상태로 들어 있었다. 그는 그 이야기를 다운타운의 뉴욕공공도서관에서 막 끝내고 온 참이었는데, 이 작품을 미처 어떻게 하기도 전에 경찰이 그를 감금해버렸던 것이다.

그렇게 트라우트는 전쟁 잉여물자인 해군 야상을 입은 채로 노숙자 보호소에 도착했고, 직원에게 자기 이름이 빈센트 반 고흐이며 살아 있는 친척은 아무도 없다고 말했다. 그리고 곧 그가 다시 보호소 밖으로 나왔을 때는 황동원숭이 불알이라도 얼려버릴 만큼 날씨가 추웠다. 그는 미국문학예술아카데미 건물 앞 소화전에 묶인 채 자물통이 채워진 뚜껑 없는 철망 쓰레기통 속으로 「B-36 자매들」 원고를 던져버렸다.

십 분 후 트라우트가 다시 노숙자 보호소로 들어갔더니 직원이 말했다. "빈센트, 어딜 다녀오는 거요? 당신을 잃어버린 줄 알았잖소." 그러고 나서 직원은 트라우트의 간이침대가 있는 곳을 알려주었다. 그 침대는 보호소와 아카데미가 함께 쓰는 공용 벽에 붙어 있었다.

아카데미 쪽 공용 벽에는 모니카 페퍼의 자단목 책상 위로 사막을 배경으로 한 조지아 오키프의 표백된 암소 두개골 그림이 걸려 있었다. 트라우트 쪽 벽에는 그의 간이침대 머리맡 바로 위에 콘돔을 쓰지 않고는 절대로 어디에도 물건을 쑤셔넣지 말라고 경고하는 포스터가 붙어 있었다.

타임퀘이크가 강타한 후, 그리고 재연 기간도 마침내 끝나고 자유의지가 다시 작동하기 시작한 뒤에야 트라우트와 모니카는 서로를 알게 되었다. 우연히도 모니카의 책상은 한때 소설가 헨리 제임스가 쓰던 것이었다. 그녀의 의자는 한때 작곡가이자 지휘자인 레너드 번스타인의 것이었다.

트라우트는 타임퀘이크가 강타하기 전 오십일 일 동안 자기의 간이침대가 모니카 페퍼의 책상과 그렇게 가까이 있었다는 사실을 알고는 다음과 같이 말했다. "바주카포가 있었다면 우리 둘 사이의 벽에다 구멍을 내버렸을 거요. 둘 중 하나나 둘 다 죽지 않았다면 아마 이렇게 물어봤을 겁니다. '이렇게 참한 여성께서 이런 곳에서 도대체 뭘 하고 계시오?'"

14

노숙자 보호소에서 트라우트의 옆자리 간이침대를 쓰던 부랑자가 그에게 즐거운 크리스마스를 보내길 바란다고 말했다. 트라우트가 대답했다. "땡그랑! 땡그랑!"

트라우트의 대답이 지붕 위에 있는 산타클로스의 썰매 종소리를 암시한다고 볼 수도 있었겠지만, 그 소리가 크리스마스 휴가에 잘 어울린 것은 그저 우연일 뿐이었다. 그는 누구라도 자신에게 "잘 지내세요?"라거나 계절에 상관없이 "날씨 참 좋지요!" 따위의 겉치레 인사를 건네면 항상 "땡그랑"이라고 말하곤 했기 때문이다.

트라우트의 보디랭귀지와 목소리 톤과 사회적 환경에 따라 이 말은 실제로 "당신도 즐거운 크리스마스 보내시길 바랍니다"를 의미할 수도 있었다. 그러나 이 말은 또 하와이 사람들의 알로하처럼 "안녕"이나 "안녕히 가세요"를 의미할 수도 있었다. 이 늙은 SF 작가는 이 말로 "저기요"나 "감사합니다"를 의미할 수도 있었고, "예"나 "아니오"나 "완전히 동의합니다"를 의미할 수도 있었고, "당신의 뇌가 다이너마이트라면 당신 모자 하나도 날려버리지 못할 거요"를 의미할 수도 있었다.

2001년 여름 재너두에서 나는 어쩌다 "땡그랑"이 그의 대화에 자주 등장하는 앞꾸밈음 또는 장식음이 되었는지 물어보았다. 나중에 보니 그때 그의 답변은 피상적인 설명에 불과했다. "내가 전쟁중에 지른 환호성 같은 거지요." 그가 말했다. "내가 요청한 집중 포격이 목표 지점에 명중할 때마다 '땡그랑! 땡그랑!'하고 외쳤단 말입니다."

약 한 시간 후, 조개구이 파티 전날 오후였는데, 트라우트가 손가락을 구부리며 나보고 헤밍웨이실로 들어오라고 손짓했다. 우리가 방으로 들어가자 그는 등뒤로 문을 닫았다. 그러고는 내게 물었다. "정말로 '땡그랑'에 관해 알고 싶으시오?"

나는 그의 첫번째 설명에 만족한 상태였다. 내게 훨씬 더 자세한 얘기를 들어보길 원한 건 트라우트 쪽이었다. 조금 전 나의 순진한 질문이 트라우트로 하여금 노샘프턴에서의 끔찍한 기억들을 떠올리게 한 것이었다. 트라우트는 얘기를 해야만 그 기억을 떨쳐버릴 수 있었다.

"우리 아버지가 어머니를 살해했어요." 킬고어 트라우트가 말했다. "내가 열두 살 때 말이에요."

"어머니의 시신은 우리집 지하실에 있었지요." 트라우트가 말했다. "그런데도 나는 어머니가 실종된 줄로만 알았어요. 아버지는 맹세코 어머니에게 무슨 일이 일어났는지 전혀 모른다고 했습니다. 마누라 살해범들이 흔히 그러듯이 아마 어머니가 친척집에 갔을 거라고 하더군요. 그날 오전 내가 학교 간 사이에 어머니를 죽여놓고도 말입니다.

그날 밤 우리 저녁식사는 아버지가 준비했습니다. 아버지는 다음날 아침까지도 어머니에게서 연락이 없으면 경찰에 실종 신고를 하겠다고 말하더군요. 아버지가 이렇게 말합니다. '요즘 네 엄마가 아주 피곤해하고 신경이 날카롭더라. 너도 눈치챘니?'"

"우리 아버지는 미쳤던 겁니다." 트라우트가 말했다. "얼마나 미쳤냐고요? 한밤중에 아버지가 내 침실로 들어오더니 나를 깨우더군요. 뭔가 중요한 할말이 있다면서요. 그저 상스러운 조크joke에 불과했지만, 이 불쌍한 병자는 그 조크가 인생이 자신에게 가한 무시무시한 불행을 의미하는 우화라고 믿고 있었어요. 그 조크는 경찰을 피하려 아는 여자의 집에 숨어 있던 도망친 죄수에 관한 것이었습니다."

"그 여자의 집 거실 천장은 성당형이었답니다. 무슨 말이냐 하면 천장이 지붕 꼭대기까지 쭉 솟아 있고, 그 아래 공간에 거친 서까래가 펼쳐져 있었단 말입니다." 트라우트가 잠시 말을 멈췄다. 마치 자기 아버지가 그랬던 것처럼 자신도 그 이야기에 사로잡힌 것만 같았다.

자살한 어니스트 헤밍웨이를 기념해 이름 붙인 바로 그 방에서 트라우트가 다시 말을 이어갔다. "그 여자는 과부였는데, 여자가 죽은 남편의 옷가지를 가지러 간 사이에 도망자는 자기 옷을 전부 벗었답니다. 그런데 도망자가 그 여자 남편의 옷을 입기도 전에 경찰들이 곤봉으로 현관문을 두들기더라는 겁니다. 그래서 도망자는 서까래 위에 숨었지요. 그런데 여자가 경찰들을 집안에 들였을 때, 도망자의 초대형 불알이 그만 아래로 축 늘어져 훤히 보이더랍니다."

트라우트는 다시 말을 멈췄다.

"경찰이 여자에게 그놈이 어디 있느냐고 물었답니다. 여자는 어떤 놈을 말하는 건지 모르겠다고 대답했지요." 트라우트가 말했다. "경찰 한 명이 서까래에서 축 늘어져 매달려 있는 불알을 보고 저게 뭐냐고 물었습니다. 여자는 중국 절의 범종이라고 말했답니다. 경찰이 그 말을 믿었다네요. 그 경찰은 항상 중국 범종 소리를 한번 들어보고 싶었다고 했다지요."

"경찰이 곤봉으로 불알을 세게 톡 쳤는데도 소리가 안 나는 겁니다. 그래서 경찰이 다시 세게, 훨씬 더 세게, 몹시 세게 불알을 때렸답니다. 서까래 위의 도망자가 뭐라고 소리쳤는지 아세요?" 트라우트가 내게 물었다.

나는 모르겠다고 말했다.

"도망자가 이렇게 소리질렀어요. '**땡그랑이다, 이 개자식아!**'"

15

북미원주민박물관이 인종대학살의 기념물을 안전한 곳으로 옮길 때 미국문학예술아카데미도 직원과 보물들을 좀더 안전한 지역으로 옮겼어야 했다. 문학예술아카데미는 여전히 지랄같이 한참 저 위쪽 동네인 업타운의, 살아갈 가치도 없는 삶을 살아가는 사람들만 사방 천지에 깔려 있는 곳 한가운데에 그대로 버티고 있었다. 숫자도 줄어들고 도덕적으로도 타락한 회원들이 이사를 승낙할 만큼의 기운도 없었기 때문이다.

정말 솔직하게 말하자면, 문학예술아카데미가 어찌되어가는지 신경쓰는 사람은 직원과 사무실 일꾼들, 청소하고 유지하는 사람들, 그리고 무장 경비원들뿐이었다. 그들 대부분은 구닥다리 예술행위에 매력을 느끼지 못했다. 그 일이 아무리 의미가 없을지라도 일자리는 필요했고, 그리하여 무슨 일이건 일자리만 구해도 축하하던 1930년대 대공황 시기 사람들을 연상시켰다.

트라우트는 당시 자신이 구할 수 있었던 일자리를 "빼꾸기시계의 새똥 치우기"라고 묘사했다.

문학예술아카데미 사무총장 모니카는 확실히 일자리가 필요했다. 우리 누나 앨리와 너무도 빼닮은 모니카 페퍼는 그녀 자신과 그녀가 스완다이빙으로 전투력을 상실케 해버린 남편 졸턴의 유일한 부양자였다. 그래서 모니카는 목제 정문을 두께 반 인치짜리 강철 장갑판으로 바꾸고, 닫아서 잠글 수도 있는 망보기, 눈구멍을 달아서 문학예술아카데미 건물의 보안을 강화했다.

모니카는 문학예술아카데미 건물이 거기서 남쪽으로 2마일 떨어진 컬럼비아대학교의 폐허만큼이나 버려지고 또 약탈당한 것처럼 보이기 위해 할 수 있는 건 뭐든 다 했다. 창문에도 정문처럼 강철 셔터를 달고, 셔터 위에 다시 거친 합판을 덮은 뒤 거기다 검은 페인트칠을 하고, 그래피티로 건물 정면 전체를 뒤덮어 위장했다. 이 괴이쩍은 예술 작업을 직원들이 했다. 모니카는 강철 정문에 가로로 오렌지와 자주색 스프레이 페인트를 직접 뿌려서 "**엿 먹어라 예술!**"이라고 썼다.

이런 연유로 트라우트가 「B-36 자매들」을 문학예술아카데미 건물 정문 바깥의 쓰레기통에 집어넣을 때 더들리 프린스라는 아프리카계 미국인 무장 경비원이 정문의 망보기로 바깥을 보게 되었다. 부랑자들이 쓰레기통과 교류하는 것이야 신기한 일이 아니었지만, 프린스는 트라우트를 남자 약쟁이가 아니라 여자 약쟁이로 오해했고, 놀랍게도 그 여자 약쟁이가 바깥에서 이상한 일을 벌이고 있었던 것이다.

멀리서 보기에 트라우트의 외모는 이러했다. 바지 대신 보온 내의를 세 겹 껴입고, 전쟁 잉여물자인 남녀공용 해군 야상의 아랫단 아래로 장딴지 모양을 고스란히 드러내놓고 있었다. 그랬다. 게다가 구두가 아니라 샌들을 신고 있어 더 여자처럼 보였으며, 빨간색 풍선과 파란색 장난감 곰들이 인쇄된 아기 침대보로 만든 바부슈카 스카프도 한몫 거들었다.

트라우트는 뚜껑 없는 철망 쓰레기통이 마치 구닥다리 출판사의 편집자라도 되는 양, 그리고 자신의 네 쪽짜리 노란 육필 원고가 핫케이크만큼이나 잘 팔릴 게 분명한 위대한 소설이나 되는 양, 그 쓰레기통을 향해 몸짓을 해대며 뭐라고 지껄이고 있었던 것이다. 트라우트는 조금도 미치지 않았다. 훗날 그는 이날의 연극에 대해 이렇게 말했다. "당시 정신쇠약을 겪은 건 세상이었습니다. 나는 그저 그 악몽 속에서 가상의 편집자와 홍보 예산에 관해 말씀을 하고, 영화를 만들 때 누가 어떤 배역을 맡을지, 그리고 TV 프로그램에 직접 출연하는 문제는 어떻게 할지 등에 관해 논쟁하며 혼자 즐길 뿐이었지요. 완전히 순수하고 즐거운 일이었다니까요."

그의 행동이 너무 엉뚱해서 지나가던 진짜 여자 약쟁이가 이렇게 물어보았다고 한다. "이봐, 거기 당신 괜찮아?"

그 말에 트라우트는 아주 신이 나서 이렇게 외쳤다고 한다. "땡그랑! 땡그랑!"

트라우트가 노숙자 보호소로 되돌아간 뒤 권태와 호기심에 발동이 걸린 무장 경비원 더들리 프린스는 강철 정문의 자물쇠를 열고 그 원고를 회수해 갔다. 누가 생각해도, 어디를 봐도 자살할 것 같은 그 약쟁이 여자가 그토록 열광적으로 내던진 게 뭔지 궁금했던 것이다.

16

무슨 가치가 있을지는 모르겠지만, 그럼에도 『타임퀘이크 1』에서 제시한 타임퀘이크와 그것의 여진, 그리고 그 재연 기간에 관한 킬고어 트라우트의 설명을 여기에 풀어놓고자 한다. 미완의 회고록 『나의 자동항법 십 년』에서 발췌한 것이다.

"2001년의 타임퀘이크는 운명의 여신의 근육에 일어난 우주적 경련이었다. 그해 뉴욕시의 2월 13일 오후 두시 이십칠분, '우주'는 자신감의 위기를 경험했다. 무한 팽창을 계속해야만 하는가? 왜 그래야 하는가?

'우주'는 결정 불능으로 갈기갈기 찢겨 있었다. 어쩌면 모든 것이 시작된 그 순간으로 돌아가 가족과 상봉하고, 위대한 빅뱅을 다시 시작해야 할지도 몰랐다.

'우주'가 갑자기 십 년 축소했다. '우주'가 나와 모든 이를 1991년 2월 17일의 과거로 날려보내버렸고, 내 경우는 그날 오전 일곱시 오십일분 캘리포니아주 샌디에이고의 한 혈액은행 건물 바깥에 늘어선 대기줄 사이에 있었다.

하지만 스스로 가장 잘 아는 어떤 이유들 때문에 '우주'는 가족 상봉을 잠정적으로나마 취소해버렸다. 우주는 다시 팽창을 이어갔다. 팽창할지 축소할지를 정하는 데 어떤 분파가 결정적인 표를 던졌을지라도, 나는 그게 어느 분파인지 알지 못한다. 여든네 해, 또는 재연 기간까지 합산하길 원하신다면 아흔네 해나 되도록 살았지만 우주에 관한 많은 질문은 여전히 내게 미궁으로 남아 있다.

요즘 일부 사람들은 재연 기간이 십 년에서 겨우 나흘을 뺀 시간 동안 지속되었다는 사실이 하느님이 존재한다는 증거일 뿐 아니라, '십진법'과 함께 존재한다는 증거라는 말들을 한다. 그 사람들 말에 따르면 하느님도 우리 인간처럼 열 개의 손가락과 열 개의 발가락을 가졌고, 셈을 할 때는 손가락 발가락을 사용한다고 한다.

나는 믿을 수 없다. 어쩔 수 없다. 나는 그렇게 생겨먹었다. 매사추세츠주 노샘프턴에 있는 스미스 칼리지의 조류학 교수인 우리 아버지 레이먼드 트라우트가 주부이자 시인인 어머니를 살해하지 않았더라도 그런 태도를 가졌으리라. 그렇지만 내가 여러 가지 다른 종교를 진지하게 연구해본 적은 없기에 그에 대해 언급할 자격은 없다. 내가 확실히 아는 것이라고는 독실한 이슬람교도는 산타클로스를 믿지 않는다는 게 전부다."

두 번의 2000년 크리스마스이브 중 첫번째 날, 여전히 종교가 있던 아프리카계 미국인 무장 경비원 더들리 프린스는 트라우트의 단편 「B-36 자매들」이 하느님이 문학예술아카데미에 손수 보낸 메시지일 수도 있다고 생각했다. 부부 행성에서 발생한 일이 결국에는 자신의 행성에서 발생하고 있는 듯한 일들과 그다지 다르지 않았기 때문이다. 특히 그의 고용주인 지랄같이 한참 저 위쪽 동네 웨스트 155번 스트리트의 브로드웨이에서 서쪽으로 두번째 건물에 있는 미국문학예술아카데미의 남은 회원들에게 발생한 일이 더 그랬다.

트라우트는 모니카 페퍼와 나처럼 재연 기간이 끝나고 자유의지가 다시 작동하기 시작한 뒤에야 더들리 프린스를 알게 되었다. 타임퀘이크가 가한 일들 때문에 더들리 프린스는 현명하고 정의로운 하느님이 존재한다는 생각을 몹시 경멸하게 되었다. 우리 누나 앨리도 그랬다. 앨리 누나는 자기 인생뿐 아니라 모든 사람의 인생에 대해 이렇게 생각하기도 했다. "만약 하느님이 존재한다면, 하느님은 필경 인간들을 미워할 거야. 내가 말할 수 있는 건 그게 전부야."

2000년 첫 크리스마스이브, 더들리 프린스는 「B-36 자매들」을 매우 진지하게 여겼다. 그리고 그로 하여금 원고를 확실히 수거하게 하기 위해 약쟁이 여자가 일부러 과장된 모습으로 노란 육필 원고 뭉치를 던져넣은 거라고 믿었다. 이런 프린스의 이야기를 트라우트는 나중에야 들었다. 그때 늙은 SF 작가는 이렇게 말했다. "더들리, 전적으로 이해합니다. 당신이 그랬던 것처럼 하느님을 믿는 사람이라면 누구건 부부 행성을 믿는 일이 식은 죽 먹기일 테니."

권위와 품위의 기념비적 인물인 더들리 프린스에게 얼마나 많은 일이 일어났는지 들어보시라. 프린스는 당시 보안업체 유니폼을 입고 엉덩이에 권총을 찬 채, 포위된 문학예술아카데미 건물을 이십사 시간, 두 번의 2000년 크리스마스이브 중에서 첫 번째 이브부터 고작 오십일 일째 경비를 서고 있었다. 타임퀘이크는 프린스를 고독한 감옥으로 다시 날려보냈다. 조그만 비디오 가게가 있던 동네 로체스터에서 남쪽으로 60마일이나 떨어진 애시나의 뉴욕주특급교도소 담장과 감시탑 안의 그 구멍 속으로 말이다.

타임퀘이크가 더들리 프린스를 십 년 더 젊어지게 한 것은 분명했지만, 프린스의 경우 그게 결코 행운이 아니었다. 프린스가 가석방 가능성이 없는 종신형을 두 번이나 살아야 한다는 의미였으니까. 중국계 미국인과 이탈리아계 미국인을 부모로 둔 열 살짜리 소녀 킴벌리 왕을 로체스터의 코카인 가게에서 강간하고 살해했다는 게 죄목이었지만, 그는 전적으로 무죄였다!

우리 모두가 그랬던 것처럼, 재연 기간이 시작될 때 더들리 프린스도 당연히 앞으로 십 년간 자신에게 무슨 일이 다시 일어날지 기억하고 있었다. 피해자의 팬티에 묻어 있던 마른 정액의 DNA 테스트를 통해 칠 년 뒤 무죄 석방되리라는 것도 알았다. 반투명 종이봉투 속의 무죄 증거는 도로에 인접한 지방검사의 지하실에서 다시 한번 시간을 허비하게 된다. 그 지방검사는 주지사가 되려는 희망을 품고 프린스를 엮어 처넣은 바로 그 사람이었다.

그렇다, 맞다. 그로부터 정확히 육 년 뒤 시멘트 덩어리를 덮어쓰고 카유가호 밑바닥에서 발견된 바로 그 지방검사 말이다. 그동안 프린스는 고등학교 검정고시를 다시 치러야 했고, 예수를 다시 자기 삶의 중심에 두게 되는 등의 삶을 또 한번 살아야만 했다.

그러고 나서 다시 세상으로 솟아올랐을 때, 프린스는 자기처럼 감옥에 잘못 보내졌다가 마땅히 무죄 석방된 다른 사람들과 함께 TV 토크쇼에 나가 감옥에서 예수님을 영접하게 되었으니 감옥에 간 것이야말로 자신에게 일어난 일 중 가장 운이 좋은 일이라고 말해야만 했다.

17

두 번의 2000년 크리스마스이브 중 어느 한 날, 사실 무슨 일이 일어나고 있는지에 관한 사람들의 생각을 빼면 그게 정확히 어느 날이었는지는 중요하지 않은데, 빵재비 더들리 프린스는 「B-36 자매들」 원고를 모니카 페퍼의 사무실로 가져갔다. 모니카의 남편 졸턴이 휠체어에 앉아서 멀지 않은 미래에 문해력의 종말이 오리라고 예측하고 있었다.

"예언자 무함마드도 그런 일은 못했지." 졸턴은 이렇게 말하고 있었다. "예수님도, 성모마리아도, 요셉도 필경 못했고, 막달라마리아도 못했단 말이야. 샤를마뉴대제도 자기는 그런 일은 할 수 없다고 고백했지. 너무도 어려운 일이니까! 서반구 전체에서 누구도 해내지 못했어. 현명한 마야족이나 잉카족이나 아즈텍족마저 유럽인들이 오기 전까지 그런 일은 차마 상상도 못 했으니까.

당시에는 유럽인조차 대부분 읽고 쓸 줄 몰랐지. 읽고 쓸 줄 아는 유럽인은 소수의 전문가뿐이었으니까. 여보, 내 손에 장을 지지건대 TV 덕분에 곧 그런 일이 다시 벌어질 거야."

그리고 재연 기간인지 아닌지, 하여간 바로 그때 더들리 프린스가 이렇게 말했다. "죄송합니다만, 누군가 우리에게 뭔가 말하려고 하는 것 같은데요."

모니카는 「B-36 자매들」을 재빨리 읽더니 점점 참기 힘들어진 나머지 이야기가 터무니없다고 선언해버렸다. 그러고는 원고를 남편에게 건넸다. 그런데 남편 졸턴은 필자의 이름도 채 읽기 전에 감전된 것처럼 깜짝 놀랐다. "아니 이런, 아이고 이런!" 졸턴이 소리질렀다. "완벽한 침묵 속에 이십오 년이나 흘렀는데, 드디어 킬고어 트라우트가 내 인생으로 다시 들어와버렸네!"

졸턴 페퍼가 이런 반응을 보인 이유는 이렇다. 플로리다주 포트로더데일고등학교 2학년 시절 졸턴은 아버지의 오래된 SF 잡지 서가에서 이야기 하나를 베껴썼다. 졸턴은 그걸 자신의 창작물인 척 영어 선생님 플로렌스 윌커슨에게 제출했다. 그 이야기는 킬고어 트라우트가 출판사에 보낸 마지막 이야기 중 하나였다. 졸턴이 고등학교 2학년일 때 트라우트는 부랑자가 되어 있었다.

졸턴이 표절한 그 이야기는 다른 은하계의 어떤 행성에 관한 것이었다. 남녀 모두가 이마 가운데에 눈을 하나씩만 가지고 있는 그 행성의 작은 녹색 주민들은 재화나 용역을 다른 이에게 팔아서 음식을 구할 수 있었다. 이 행성의 구매자는 마침내 전부 사라졌지만, 어느 누구도 이 문제에 대해 제대로 된 뭔가를 생각해낼 수 없었다. 작은 녹색 주민들은 모두 굶어죽었다.

윌커슨 선생님은 표절을 의심했다. 자신이 한 짓이 심각하기보다는 재미있는 일이라고 생각한 졸턴은 사실대로 실토했다. 졸턴에게 표절이란 트라우트가 경범죄라고, 이를테면 "자기와 동성인 장님 앞에서의 외설적인 노출"쯤으로 부를 만한 것이었다.

윌커슨 선생님은 졸턴에게 따끔한 교훈을 주기로 결심했다. 그녀는 졸턴에게 학급 전체가 보는 앞에서 칠판에 "**나는 킬고어 트라우트의 지적재산을 훔쳤습니다**"라고 쓰게 했다. 그리고 졸턴에게 그다음주 내내 자기 수업 시간에 표절plagiarism을 의미하는 P자를 쓴 마분지를 셔츠 위에 걸고 있게 했다. 마분지는 목부터 가슴까지 덮었다. 지금 같았으면 윌커슨 선생님은 학생에게 그런 짓을 했다는 이유로 된통 소송을 당했을 것이다. 하지만 그때는 그때, 지금은 지금이다.

윌커슨 선생님이 어린 졸턴 페퍼에게 그런 짓을 하도록 영감을 준 것은 당연히 너새니얼 호손의 『주홍글자』였다. 『주홍글자』에서는 한 여인이 남편이 아닌 남자로 하여금 자기 산도 속에다 사정을 하게 해주었다는 이유로 가슴에 간통adultery을 의미하는 커다란 A자를 달고 살아야 한다. 그 여자는 남자의 이름을 말하지 않는다. 그는 목사님이다!

더들리 프린스가 정문 앞 쓰레기통에 이야기 원고를 던진 사람이 약쟁이 여자라고 말했기에 졸턴은 트라우트 본인이 그리 했으리라는 생각은 하지 못했다. "트라우트의 딸이나 손녀딸일 수도 있겠지." 졸턴은 그렇게 추론했다. "트라우트는 오래전에 세상을 떴을 테니까. 희망컨대 정말 그 인간이 죽었기를. 그래서 지옥에서 썩어가길."

그러나 트라우트는 바로 옆 건물에 있었다! 게다가 상태도 아주 좋았다! 「B-36 자매들」을 없애버린 것에 안도한 나머지 그는 또다른 이야기를 쓰기 시작했다. 트라우트는 열네 살 이후로 평균 열흘에 이야기 한 편씩을 완성했다. 말하자면 일 년에 서른여섯 편을 썼다. 이때 쓰기 시작한 것은 그의 이천오백번째 이야기였다! 이번 이야기의 배경은 다른 행성이 아니었다. 미네소타주 세인트폴에 있는 어느 정신과의사의 진료실이었다.

그 정신과의사의 이름은 이야기의 제목이기도 한 '닥터 샤덴

프로이트'*였다. 이 의사는 침대에 환자를 눕혀놓고 대화를 나눴는데, 거기까지는 좋았다. 그러나 환자들이 지껄일 수 있는 얘기는 슈퍼마켓의 선정적인 타블로이드판이나 TV 토크쇼에나 나올 법한 생판 모르는 사람들의 멍청하고 황당한 일들에 관한 것뿐이었다.

환자가 실수로 "나"나 "저" "제"나 "자신", 또는 "제 것" 같은 말을 하면 샤덴프로이트 선생은 원숭이처럼 화를 냈다. 속을 두둑이 채운 가죽의자에서 펄쩍 뛰었다. 발을 굴렀다. 두 팔을 펄럭거렸다.

샤덴프로이트 선생은 노발대발한 얼굴을 환자 얼굴 바로 위에 갖다댔다. 그리고 이런 말들을 으르렁 꽥꽥거렸다. "도대체 언제 배울 겁니까, 어느 누구도, 당신에 관해서, 당신에 관해서, 당신에 관해서는, 지루하고 의미도 없는 당신 같은 똥덩어리에 관해서는 신경쓰지 않는다는 걸 말이오? 당신의 모든 문제는 당신이 의미 있다고 생각하는 데 있다고요. 그걸 극복하시라고요, 아니면 그 잘난 엉덩이를 끌고 당장 여기서 꺼지란 말입니다!"

* Schadenfreude. 독일어로 '남의 불행을 통해 느끼는 기쁨과 만족감'을 뜻한다. 보니것은 여기서 지그문트 프로이트의 정신분석을 패러디하고 있다.

18

옆자리 간이침대를 쓰던 부랑자가 트라우트에게 무엇을 쓰고 있느냐고 물었다. 트라우트가 「닥터 샤덴프로이트」 첫 문단을 쓰던 때였다. 그는 이야기를 쓰는 중이라고 말했다. 부랑자는 그걸로 어쩌면 옆 건물 사람들한테 돈을 좀 받을 수 있을지도 모른다고 말했다. 옆 건물이 미국문화예술아카데미라는 말을 듣고 트라우트는 이렇게 말했다. "내게 그건 중국의 이발사 학교나 진배없소. 나는 문학을 쓰는 게 아니오. 문학이란 옆 건물의 저 거들먹거리는 원숭이들이나 신경쓰는 거니까."

트라우트가 말을 이었다. "예술가인 척하는 옆 건물의 저 얼간이들은 종이 위에다 잉크로 삶과 숨결과 3차원 인물들을 창조하지요. 얼마나 멋져! 마치 이 행성이 삼십억 명이나 되는 과

잉의, 살아서, 숨쉬는, 3차원 인물들 때문에 이미 죽어가고 있지 않다는 듯이 말이오!"

실제로 옆 건물에 남아 있는 사람은 물론 모니카 페퍼와 졸턴 페퍼, 그리고 더들리 프린스가 지휘자인 주간근무조 무장 경비원 세 명뿐이었다. 모니카는 사무실 직원과 경비원들에게 마지막 크리스마스 쇼핑을 하라며 하루 휴가를 주었다. 공교롭게도 그들은 모두 기독교인이거나 불가지론자이거나 배교자였다.

야간근무조 무장 경비원들은 모두 이슬람교도였다. 트라우트가 나중에 재너두에서 『나의 자동항법 십 년』에 쓰듯이 "이슬람교도들은 산타클로스를 믿지 않는다."

트라우트는 과거의 북미원주민박물관에서 이렇게 말했다. "내 작가 인생을 통틀어 나는 살아서 숨쉬는 3차원 인물을 딱 한 명 창조했습니다. 내 물건으로 산도 안에다 말이지요. 땡그랑!" 트라우트는 아들 리온에 대해 말하고 있었다. 전쟁 때 미군 해병대 탈영병이었다가 나중에 스웨덴의 조선소에서 목이 날아간 아들 말이다.

트라우트가 말했다. "만약 3차원 인물들을 창조하느라 시간을 허비했다면, 나는 정말 중요한 문제들에 주의를 환기하며 돌아다닐 수 없었을 겁니다. 저항할 수 없는 자연의 힘이나 잔혹한 발명품, 그리고 남녀 주인공 모두 쓰레기가 된 듯한 느낌이

들게 만드는 터무니없는 이상이나 정부나 경제 같은 것들 말입니다."

트라우트는 캐릭터보다는 캐리커처를 창조해냈다고 말한 것일 수 있는데, 그건 내게도 해당되는 얘기다. 게다가 소위 주류 문학에 대한 적대감은 트라우트에게만 고유한 것도 아니다. SF 작가들 사이에서는 일반적인 일이다.

19

엄밀히 말해 트라우트의 이야기 중 다수는 믿기 힘든 등장인물들이 없다면 전혀 SF가 아니었다. 「닥터 샤덴프로이트」도 정신의학을 과학으로 간주할 만큼 유머를 상실한 사람이 보는 게 아니라면 SF가 아니었다. 타임퀘이크가 더욱더 가까이 다가왔을 때 「닥터 샤덴프로이트」 다음으로 트라우트가 문학예술아카데미 건물 쓰레기통에 던져넣은 작품은 「벙커 빙고 파티」인데, 그것은 실화소설이었다.

그 이야기는 유럽에서 2차세계대전 말기 독일 베를린의 폐허 아래에 있던 아돌프 히틀러의 널찍한 방공 벙커를 배경으로 한다. 이 이야기에서 트라우트는 자신의 전쟁이자 내 전쟁이기도 한 그 전쟁을 "서구문명의 실패한 두번째 자살 시도"라 일컫는

다. 트라우트는 대화할 때도 그렇게 말했는데, 한번은 내가 있는 자리에서 그렇게 말하면서 이렇게 덧붙이기도 했다. "처음에 실패하면, 시도하고, 다시 시도하고, 제발 또다시 시도하게 되는 거지요."

소련연방의 탱크와 보병이 지하 벙커의 도로 높이 철문에서 수백 야드밖에 떨어져 있지 않았다. 트라우트는 이렇게 썼다. "지금까지 살았던 인간 가운데 가장 혐오스러운 인간인 히틀러는 그 아래에 갇혀서 어찌할 바를 모르고 있었다. 그 아래에서 그는 연인 에바 브라운, 그리고 선전장관 괴벨스와 그의 처, 자녀들을 포함한 몇몇 가까운 친구들과 함께 있었다."

뭐라도 결정적인 일을 하고 싶었던 히틀러는 에바에게 청혼한다. 그녀는 청혼을 수락한다!

이야기의 이 부분에서 트라우트는 그 자체가 하나의 완결된 문단으로 이뤄진 방백으로 이런 수사학적인 질문을 던진다.

"이게 뭔 일?"

남녀 누구나 결혼식 동안에는 자신의 곤경을 잊어버린다. 그런데 신랑이 신부에게 키스를 하고 나자 파티는 다시 맥이 빠져버린다. "괴벨스는 안짱다리였다." 트라우트는 이렇게 썼다. "그러나 괴벨스는 항상 안짱다리였다. 그게 문제가 되지는 않았다."

괴벨스는 자기 아이들이 빙고게임을 가지고 내려왔다는 사실을 기억했다. 그것은 약 사 개월 전 벌지전투에서 미군 병사들한테서 고스란히 빼앗은 것이었다. 나도 벌지전투에서 고스란히 생포되었다. 독일은 물자를 보존하기 위해 빙고게임 생산을 중단한 상태였다. 그런 이유로, 그리고 부상했던 히틀러가 몰락하는 동안 벙커 안의 어른들은 너무 바빴기에, 괴벨스의 아이들만 빙고게임을 하는 법을 알았다. 이 아이들은 이웃 아이에게서 게임을 배웠는데, 그 이웃 가족은 전쟁 전의 빙고게임 세트를 가지고 있었다.

이 이야기에는 굉장한 장면이 하나 있다. 빙고게임 규칙을 설명하는 남자아이 하나와 여자아이 하나가 멍청한 아돌프 히틀러를 포함한 정복 차림 나치들의 우주의 중심이 된 것이다.

타임퀘이크가 강타하기 전 트라우트가 문학예술아카데미 건물 앞에 버린 「벙커 빙고 파티」 한 부와 다른 이야기들 네 편을 우리가 가지게 된 것은 더들리 프린스 덕분이다. 모니카 페퍼는 그리 보지 않았지만, 지난 십 년이 고유한 원본이던 첫 재연 기간 내내 프린스는 그 약쟁이 여자가 쓰레기통을 우편함으로 사용하는 거라고 여겼다. 프린스는 자신이 강철 정문의 망보기로 약쟁이 여자의 발광 댄스를 관찰하고 있다는 걸 그녀도 안다고 믿었다.

프린스는 각각의 이야기를 회수해서 높은 곳의 그분이 그 안에 숨겨놓은 뭔가 중요한 메시지를 찾아낼 요량으로 찬찬히 살펴보았다. 재연 기간이건 아니건 경비 일이 끝나고 나면 이 사내는 외로운 아프리카계 미국인이었다.

20

2001년 여름 재너두에서 더들리 프린스는 그 이야기 원고 뭉치를 트라우트에게 건넸다. 트라우트는 자신을 제외한 다른 사람이 그걸 읽기 전에 공중위생과에서 소각해버렸거나, 파묻어버렸거나, 먼바다에 던져버렸길 바란 터였다. 트라우트가 직접 내게 해준 말에 따르면, 그는 헤밍웨이실의 킹사이즈 침대에 벌거벗은 채 책상다리를 하고 앉아서 그 지저분한 원고를 혐오스럽게 휙휙 넘기면서 읽었다. 이제 막 월풀욕조에서 거품목욕을 하고 난 후였다.

그런데 그때 트라우트의 시선이 반유대주의 아이 두 명이 광적으로 현란한 제복의 나치 고위직들에게 빙고를 가르치는 장면에 쏠렸다. 자기가 쓴 것 중 뭔가 눈부신 게 있다는 사실에 놀랄 만큼 존경이 일었는데, 언제나 작가로서 자기 자신을 새 발의 피만큼의 가치도 없다고 여기던 터라 그는 「이사야서」에 나오는 다음과 같은 예언의 반향으로 그 장면을 칭송했다.

"늑대가 새끼 양과 함께 살고, 표범이 어린 새끼와 함께 뒹굴리라. 송아지가 새끼 사자와 살찐 새끼와 함께하고, 또 어린아이가 그들을 인도하리니."

살찐 새끼란 도축을 위해 살을 찌운 모든 어린 동물을 가리킨다.

"그 장면을 읽어봤지요." 트라우트가 나와 모니카에게 말했다. "그러고는 자문했지요. '내가 이걸 도대체 어떻게 해냈지?'"

비범한 일을 해놓고서 그런 유쾌한 질문을 하는 사람을 내가 그때 처음 접한 것은 아니었다. 타임퀘이크가 일어나기 훨씬 전인 아주아주 먼 옛날 1960년대에, 나는 케이프코드의 반스터블 빌리지에 엄청 크고 낡은 집을 하나 가지고 있었다. 결혼 전 성이 콕스였던 첫 아내 제인 마리 보니것과 나는 그때 아들 넷과 딸 둘을 키우고 있었다. 내가 글을 쓰던 곁채는 무너지는 중이었고.

나는 곁채를 완전히 뜯어내버렸다. 그리고 원래 것과 비슷하게 새로 하나 짓기 위해 또래 친구이자 만능 재주꾼 테드 애들러를 고용했다. 테드는 혼자서 건물 기초 얼개를 만들었다. 레미콘 트럭에서 콘크리트 붓는 작업도 감독했다. 기초 위에다 직접 콘

크리트 블록도 쌓았다. 그는 위층 얼개를 짜고, 지붕과 벽면을 만들고, 지붕 위에 널빤지를 이어 와이어로 묶었다. 창문과 문짝도 달았다. 내부에 시트록 석고보드를 붙이고 못을 박았다.

시트록 석고보드가 마지막 단계였다. 안팎의 페인트칠은 내가 할 요량이었다. 나는 테드에게 그 정도는 내가 하고 싶다고 말했다. 안 그랬으면 그것마저 테드가 다 해버렸을 것이다. 일이 끝나고 쓰레기장에서 소각하지 않을 자투리 조각까지 모두 끌어내고 나자, 테드는 바깥에 나가 함께 30피트 거리에 서서 새 결채 건물을 한번 바라보자고 했다.

그러고는 테드가 그 질문을 했다. "내가 이걸 도대체 어떻게 해냈지?"

1996년 여름, 이 질문은 내가 즐겨 쓰는 세 가지 인용문 중 하나로 남아 있다. 셋 중 두 가지는 모종의 좋은 충고라기보다는 질문이다. 두번째 것은 예수그리스도의 "저들이 나를 뭐라고 부르느냐?"다.

세번째는 소아과의사이자 수채화가이자 색소폰 연주자인 내 아들 마크의 말이다. 나는 이미 아들의 말을 다른 책에서 인용한 적이 있다. "이것이 뭐건 간에 우리는 지금 이걸 극복하기 위해 여기 모였습니다."

이런 항의를 하는 분도 있겠다. "존경하는 닥터 보니것, 모두가 소아과의사가 될 수는 없잖아요."

「벙커 빙고 파티」에서 나치들이 빙고게임을 한다. 명실공히 역사상 가장 효과적인 소통 달인인 선전장관 괴벨스가 게임 참가자들에게 빙고의 승패를 가르는 칸들의 좌표를 불러주었다. 이 빙고게임은 마치 교회 바자회에서 순진한 노파들에게 항상 그러듯이 큰 곤경에 처한 이 전쟁 범죄자들에게 진통제임을 증명했다.

이 전쟁 범죄자 중 몇 명은 철십자훈장을 달고 있다. 철십자훈장은 전쟁터에서 정신병으로 분류해도 될 만큼 과도한 담대함을 보여준 독일인에게만 수여되는 훈장이다. 히틀러도 철십자훈장을 하나 달고 있다. 그는 서구문명의 첫번째 실패한 자살시도에서 상병으로 복무할 때 그 훈장을 받았다.

나는 모든 것을 끝장내려는 두번째 망가진 시도 당시 일병으로 복무하고 있었다. 어니스트 헤밍웨이처럼 나도 한 인간을 쏴 죽인 적이 없다. 어쩌면 히틀러도 그런 큰 묘기를 부린 적은 없을지 모른다. 그는 많은 사람을 죽였다고 그 나라의 최고 훈장을 받은 게 아니었다. 너무 용맹스러운 전령이어서 받은 것이다. 전쟁터의 모든 사람이 사람 죽이는 일 자체에만 집중하는 건 아니다. 나만 해도 우리가 정복하지 못한 곳에서 적을 찾아내는 정찰병이었다. 내가 적을 발견하더라도 그들과 전투를 벌이지는 않았다. 들키지 않고 살아 있다가 그들이 어디에 있는지, 그리고 그들이 무슨 일을 하는 것 같았는지를 상관들에게 보고하는 임무였다.

그때는 겨울이어서 나도 동상에 걸렸고, 그로 인해 내 나라에서 두번째로 낮은 퍼플하트훈장을 받았다.

내가 전쟁에서 돌아왔을 때 삼촌 댄이 등을 두드려주면서 큰 소리로 말했다. "이제 넌 진짜 사나이다!"

하마터면 내가 만난 첫 독일놈을 재수없게 죽일 뻔했다.

트라우트의 실화소설 이야기로 돌아가보자. 그래도 어쨌거나 하늘나라에 하느님이 존재하기라도 하다는 듯이 "**빙고**!"라고 소리치는 사람은 바로 총통이다. 아돌프 히틀러가 이긴 것이다! 히틀러는 믿을 수 없다는 듯이 당연히 독일어로 이렇게 말한다. "믿을 수 없어. 전에 이 게임을 해본 적도 없는데 이겼단 말이야, 내가 이겼다고! 이게 기적이 아니면 뭐란 말인가?" 히틀러는 로마가톨릭 신자다.

히틀러는 테이블 의자에서 일어선다. 두 눈은 아직도 앞에 놓인 승리한 빙고 카드를 뚫어지게 바라보고 있다. 트라우트에 따르면, "마치 그것이 '토리노의 성의聖衣, shroud' 조각이라도 되는 듯이." 이 개자식이 이렇게 질문한다. "이게 우리가 생각하는 것만큼 상황이 나쁘지만은 않다는 의미가 아니고 뭐겠는가?"

에바 브라운이 청산가리 캡슐을 삼키는 바람에 그 순간을 망쳐버린다. 괴벨스의 부인이 결혼선물로 에바에게 청산가리를 준 것이다. 괴벨스 여사는 자기 직계가족에게 필요한 양보다 더 많은 청산가리 캡슐을 가지고 있었다. 트라우트는 에바 브라운에 대해 이렇게 썼다. "그녀의 유일한 범죄는 괴물이 자기의 산도 속에다 사정하게 했다는 사실이다. 이런 일은 최고의 여인들에게도 일어나는 일이다."

소련공산당제 240밀리미터 곡사포가 벙커 위에서 터진다. 흔들리는 천장에서 칼시민 도료 박편들이 귀가 멍해진 사람들 위로 쏟아져내린다. 히틀러는 자신이 아직도 유머감각을 잃지 않았다는 걸 보여주기 위해 혼자서 조크를 한다. "눈이 오는군." 히틀러가 말한다. 이 말은 또한 시적 표현이기도 한데, 수염 난 숙녀와 기형 인간과 함께 괴짜 유랑단의 철창에 갇힌 슈퍼스타가 되고 싶지 않다면 이때가 바로 자살을 결행해야 할 순간이기 때문이다.

히틀러는 권총을 머리에 갖다댄다. 모두가 말한다. "나인, 나인, 나인."* 히틀러는 권총 자살이 위엄 있는 일이라고 사람들을 설득한다. 그의 마지막 말은 무엇이어야 할까? 히틀러가 말한

* 독일어로 '안 돼, 안 돼, 안 돼'라는 뜻.

다. "이건 어때, '나는 아무것도 후회하지 않는다'?"

괴벨스는 그런 말이 적절하긴 하겠지만, 파리의 카바레 가수 에디트 피아프가 수십 년 동안 똑같은 의미의 프랑스어 가사로 노래해서 이미 세계적 명성을 쌓았다고 대답한다. 괴벨스가 말한다. "피아프의 별명이 '작은 참새'입니다. 총통께서는 작은 참새로 기억되고 싶지는 않으시겠지요. 아니면 제 추측이 틀렸나요."

히틀러는 아직도 유머감각을 잃지 않았다. 그가 말한다. "'**빙고**'는 어때?"

하지만 히틀러는 지쳤다. 머리에다 다시 권총을 들이댄다. 그가 말한다. "난 애초에 태어나게 해달라고 부탁한 적도 없다고."

권총이 "**뱅!**" 하고 발사된다.

21

나는 미국휴머니스트협회 명예회장이다. 그 본부가 뉴욕주 애머스트에 있는데, 나는 한 번도 가본 적이 없다. 나는 아무 기능이 없는 이 직책을 작고한 작가 겸 생화학자 아이작 아시모프 박사로부터 물려받았다. 어떤 조직을 갖춘다는 건 다른 사람들에게 우리 쪽수가 많다는 걸 알리기 위해서고 아주 지겨운 일이다. 휴머니스트로 살아가는 사람들은 그 사실을 발설하지 않는 쪽을 선호하고, 휴머니스트로 살아가기란 그들에게 숨쉬는 것만큼이나 자연스러운 일이다.

휴머니스트들은 내세에서의 보상이나 처벌을 기대하지 않은 채 점잖고 명예롭게 행동하려고 노력한다. '우주' 창조주의 존재는 지금껏 알려진 바가 없다. 우리는 스스로 어느 정도 이해하고 있는 최고 형태의 추상, 즉 우리의 공동체에 최대한 봉사한다.

우리는 조직화된 종교 구성원들의 적인가? 아니다. 지금은 세상을 떠난 나의 위대한 전우 버나드 V. 오헤어는 2차세계대전 중 로마가톨릭 신앙을 잃어버렸다. 나는 그걸 반기지 않았다. 그러면 그가 너무 많은 것을 잃는 거라고 생각했다.

나는 그런 신앙을 가져본 적이 없다. 토머스 제퍼슨이나 벤저민 프랭클린처럼 흥미롭고 도덕적이면서도 세상사에 대한 목사님들의 말씀에는 회의적인 부모 밑에서 자랐기 때문이다. 그럼에도 나는 버니가 뭔가 중요하고 명예로운 것을 잃어버렸다는 건 알았다.

다시 말하지만, 나는 전우 버니가 신앙을 잃는 게 싫었다. 그를 너무 좋아했기 때문이다.

나는 몇 년 전 휴머니스트협회의 아시모프 박사 장례 미사에서 연설을 했다. 나는 이렇게 말했다. "아이작은 이제 하늘나라에 계십니다." 그건 휴머니스트 청중 앞에서 할 수 있는 가장 웃긴 말이었다. 내 말에 청중들이 통로로 나뒹굴었다. 장례식장은 트라우트의 「웃음거리 아님」에 나오는 군사법정 장면과 비슷했다. 태평양 바닥이 세번째 원자폭탄과 조이스 프라이드와 나머지 모든 것을 삼켜버리기 직전의 그 법정 말이다.

내가 죽거든, 아직은 정말 싫지만, 어떤 익살꾼이 나에 대해 "보니것은 이제 하늘나라에 계십니다"라고 조크를 날려주면 좋겠다.

숙면하고 싶다. 나는 다른 책에서 오래된 음악을 위한 새로운 장송곡을 하나 썼다. 거기서 나는 사후세계가 숙면이기를 바라는 게 나쁜 건 아니라고 말했다.

저 높은 하늘에서는 고문실과 빙고게임이 더이상 필요하지 않을 것이다.

1996년 7월 3일 수요일인 어제 나는 잘 쓰인 편지를 한 통 받았다. 편지를 쓴 사람은 애초에 태어나게 해달라고 부탁한 적도 없고, 또 처음에는 소년범으로, 다음에는 성인범으로 여러 해 동안 단연 최고의 교정시설의 포로가 되었던 자였다. 그는 친구도, 친척도 없는 세상 속으로 곧 석방될 예정이었다. 십 년보다 훨씬 긴 시간의 단절 끝에 마침내 자유의지가 다시 작동하기 시작할 것이다. 그는 무엇을 해야 하는가?

휴머니스트협회 명예회장인 나는 오늘 그에게 답장을 보냈다. "교회에 나가세요." 내가 이렇게 말한 이유는 집 없는 성인에게 무엇보다 필요한 것이 가족 비슷한 뭔가라고 생각했기 때문이다.

그런 사람에게 휴머니즘을 권할 수 없다. 나는 이 행성의 사람 대다수에게도 권하지 않을 것이다.

매독에 걸렸던 독일 철학자 프리드리히 빌헬름 니체는 깊은 신앙을 가진 사람만이 종교적 회의주의의 사치를 즐길 수 있다고 말했다. 대체로 교육을 잘 받고, 나처럼 보상받는 삶을 사는 안락한 중산층 휴머니스트들은 세속적인 지식과 희망 속에서도 충분히 환희를 발견한다. 대부분의 사람은 그러지 못한다.

『캉디드』로 휴머니스트들의 아브라함 격이 된 프랑스 작가 볼테르는 교육을 덜 받고, 마음이 단순하고, 겁이 더 많은 직원들 앞에서 로마가톨릭교회의 위계에 대한 경멸을 드러내지 않았다. 그들에게 종교가 어떤 안전장치 역할을 하는지 잘 알았기 때문이다.

2001년 여름, 나는 약간 주저하면서 감옥에서 곧 추방될 이에게 건넨 충고에 대해 트라우트에게 얘기했다. 트라우트는 다시 그의 소식을 들었느냐고, 지나간 오 년 또는 재연 기간까지 고려하자면 십 년 동안 그 사람이 어떻게 되었는지 아느냐고 내게 물었다. 나는 소식을 듣지도 못했고, 그가 어떻게 되었는지 알지도 못했다.

트라우트는 내게 그저 어떤 곳인지 알아보기 위해서라도 교회에 나가본 적이 있느냐고 물었다. 트라우트는 그래본 적이 있었다. 내가 교회에 나가는 일과 가장 가까웠던 것은 내 두번째 아내가 될 질 크레멘츠와 골목 어귀의 작은 교회에서 결혼식을 하면 근사하기도 하고 호화롭기도 하겠다고 생각한 때였다고 말했다. 맨해튼 이스트 29번 스트리트와 5번가 사이에 있는, 디즈니풍의 아담한 감독파교회 예배당이었다.

나는 말했다. "내가 이혼남이라는 사실을 알게 되자, 그들은 내게 거기서 결혼식을 할 만큼 깨끗해져야 한다며 온갖 종류의 회개자 의식을 권하더군요."

"바로 그겁니다." 트라우트가 말했다. "만약 전과자였다면 얼마나 많은 닭똥 같은 일들을 겪었을지 상상해보세요. 게다가 당신에게 편지를 썼다는 그 불쌍한 망나니가 설령 자신을 받아줄 교회를 정말 찾았다고 해도, 그 친구는 쉽게 감옥으로 되돌아가게 될 겁니다."

"왜요?" 내가 말했다. "자선 헌금함을 훔친 죄 때문에요?"

"아니지요." 트라우트가 말했다. "낙태 공장에 출근하는 의사를 쏴죽여서 예수그리스도를 즐겁게 한 죄 때문이지요."

22

2001년 2월 13일 타임퀘이크가 강타했을 때 내가 뭘 하고 있었는지는 기억나지 않는다. 그리 많은 일을 하진 않았을 게다. 다른 책을 쓰고 있지 않았다는 것만은 확실히 알겠다. 아이고, 내가 이미 일흔여덟 살이나 되었을 때니까! 내 딸 릴리가 열여덟이고!

그러나 킬고어 트라우트는 나이가 들어서도 여전히 글을 썼다. 모두가 그의 이름을 빈센트 반 고흐라 여기던 노숙자 보호소의 간이침대에서 트라우트는 런던의 노동계급 출신인 앨버트 하디에 관한 이야기를 쓰기 시작했다. 제목은 그의 이름과 똑같았다. 앨버트 하디는 1896년에 머리가 두 다리 사이에 끼고, "주키니호박 모양의" 생식기가 목에서 솟아난 채 태어났다.

앨버트의 부모는 앨버트가 두 손으로 걷고 두 발로 음식을 먹도록 가르쳤다. 바지로 앨버트의 은밀한 부위를 가리기 위해서였다. 앨버트의 음부는 트라우트의 아버지가 한 땡그랑 이야기의 도망자 불알처럼 과도하게 크지는 않았다. 그게 중요한 게 아니었다.

모니카 페퍼는 불과 1피트 떨어진 옆 건물에 있었지만 모니카와 트라우트는 아직 만나지 못했다. 모니카와 더들리 프린스와 모니카의 남편은 여전히 문학예술아카데미 건물 정문 앞 쓰레기통에 이야기 원고를 던져넣은 사람이 늙은 여자라고 믿었으니까. 그런 여자가 옆 건물에 살 리도 없었다. 그 여자가 컨벤트 애비뉴의 인생에 찌든 늙은이들을 위한 보호소에서 왔거나, 저 아래 세인트존더디바인성당 교구회관의 남녀공용 약물 중독자 치료센터에서 왔을 거라는 게 그들이 추측할 수 있는 최선이었다.

모니카와 졸턴의 집은 그보다 아래 터틀베이에 있는 아파트였다. 터틀베이는 유엔 건물과 넉넉하게 7마일 떨어진 안전한 동네였다. 모니카는 졸턴의 휠체어에 맞게 개조한, 운전기사가 딸린 리무진을 타고 출퇴근했다. 문학예술아카데미는 놀랄 만큼 부자였다. 돈은 문제가 안 되었다. 과거 구닥다리 예술 애호가들의 아낌없는 후원 덕분에 문학예술아카데미는 말리와 스와질란드와 룩셈부르크를 포함한 몇몇 유엔 회원국들보다 더 부자였다.

그날은 졸턴이 리무진을 사용하고 있었다. 모니카를 데리러 가는 길이었다. 모니카가 졸턴을 기다리고 있을 때 타임퀘이크가 강타했다. 졸턴이 문학예술아카데미 건물 초인종을 누르는 순간 타임퀘이크가 그를 1991년 2월 17일로 날려보내버렸다. 졸턴은 십 년이 젊어지고 몸도 다시 온전해졌다!

초인종의 응답을 받은 것일지도 모른다!

하지만 재연 기간이 끝나고 자유의지가 다시 작동하기 시작했을 때는 모든 사람과 모든 일이 정확히 타임퀘이크가 강타한 그 순간으로 돌아왔다. 그래서 졸턴은 다시 하반신이 마비되어 휠체어에 앉은 채 초인종을 누르고 있었다. 졸턴은 갑자기 손가락으로 다음에 어떤 동작을 취할지 스스로 결정해야 한다는 사실을 깨닫지 못했다. 졸턴의 손가락은 그나 그 어떤 것으로부터 지시를 받지 못한 채 초인종만 누르고 또 눌렀다.

졸턴이 폭주하는 소방차에 치일 때까지 그 손가락은 계속해서 초인종을 누르고 있었다. 소방차 운전자는 자신에게 차를 돌릴 책임이 있다는 사실을 미처 깨닫지 못했다.

트라우트가 『나의 자동항법 십 년』에서 썼듯이 "자유의지가 그 모든 피해를 끼쳤다. 첫 십 년 동안 다른 어떤 힘이 거미줄을 먼저 끊은 게 아니라면, 타임퀘이크와 그 여진 자체는 단 한 줄의 거미줄도 끊지 못했다."

타임퀘이크가 강타했을 때 모니카는 재너두 예산 업무를 보고 있었다. 로드아일랜드주 포인트자이언의 작가 마을 기금은 줄리어스킹보언재단에서 나왔고, 문학예술아카데미가 관리했다. 모니카가 태어나기 전에 세상을 떠난 줄리어스 킹 보언은 평생 비혼의 백인으로 살았다. 보언은 신나면서 감동도 주는 흑인들의 특이한 노력에 관한 이야기와 강연으로 1920년대와 1930년대에 큰돈을 벌었다. 흑인들의 노력이란 자기들도 성공해보겠다며 성공한 백인들을 모방하는 일이었다.

포인트자이언의 공공 해변과 재너두 사이의 경계선에 설치된 무쇠 사적지 표지판은 이 저택이 1922년부터 1936년에 보언이 세상을 뜰 때까지 그의 집이자 작업실이었음을 말해준다. 또한 워런 G. 하딩 대통령이 보언을 "미국 웃음의 계관시인이자, 검둥이 사투리의 대가이자, 한때 마크 트웨인이 쓰고 있던 유머 왕관의 후계자"라고 선언했음을 말해준다.

2001년에 내가 그 사적지 표지판을 읽고 있을 때 트라우트가 지적했듯이 "워런 G. 하딩은 백악관 청소도구 보관용 벽장 안에서 속기사의 산도 속에다 사정해 혼외 딸을 낳았다."

23

1991년 캘리포니아주 샌디에이고의 혈액은행 건물 바깥에 늘어선 대기줄로 다시 날려보내졌을 때, 트라우트는 머리가 두 다리 사이에 끼고 물건이 목에 붙은 "앨버트 하디"라는 사내의 이야기를 어떻게 끝낼지 기억하고 있었다. 하지만 자유의지가 다시 작동하기 시작할 때까지 십 년 동안 그 마지막 장면을 쓰지 못했다. 앨버트 하디는 1차세계대전의 2차 솜전투에 병사로 참전했다가 포탄을 맞아 온몸이 산산조각나버렸다.

앨버트 하디의 인식표는 찾을 수 없었다. 그의 신체 파편들은 다른 여느 사람들처럼 머리가 목에 가도록 다시 짜맞춰졌다. 그의 물건은 다시 붙여지지 못했다. 솔직히 말해 하디의 물건은 우리가 철저한 수색이라 부르는 것의 대상이 되지 못했을 것이다.

앨버트 하디는 "마침내 정상이 되어" 프랑스의 '꺼지지 않는 불꽃' 아래 무명용사 묘지에 묻히게 된다.

나는 뉴욕주 롱아일랜드 끝자락의 이 집으로 다시 날아왔다. 재연 기간의 중간인 지금 나는 집에서 이 글을 쓰고 있다. 1991년 나는 지금처럼 "내가 이걸 도대체 어떻게 해냈지?"라고 놀라워하면서 내가 출판한 모든 저작물의 목록을 바라보고 있었다.

그때도 지금처럼 허먼 멜빌의 『모비 딕』 속 더이상 말이 없는 포경선 선원들 같은 느낌이 들었다. 그들은 말할 수 있는 건 무엇이건 이미 싹 다 말해버렸다.

2001년 나는 트라우트에게 소년 시절의 빨간 머리 친구 데이비드 크레이그에 대해 얘기했다. 전쟁 기간에 노르망디에서 독일 탱크 한 대를 쳐부순 공으로 브론즈스타훈장을 수여받은 데이비드는 지금 루이지애나주 뉴올리언스에서 건설업을 하고 있다. 그는 다른 전우 한 명과 함께 숲속에 홀로 정지해 있던 그 강철 괴물과 마주쳤다. 엔진은 작동하지 않았다. 탱크 밖에는 아무도 없었다. 탱크 안에는 라디오가 유행가를 들려주고 있었다.

데이비드와 전우는 바주카포를 가지러 갔다. 그들이 돌아왔을 때 탱크는 여전히 그대로 있었다. 라디오는 여전히 탱크 안에서 음악을 들려주고 있었다. 그들은 바주카포로 탱크를 쐈다.

독일군들은 포탑 밖으로 뛰쳐나오지 않았다. 라디오가 음악을 멈췄다. 그게 다였다. 그게 끝이었다.

데이비드와 전우는 달아났다.

트라우트는 자기가 보기에 내 소년 시절 친구의 브론즈스타는 충분히 가치가 있는 것 같다고 말했다. "데이비드가 라디오뿐 아니라 사람들도 죽인 게 거의 확실하네요." 그가 말했다. "그렇게 해서 그들이 민간인으로 살면서 겪게 될 실망과 권태의 긴 시간을 절약하게 해주었고 말이지요. 영국 시인 A. E. 하우스먼을 인용하자면, 데이비드는 그들이 '영광 속에 죽음으로써 영원히 늙지 않게' 해준 셈이지요."

트라우트는 잠시 말을 멈추고 왼손 엄지손가락으로 틀니 윗부분을 고정한 뒤 다시 말을 이어갔다. "내가 만약 3차원 인물들을 창조할 만큼 인내심이 있었다면 베스트셀러를 쓸 수 있었을 겁니다. 성경이 '이야기 중에서 가장 위대한 이야기'이긴 하지만, 그러나 우리가 할 수 있는 가장 인기 있는 건 잘생긴 커플이 혼외정사로 몹시 즐거운 시간을 보내다 여전히 그 맛이 짜릿할 때 이런저런 이유로 끝장이 나야 하는 이야기일 겁니다."

나는 앨리 누나의 세 아들 중 하나인 스티브 애덤스가 떠올랐다. 첫 아내 제인과 나는 스티브를 입양했다. 앨리 누나의 불행한 남편 짐이 뉴저지주의 열려 있는 도개교 밖으로 기차가 튕겨 나간 사고로 죽고, 또 그 이틀 뒤 앨리 누나도 온갖 암으로 죽고 나서였다.

다트머스대학교 1학년 때 크리스마스 방학을 보내기 위해 케이프코드의 집으로 돌아온 스티브는 거의 눈물을 흘릴 지경이었다. 어떤 교수가 읽게 한 어니스트 헤밍웨이의 『무기여 잘 있거라』를 이제 막 다 끝냈기 때문이었다.

지금은 중년이 되어 영화와 TV 코미디 각본을 쓰는 스티브가 그 당시 너무도 큰 감동을 받았던 것이다. 그 때문에 나도 감동을 받아서 무엇이 스티브를 그렇게 감동시켰는지 보려고 다시 읽어보았다. 내게는 『무기여 잘 있거라』가 결국 결혼제도에 대한 공격으로 읽혔다. 헤밍웨이의 주인공은 전쟁에서 부상을 입는다. 주인공과 간호사가 사랑에 빠진다. 두 사람은 애초에 결혼도 하지 않은 상태로 전쟁터에서 먼 곳으로 신혼여행을 가서 가장 좋은 음식과 와인을 먹고 마신다. 사내구실을 하는지가 의심스럽기라도 했다는 듯이 간호사는 임신을 하고 부상병은 진짜 사내임을 증명한다.

간호사와 아기가 죽고, 일정한 직업과 집과 생명보험과 그 밖의 자잘한 모든 것을 가질 필요가 없어진 부상병은 너무도 아름다운 기억들만 간직한다.

나는 스티브에게 이렇게 말했다. "헤밍웨이가 네게 흘리게 했던 눈물은 안도의 눈물이야! 그 친구가 결혼해서 정착할 줄 알았지. 하지만 그럴 필요가 없어진 거야. 휴! 정말 아슬아슬하게 벗어난 거지!"

트라우트는 『무기여 잘 있거라』만큼 혼인관계를 경멸하는 책은 딱 하나밖에 생각나지 않는다고 말했다.

"말씀해보세요." 내가 말했다.

트라우트는 헨리 데이비드 소로가 쓴 『월든』이라고 말했다.

내가 말했다. "저도 그 책 정말 좋았어요."

24

1996년에 강연을 나가면 나는 미국에서 50퍼센트 또는 그 이상의 결혼이 파탄나는 건 우리 대부분이 더이상 대가족이 아니기 때문이라고 말한다. 요즘은 우리가 결혼으로 얻는 사람이 딱 한 명이다.

부부가 싸우는 건 돈 때문도, 섹스 때문도, 권력 때문도 아니라고 나는 말한다. 그들이 진짜 말하는 건 이것이다. "당신 하나만으로는 충분하지 않아!"

지그문트 프로이트는 여자들이 원하는 게 뭔지 모르겠다고 했다. 나는 여자들이 원하는 게 뭔지 안다. 여자들은 얘기를 나눌 수 있는 엄청나게 많은 사람을 원한다.

나는 트라우트가 부부 간의 친밀도를 측정하는 단위로 남-여 시간 개념을 창안한 것에 대해 감사한다. 이것은 남편과 아내가 서로를 인지할 만큼 충분히 가깝고, 또 원할 때는 상대에게 소리지르지 않고도 뭔가를 말할 수 있는 시간을 말한다. 「금혼식」이라는 이야기에서 트라우트는 남-여 시간에는 부부가 체면 때문에 뭔가를 말해야 한다는 느낌을 갖지 않아도 된다고 말한다.

「금혼식」은 더들리 프린스가 타임퀘이크 전에 쓰레기통에서 구해낸 또하나의 이야기다. 집에서 함께 일을 하거나 엄마-아빠 가게를 운영하며 긴 시간을 함께 보내는 부부들을 설득해서 사업을 키워보려는 어느 꽃집 주인에 관한 이야기다. 그런 부부들이야말로 일 년에 여러 차례 결혼기념일을 축하할 자격이 있다고 설득하는 것이다.

꽃집 주인은 서로 다른 곳에서 일하는 보통 부부의 경우 주중에는 하루 네 시간, 그리고 주말에는 열여섯 시간의 남-여 시간을 기록하는 것으로 계산한다. 함께 완전히 잠든 경우는 계산하지 않는다. 꽃집 주인의 계산 결과 표준 남-여 일주일은 삼십육 남-여 시간이라고 한다.

꽃집 주인은 여기다 52를 곱한다. 이것을 버림하면 다시 표준 남-여 일 년은 천팔백 남-여 시간이 된다는 계산이 나온다. 그는 비록 이십 주밖에 걸리지 않더라도 천팔백이라는 숫자만큼의 남-여 시간을 쌓은 부부는 누구나 기념일을 한 번 축하하고 꽃과 합당한 선물을 받을 자격이 있다고 홍보한다!

두 번의 결혼에서 아내들과 내가 그랬듯이, 부부가 이런 식으로 남-여 시간을 계속 축적하면 결혼 사십 주년은 이십 년 만에, 오십 주년은 이십오 년 만에 축하할 수 있다!

내 애정생활에 대해 토론하자는 게 아니다. 나는 아직도 여자가 어떻게 생겨먹었는지 완전히 알지 못하며, 그래서 무덤에 들어가면서도 여전히 여자의 엉덩이와 가슴을 어루만지길 원할 것이라고 말하고 싶다. 또한 진지하기만 하다면, 사랑 나누기는 사탄이 뱀을 시켜 이브에게 준 사과 속의 개념 중에서 가장 훌륭한 것이라고 말하고 싶다. 물론 그 사과 속 진정 최고의 개념은 재즈다.

25

앨리 누나가 병원에서 죽기 이틀 전 그녀의 남편 짐 애덤스가 기차를 탄 채 열려 있는 도개교에서 튕겨나간 건 진짜다. 소설보다 더 이상한 이야기 아닌가!

매형 짐은 자신이 발명한 장난감을 제조하느라 아들들에게 큰 빚을 남겼다. 매형이 발명한 장난감이란 코르크 마개가 달린 고무풍선 속에 절대 마르지 않는 진흙덩어리를 넣은 것이었다. 피부가 있는 진흙인 셈이다!

그 풍선에는 광대 얼굴이 인쇄되어 있었다. 손가락으로 광대의 입을 크게 벌리거나 코가 튀어나오게 하거나 눈이 쑥 들어가게 할 수도 있었다. 짐은 그걸 '퍼티 푸스'라고 불렀다. '퍼티 푸스'는 결코 인기를 끌지 못했다. 더구나 '퍼티 푸스'는 그 제조와 광고로 어마어마한 빚덩이를 쌓았다.

앨리 누나와 매형 짐은 뉴저지에 사는 인디애나폴리스 사람이었는데, 아들만 넷이고 딸은 없었다. 그 아들 하나는 징징거리는 아기였고, 모두가 애초에 태어나게 해달라고 부탁한 적이 없었다.

우리 집안 남자아이들과 여자아이들 중 다수는 앨리 누나처럼 데생과 회화와 조각에 재능을 타고난 채 이 세상으로 왔다. 제인과 나 사이의 두 딸 이디스와 내닛은 중년의 전업 예술가로 전시회를 열고 그림을 팔기도 한다. 우리 아들 마크 박사도 그렇다. 나도 그렇고. 앨리 누나도 덜 휘젓고 다니고 열심히 노력할 의지만 있었더라면 그렇게 되었을 것이다. 하지만 내가 다른 곳에서 보고한 바와 같이, 앨리 누나는 이렇게 말했다. “재능이 있다고 해서 그 재능으로 반드시 뭔가를 해야 하는 건 아니지.”

나는 장편소설 『푸른 수염』에서 “재능을 다루는 신들을 조심하라”고 말한다. 그 말을 쓸 때 나는 앨리 누나를 염두에 두었던 것 같다. 『타임퀘이크 1』에서 모니카 페퍼로 하여금 강철 정문에 오렌지색과 자주색 스프레이 페인트를 뿌려서 가로로 “**엿 먹어라 예술!**”이라고 쓰게 했을 때도 내 머릿속에는 앨리 누나가 있었다. 앨리 누나가 문학예술아카데미 같은 기관이 있다는 사실을 몰랐을 거라고 거의 확신하지만, 어디에건 그 말이 걸린

걸 보았다면 기뻐했을 것이다.

앨리 누나가 자라면서 만든 예술작품에 대해 건축가 아버지가 너무도 황홀한 소리를, 예컨대 제2의 미켈란젤로라는 둥 하는 실없는 소리를 자주 해대는 바람에 누나는 창피해했다. 앨리 누나는 멍청하지도, 안목이 없지도 않았다. 그리하여 의도하지는 않았겠지만 결국 아버지는 앨리 누나의 재능이 얼마나 제한적인지 끝없이 상기시켰고, 그 결과 너무 큰 기대 없이 재능을 활용하는 소소한 기쁨을 망가뜨려버렸다.

예쁜 딸이라는 이유로 하찮은 것에 대해서도 아낌없는 상찬을 듣다보니 앨리 누나는 과보호를 받는다고 느꼈을 것이다.

내가 열 살, 앨리 누나가 열다섯 살, 그리고 타고난 과학자인 버니 형이 열여덟 살 때, 나는 어느 날 저녁식사 시간에 최고 요리사나 재단사 중에 여자는 없다는 말을 했다. 남자는 있었다. 그랬더니 어머니가 내 머리 위로 물을 한 주전자 쏟아부었다.

하지만 앨리 누나의 예술에 대해 아버지가 그랬던 것처럼, 어머니는 앨리 누나가 부자 남자와 결혼할 거라는 기대에 대해, 그리고 누나가 그렇게 결혼하는 것이 얼마나 중요한지에 대해 실없는 소리를 너무 많이 해댔다. 대공황 시기에는 앨리 누나를 인디애나주 출신 상속녀들과 함께 공부시키려고 쇼트리지고등학교에서 남쪽으로 네 블록이나 떨어져 있는 튜더홀여학교 또는 투 도어 헬Two-Door Hell, 숙녀 쓰레기 학교에 보내느라 금전적 출혈이 심했다. 내가 받은 교육, 말하자면 자유롭고 훨씬 더 부유하고 민주적이며 광적으로 이성애적인 교육을 누나도 받게 하려고 말이다.

내 첫번째 아내 제인의 부모님 하비와 리아 콕스도 그랬다. 무남독녀를 튜더홀여학교에 보내고, 비싼 여자아이 옷을 사 입히고, 딸을 위한답시고 우드스탁골프컨트리클럽 회원권을 계속 보유하려 겨우 돈을 댔다. 딸이 돈과 권력을 가진 집안의 남자와 결혼할 수 있게 하려고.

대공황이 끝나고, 그후 2차세계대전이 끝나자 세상이 바뀌어버렸다. 부유하고 권력 있는 인디애나폴리스 집안 출신 남자가 오줌 쌀 요강 하나 없는 집안 여자라도 부잣집 딸 같은 매너와 안목만 지녔으면 결혼해도 된다는 생각이 멍청한 거라는 사실이 그만 드러나버렸다. 마치 축축한 진흙덩어리를 넣은 풍선을 팔아보겠다는 생각만큼이나.

사업은 사업이다.

앨리 누나가 구할 수 있는 최상의 남편감이 짐 애덤스였다. 돈도 직업도 없었지만 잘생기고 매력 있고 재미있는 멀대였던 매형 짐은 전쟁중에 지상군 공보부에서 복무했다. 그때는 미혼 여자란 공포 그 자체였다. 앨리 누나가 구할 수 있는 최상의 남편감이라봐야 참전 당시에는 코넬대학교에서 전과목 낙제를 하고, 일병으로 제대해 돌아온 뒤에는 자유의지가 다시 작동하는 바람에 당장 뭘 해야 할지 눈곱만큼도 몰랐던 짐이었다.

이건 알아두시라. 그래도 제인은 부잣집 딸 같은 매너를 가지고 부자처럼 차려입기만 한 건 아니었다. 제인은 스워스모어 칼리지의 파이베타카파 회원이었고, 게다가 그곳에서 작가로 이름을 날렸다!

나는 내가 받은 교육 때문에 일종의 덜떨어진 과학자가 될 수도 있었을 것이다.

26

『옥스퍼드 인용 사전』 제3판에 보면 영국 시인 새뮤얼 테일러 콜리지(1772~1834)가 "의심의 의도적이고 일시적인 중지, 그것이 시적 신념을 구성한다"는 말을 한다. 시의 즐거움을 느끼기 위해서는 이런 허튼소리를 받아들이는 것이 필수고, 장편소설과 단편소설과 희곡도 마찬가지다. 그러나 작가들의 어떤 주장은 그저 너무 터무니없어서 믿을 수가 없다.

예를 들면 킬고어 트라우트가 『나의 자동항법 십 년』에서 쓴 다음과 같은 이야기를 도대체 누가 믿겠는가. "태양계에는 어떤 행성이 하나 있는데, 이 행성 사람들은 하도 멍청해서 백만 년 동안이나 이 행성의 또다른 절반에 사람이 산다는 사실을 몰랐다. 이들은 오백 년 전까지도 그 사실을 알아채지 못했다! 불과

오백 년 전까지도 말이다! 그런데도 지금 이들은 스스로를 호모 사피엔스라고 부른다.

멍청하다고? 멍청한 얘기 한번 해볼까? 그 절반 중 한쪽에 속한 사람들은 너무 멍청해서 알파벳도 없었다! 바퀴도 아직 발명하지 못했고!"

그만 좀 하시지요, 트라우트 선생님.

트라우트는 멍청함 때문에 이미 합당한 처벌을 받았다고 여겨질 수 있는 북미 원주민들에 대해 특히나 많은 경멸을 쏟아붓는 것 같다. 놈 촘스키에 따르면 "오늘날 추정하기로, 콜럼버스가 대륙을 '발견했다'는 시기에 라틴아메리카에는 아메리카 원주민 약 팔천만 명이 있었고, 리우그란데 북쪽에 약 천이백만에서 천오백만 명이 더 있었다." 촘스키는 매사추세츠공대 교수인데, 우리 형과 아버지와 할아버지가 모두 이 학교에서 대학원 학위를 받았지만, 외삼촌 피트 리버는 낙제했다.

촘스키는 계속해서 이렇게 주장한다. "1650년이 되면 라틴아메리카 인구의 약 95퍼센트가 멸절되고, 미국의 대륙 내 경계가 확정되는 시기쯤에는 토착 원주민 인구가 약 이십만 명만 남게 된다."

내 생각에 트라우트는 우리 원주민들에게 또 한번 극한의 겁을 주려는 것이 아니라, 너무도 미묘하게 하나의 질문을 제기하는 것일지도 모른다. 예컨대 또다른 반구의 발견이나 활용 가능한 원자에너지의 발견 같은 위대한 발견들이 진정 사람들을 과거보다 조금이라도 더 행복하게 해주는가 하는 질문.

나는 원자에너지가 사람들을 이전보다 더 불행하게 만들었다고 말해야겠다. 두 개의 반구로 이뤄진 행성에서 살아야 한다는 사실이 우리 원주민들을 훨씬 덜 행복하게 만들었다고 말해야겠다. 게다가 바퀴와 알파벳을 가지고 원주민을 '발견'했다는 그 사람들도 자신들이 살아 있다는 사실을 이전보다 조금이라도 더 좋아하게 되지는 못했다고 말해야겠다.

게다가 나는 단극성우울증 환자들의 피를 물려받은 단극성우울증 환자다. 그래서 글을 잘 쓰게 된 것이다.

반구 두 개가 반구 한 개보다 더 좋은가? 그 증거로서 일화는 따뜻한 침 한 주전자만큼의 과학적 가치도 없다. 그러나 내 외증조할아버지는 악명 높고 야만적인 남북전쟁이라는 절묘한 순간에 반구를 바꾸는 바람에 북군 병사가 되어 다리를 다쳤다. 그분 성함이 피터 리버였다. 피터 리버는 인디애나폴리스에서 양조장을 하나 구입했고 사업은 번창했다. 양조장의 주종 하나가 1889년 파리엑스포에서 골드메달을 받았다. 그것의 비밀 성분은 커피였다.

그는 양조장을 내 외할아버지인 당신의 아들 앨버트에게 물려주고 원래의 반구로 돌아갔다. 증조할아버지는 그쪽 반구를 더 좋아하기로 했다. 이민자들이 배에서 내려 이쪽으로 오는 걸 보여주려고 교과서에 자주 실리곤 했던 사진 하나가 있는데, 사실은 반대로 그들이 저쪽으로 되돌아가는 배를 타는 모습의 사진이라는 말을 들은 적이 있다.

이쪽 반구는 결코 장미꽃밭이 아니다. 우리 어머니는 이쪽 반구에서 자살했고, 매형은 기차에 탄 채 열려 있는 도개교에서 튕겨나갔다.

27

트라우트가 내게 한 말에 따르면, 타임퀘이크가 자신을 1991년으로 날려보내버린 뒤 다시 써야 했던 첫번째 이야기는 「개의 아침식사」였다. 메릴랜드주 베세즈다의 국립보건연구원에서 연구 중이던 플리온 수노코라는 미친 과학자에 관한 이야기였다. 수노코 박사는 진짜 똑똑한 사람들은 머릿속에 작은 전파 수신기를 가지고 있어서 외부 어딘가에서 현명한 생각들을 전달받는다고 믿었다.

"똑똑이들은 외부의 도움을 받아야만 하지요." 트라우트는 재너두에서 이렇게 말했다. 미친 수노코 박사 흉내를 내면서 어딘가에 정말로 대형 컴퓨터가 있어서 그 컴퓨터가 전파로 피타고라스에게는 직삼각형, 뉴턴에게는 중력, 다윈에게는 진화, 파스

퇴르에게는 세균, 그리고 아인슈타인에게는 상대성에 관한 것 따위를 알려주었다고 확신하고 있는 것 같았다.

"어디에 있건, 무엇이건 간에, 그 컴퓨터는 인간을 도와주는 척하지만 실제로는 너무 많은 생각거리를 줘서 우리 멍청이들을 죽이려는 것일 수도 있어요." 킬고어 트라우트가 말했다.

트라우트는 「개의 아침식사」를 다시 쓰거나, 삼백 편 또는 그 이상의 이야기를 다시 썼다가 자유의지가 다시 작동하기 시작하기 전에 던져버리는 건 괜찮다고 말했다. "처음 쓰거나 다시 쓰거나, 내게는 모든 게 똑같습니다." 그가 말했다. "나는 겨우 열네 살 때 펜 끝을 종이에 대면 펜이 알아서 이야기를 하나씩 써낸다는 사실을 발견했지요. 팔십 하고도 네 살이나 되었지만 여전히 그때와 똑같은 경이와 흥미를 느낍니다."

"왜 사람들에게 내 이름을 빈센트 반 고흐라고 말하는지 아세요?" 트라우트가 물었다. 그런데 여기서는 내가 실제 빈센트 반 고흐가 누군지 설명하는 게 더 낫겠다. 고흐는 프랑스 남부에서 그림을 그리던 네덜란드 사람인데, 그가 그린 그림들이 지금은 세계에서 가장 고귀한 보물 축에 끼지만, 생전에는 그림을 단 두 점밖에 팔지 못했다. 트라우트가 말했다. "고흐가 나처럼 외모에 자부심을 별로 느끼지 못하고, 여자들을 정나미 떨어지게 했다는 사실 때문만은 아닙니다. 그게 분명 하나의 요인으로 작용하긴 했겠지만 말입니다."

그가 말했다. "고흐와 내게 중요한 건 이런 겁니다. 고흐의 경우, 그 누구도 일말의 가치가 있다고 생각하지 않은 그림을 자신에게는 소중하고 놀라움을 준다는 이유로 그렸습니다. 내 경우 역시 누구도 내 이야기를 일말의 가치가 있다고 생각하지 않지만 내게만은 놀라움을 주기 때문에 쓰는 것이고요.

이런 행운이 또 어디 있겠습니까?"

트라우트 자신이야말로 자신의 존재와 자신이 한 일에 필요하며 유일하게 진가를 알아봐주는 청중이었다. 그 점이 그로 하여금 재연 기간의 여러 상황들을 놀랍지 않은 일로 받아들일 수 있게 해주었다. 그 일들은 바깥세계의 또다른 멍청함일 뿐이어서 전쟁, 경제적 파국, 전염병, 해일, TV 스타 등과 마찬가지로 트라우트에게는 존중할 만한 가치가 없었다.

내 생각에 트라우트가 문학예술아카데미 건물 주변에서 자유의지가 다시 작동하기 시작했을 때 그렇게 침착한 영웅이 될 수 있었던 이유는, 그가 우리 대부분과 달리 고유한 원본으로서의 삶과 재연으로서의 삶 사이에 아무런 중요한 차이도 발견하지 못했기 때문이다.

재연 기간이 우리 대부분에게는 지옥과 같았던 데 비해, 트라우트는 그 기간에 자신이 얼마나 적은 영향을 받았는지에 대해

『나의 자동항법 십 년』에서 이렇게 썼다. "살아 있다는 게 똥바가지에 불과하다는 걸 깨닫기 위해 타임퀘이크가 필요하진 않았다. 나는 어린 시절과 십자가와 역사책을 통해 이미 그것을 알고 있었다."

기록을 위해 말씀드리고자 한다. "국립보건연구원의 플리온 수노코 박사는 월급이 필요 없을 만큼 부자여서, 묘지 도굴범들을 직접 고용해 세상을 떠난 멘사 회원들의 뇌를 가져오게 한다. 멘사는 언어, 비언어 기능의 표준화된 테스트, 즉 피시험자들을 고만고만한 부랑 노동자들과 경쟁시키는 테스트를 기준으로 결정하는 지능지수, 다시 말해 IQ가 높은 이들을 위한 전국적인 클럽이다."

수노코 박사의 도굴꾼들은 비교를 위해 극히 멍청한 사고로 죽은 사람, 예컨대 초록불이 아닌데도 붐비는 도로를 건너다가 죽은 사람, 야외 파티에서 휘발유로 목탄에 불을 붙이다가 죽은 사람 등의 뇌도 가져온다. 의심을 사지 않기 위해 그들은 인근의 KFC 체인점에서 훔친 버킷에 신선한 뇌를 담아 한 번에 하나씩 배달한다. 말할 필요도 없이, 수노코 박사의 상관들은 그가 매일 늦은 밤마다 뭘 하는지 전혀 알아채지 못한다.

수노코 박사가 적어도 치킨을 한 버킷이나 주문하고는 누구에게 좀 먹어보라고도 하지 않는 걸 보고, 상급자들은 그가 프라이드치킨을 정말로 좋아한다는 건 눈치챈다. 또 그가 살이 찌지 않는 것을 의아하게 생각하기도 한다. 수노코 박사는 원래 근무시간에는 월급 주는 사람이 시킨 일을 하는데, 그것은 십대들이 섹스를 못하게 하기 위해 섹스의 모든 쾌락을 제거해버리는 특수 피임약을 개발하는 일이다.

그러나 밤이 되어 주변에 아무도 없으면 수노코 박사는 미니 수신기를 찾기 위해 IQ가 높은 뇌를 잘게 쪼갠다. 그는 그런 수신기가 멘사 회원들에게 외과적으로 삽입되었다고 보지는 않는다. 그들이 수신기를 가지고 태어났기 때문에 수신기가 살점으로 만들어져 있을 거라고 생각한다. 수노코는 자신의 비밀 일지에 이렇게 기록한다. "개의 아침식사에 불과한 인간의 뇌는 3.5파운드의 피에 적신 스펀지이기 때문에 외부의 도움을 받지 않고서는 베토벤의 〈제9번 교향곡〉은 차치하고 〈우주 먼지〉라는 노래도 작곡할 수 없다."

어느 날 밤, 수노코 박사는 한 멘사 회원의 내이 부분에서 설명되지 않는 코딱지 색깔의 겨자씨만한 융기를 발견한다. 그 멘사 회원은 중학교 시절 철자 맞히기 시합에서 연달아 우승한 사람이었다. 유레카!

수노코 박사는 롤러블레이드를 탄 채로 빠르게 움직이는 차량의 문고리를 잡다가 죽은 멍청이의 내이를 다시 검토한다. 이 여자아이의 내이는 양쪽 어디에도 코딱지 색깔의 융기가 없다. 유레카!

수노코 박사는 뇌 오십 개를 더 검토한다. 그 절반은 너무 멍청해서 믿을 수 없는 사람들의 것이고, 나머지 절반은 너무 머리가 좋아서 믿을 수 없는 사람들의 것이다. 말하자면 로켓 과학자의 내이에만 융기가 있다. 이 융기야말로 똑똑이들이 그토록 IQ 테스트를 잘 보는 이유여야만 했다. 그렇게 작은 여분의 섬유조직이 섬유조직에 불과했다면 여드름 하나보다도 도움이 되지 못했을 것이었다. 이것은 수신기여야만 한다! 그리고 이 수신기가 아무리 난해한 질문이라도 그 정확한 답을 멘사 회원이나 파이베타카파* 회원이나 퀴즈쇼 참가자들에게 제공해줘야만 한다.

노벨상을 받을 만한 발견이다! 그래서 논문을 발표하기도 전에 플리온 수노코는 외출해서 스톡홀름에 입고 갈 연미복 한 벌을 장만한다.

* 미국 대학의 우등생 단체.

28

트라우트가 말했다. "플리온 수노코는 국립보건연구원 주차장에 들어서면서 저승으로 곧장 뛰어들었지요. 끝내 스톡홀름까지 이르지 못한 새 연미복을 입고서 말입니다.

수노코는 자신의 발견이 오히려 발견의 공을 자기에게 돌릴 수 없게 만든다는 사실을 증명해준다는 걸 깨달았지요. 자기 꾀에 넘어간 겁니다! 그가 해낸 이런 훌륭한 일을 한 사람이라면, 그게 누구건 인간의 뇌만으로는 결코 해낼 수 없었을 테니까요. 그의 두개골 속에 들어 있는 '개의 아침식사'로는 말이지요."

십 년의 공백 끝에 자유의지가 다시 작동하기 시작했을 때 트라우트는 재연에서 무한 기회로의 전환을 거의 완벽하게 이뤄냈다. 재연 기간이 시공간 연속체 속의 어떤 지점, 다시 말해 물건이 있어야 할 곳에 머리가 있고, 머리가 있어야 할 곳에 물건이 있는 바로 그 영국 병사에 관한 이야기를 다시 쓰게 되는 지점으로 그를 되돌려놓았기 때문이다.

경고도 소리도 없이 재연 기간이 중단되었다.

이 중단은 자체추진 형식의 교통수단을 운전하고 있던 사람이건, 그 교통수단 안에 승객으로 타고 있던 사람이건, 또는 그 교통수단이 지나가는 길 위에 있던 사람이건 모두에게 끔찍한 순간이었다. 기계들도 사람처럼 처음 십 년 동안 했던 일을 그대로 반복하고 있었다. 물론 더러 치명적인 결과도 있었다. 트라우트가 『나의 자동항법 십 년』에서 썼듯이 "재연이건 아니건, 현대 교통수단은 순간이 영원을 좌우하는 게임이다." 그렇지만 두번째 기간에는 크고 작은 모든 치명적인 일에 대한 책임이 줄곧 인류가 아니라 딸꾹질하는 '우주'에 있었다. 사람들은 스스로 뭔가를 운전하고 있다고 생각했지만, 사실 그들은 운전하고 있지 않았다. 운전할 수 없었다.

다시 트라우트를 인용하자면 "말은 집으로 가는 길을 알고 있었다." 그러나 재연 기간이 끝나자 그 말이, 실제로는 전동스쿠터에서 점보제트기까지 어떤 것이라도 될 수 있는 바로 그 말이 집으로 가는 길을 더이상 알지 못했다. 그 말이 철저히 비도덕적인 뉴턴 운동법칙의 노리개가 되지 않게 하려면, 다음에는 무엇을 해야 할지 사람들이 말해줘야만 했다.

트라우트는 문학예술아카데미 바로 옆 건물의 간이침대에 앉아서 볼펜만큼만 위험하거나 제멋대로인 일을 하고 있었다. 자유의지가 다시 작동하기 시작하고 계속 글만 써댔기 때문이다. 그는 「개의 아침식사」를 마쳤다. 읽히기를 간청하는 서사의 날개가 우리 대부분에게는 아가리를 벌린 심연처럼 보이는 곳 위로 필자를 끌고 갔다.

혼을 쏟아부은 그 이야기를 완성하고 나서야 트라우트는 바깥세계 또는 실제로는 '우주' 자체가 지금 도대체 무슨 일을 벌이고 있는지 알아볼 여유가 생겼다. 문화도 사회도 없는 사람이었기에 너무도 자유롭게 '오컴의 면도날', 또는 다른 이름을 원하신다면 '절약의 법칙', 즉 어떤 현상에 대한 가장 단순한 설명이 진짜 멋있는 설명보다 십중팔구 오히려 진실에 더 가깝다는 법칙을 사실상 모든 상황에 적용할 수 있었다.

그토록 오랫동안 방해를 받으며 완성하지 못한 이야기를 어떻게 끝낼 수 있었는지 깊이 생각해본 트라우트는 삶이 무엇인지에 대한, 그리고 우주가 할 수 있는 일과 할 수 없는 일이 무엇인지 등에 대한 전통적인 패러다임에 전혀 방해받지 않게 되었다. 그 결과 이 늙은 SF 작가는 곧바로 단순한 진실에 도달했다. 지난 십 년 동안 그가 겪은 일을 모두가 겪고 있었다는 사실, 그가 미치거나 죽거나 지옥에 간 것도 아니고, 우주가 약간 축소하긴 했지만 곧 팽창을 재개해 모든 사람과 모든 일이 자기 과거의 로봇이 되도록 했으며, 그에 따라 과거는 구부릴 수도 파괴할 수도 없는 것이라는 점을 증명해 보였다는 사실이다. 즉,

> 손가락이 움직여서 글을 쓰고, 그리고 쓰고 나면,
> 또 계속 움직이고. 그대의 어떤 경건도 재치도
> 손가락을 꼬드겨서 이미 쓴 문장을 절반도 지울 수 없나니,
> 그대의 어떤 눈물로도 단어 하나 씻어낼 수 없나니.

그렇게 해서 2001년 2월 13일 오후, 뉴욕시의 지랄같이 한참 저 위쪽 동네인 웨스트 155번 스트리트에서, 그리고 다른 모든 곳에서 갑자기 자유의지가 다시 작동하기 시작했다.

29

재연에서 나 또한 연속적인 일련의 행동에서 무한 기회로 옮겨갔다. 외부의 관찰자가 보았더라면 자유의지의 활용이 가능해지자마자 내가 자유의지를 행사했다고 말했을 수도 있겠다. 그러나 사실은 이랬다. 타임퀘이크가 강타하기 직전 나는 치킨누들수프 한 컵을 무릎에 쏟는 바람에 의자에서 펄쩍 뛰어올랐고, 바지 앞쪽에 묻은 뜨거운 수프와 면을 맨손으로 쓸어내고 있었다. 그게 바로 내가 재연 기간 마지막에 다시 하고 있어야 할 행동이었다.

자유의지가 다시 작동하기 시작했을 때 나는 그저 내의까지 깊이 스며들기 전에 수프를 치워버리려고 계속 애만 쓰고 있었다. 트라우트는 상당히 정확하게도, 나의 그런 행동은 자유의지에 의한 행동으로 간주될 만큼 충분히 창의적인 것이 아니라 단순한 반사신경이라고 말했다.

트라우트가 말했다. "선생이 만약 의식적으로 그랬다면, 이미 수프로 젖어버린 바지의 지퍼를 열고 무릎까지 내렸을 겁니다. 바지 표면을 아무리 열심히 털어내도 수프가 내의까지 더 깊이 스며드는 걸 막지는 못했을 테니까요."

분명 트라우트는 지랄같이 한참 저 위쪽 동네인 웨스트 155번 스트리트뿐만 아니라 드넓은 세계 전체에서도 자유의지가 작동하기 시작했다는 사실을 처음 인식한 사람 중 한 명이었다. 대다수의 사람에게는 그렇지 않은 게 분명했지만, 그에게는 매우 흥미로운 일이었다. 대다수의 사람은 지난 십 년 동안의 실수와 액운과 공허한 승리의 무자비한 반복 이후, 트라우트의 표현대로라면 "도대체 무슨 일이 벌어지고 있는지, 또는 다음에 무슨 일이 일어날지에 대한 신경을 완전히 꺼버렸다." 이 증후군에 마침내 이름이 붙는데, '타임퀘이크 이후 무감각 증후군Post-Timequake Apathy', 줄여서 PTA다.

트라우트는 이제 많은 사람이 재연 기간 초기에 시도했던 한 가지 실험을 수행했다. 그는 일부러, 그것도 큰 소리로 무의미한 말들을 했다. 예컨대 "얼레리 꼴레리, 대롱주렁, 예술똥술, 와우우와" 따위의 말이었다. 우리 모두도 두번째 1991년에 열심히 노력하기만 하면 여전히 원하는 대로 말하고 행동할 수 있으리라는 희망을 가지고, 이와 똑같은 순서대로 말하려고 애를 써보았다. 당연히 우리는 그렇게 말할 수 없었다. 그러나 재연 기간 이후 트라우트가 "블루 밍크 이중초점" 따위의 말을 시도하자 당연히 그렇게 말할 수 있었다.

문제없이!

자유의지가 다시 작동하기 시작했을 때 유럽과 아프리카와 아시아 사람들은 한밤중이었다. 그들은 대부분 침대 속에 있거나 어딘가에 앉아 있었다. 그쪽 반구의 사람들은 이쪽 반구에서 우리가 넘어진 것만큼 많이 넘어지지는 않았다. 우리 반구에서는 분명 대다수가 완전히 깨어 있었을 것이다.

어느 반구에서건 걷고 있던 사람은 똑같이 균형을 상실해 자신이 걷고 있던 방향으로 엎어졌으며, 두 다리는 몸무게를 균형 있게 지탱하지 못했다. 자유의지가 다시 작동하기 시작하자 '타임퀘이크 이후 무감각 증후군' 때문에 넘어질 수밖에 없었던 사람들은 심지어 차량이 달려오는 도로 한가운데 그대로 엎드려 있기도 했다.

자유의지가 다시 작동하기 시작한 직후 특히 서반구에 있는 계단이나 에스컬레이터 아래가 어떤 모습이었을지 상상해볼 수 있을 것이다.

완전한 신세계였다!

앨리 누나의 진짜 인생은 겨우 사십일 년간 이어졌는데, 하느님 부디 누나의 영혼을 편히 쉬게 하소서, 그 인생에서 누나는 넘어지는 것이 인간이 할 수 있는 가장 우스꽝스러운 일이라고 생각했다. 내 말은 뇌졸중이나 심장발작이나 허벅지 근육 파열 등으로 쓰러지는 걸 뜻하는 게 아니다. 오히려 인종과 성을 불문하고 상당히 좋은 신체조건을 가진 열 살 이상의 사람들이 여느 날과 다름없는 어느 날 갑자기 넘어지는 것을 말한다.

앨리 누나가 갈 날이 얼마 남지 않아 죽어가고 있을 때마저도, 나는 넘어지는 사람 이야기로 누나에게 기쁨을 줄 수 있었고 심지어 깨달음이라고까지 부를 만한 것도 줄 수 있었다. 내 이야기는 영화에 나오거나 주워들을 수 있는 게 아니었다. 내가 직접 목격한 이야기, 중력의 힘에 관한 확고한 암시의 이야기여야 했다.

내가 누나에게 해준 넘어지는 이야기 중에서 딱 하나만이 전문 연예인에 관한 것이었다. 옛날에 내가 운좋게 인디애나폴리스의 아폴로극장 무대에서 펼쳐진 보드빌 공연에서 본 단말마적 장면이었다. 아주 멋진 외모에 나처럼 건전해 보이는 사내가 정상적인 한 장면을 연기하면서 한순간에 관현악단 박스 아래로 떨어지더니, 곧 큼직한 베이스드럼을 메고 다시 무대 위로 기어올라왔다.

내가 해준 모든 넘어지는 이야기를 앨리 누나는 완전히 숨이 꼴깍하는 순간까지 단 한 순간도 지치지 않고 들어주었는데, 그 모두가 아마추어에 관한 이야기였다.

30

아마 앨리 누나가 열다섯 살이고 내가 열 살이었을 때, 한번은 누나가 우리집 지하실 계단에서 누가 떨어지는 소리를 들었다. 꽈다당, 꽈당, 꽈당. 누나는 내가 넘어진 거라고 생각해 계단 꼭대기에 서서 머리통이 완전히 날아갈 듯이 웃어댔다. 이 일이 일어난 건 대공황이 삼 년 차로 접어들던 1932년이었을 것이다.

하지만 넘어진 건 내가 아니었다. 미터기를 점검하러 온 가스회사 직원이었다. 그는 부어터진 채로 쿵쿵거리며 지하실에서 올라와 몹시 화를 냈다.

또 한번은 앨리 누나가 나를 태운 채 자동차를 몰고 있었으니 열여섯 살 아니면 그보다 나이가 많았을 때다. 우리는 정차

한 전차에서 포장도로를 향해 머리부터 고꾸라지며 나오는 어떤 여자를 보았다. 어쩌다 신발굽이 걸린 모양이었다.

내가 다른 곳에서 썼듯이, 그리고 인터뷰에서도 말했듯이, 앨리 누나와 나는 그 여자 때문에 아주 오랫동안 웃었다. 그 여자가 크게 다치지는 않았다. 무사히 제대로 일어섰다.

나는 보기만 했지만, 앨리 누나가 어쨌거나 듣고 싶어했던 하나는 자기 부인이 아닌 아름다운 여인에게 탱고를 가르쳐주겠다고 제안한 남자 이야기였다. 칵테일파티 끝자락에 벌어진 일이었다.

그 남자의 부인은 그곳에 없었던 듯하다. 만약 부인이 그곳에 있었다면 그가 그런 제안을 하지는 않았으리라. 그는 전문 춤 선생도 아니었다. 파티를 연 부부를 포함해서 도합 열 명 정도만 남아 있을 무렵이었다. 당시는 축음기의 시대였다. 파티를 연 부부가 탱고음악이 녹음된 아세테이트 레코드를 갑자기 축음기에 올려놓는 실수를 해버렸다.

그래서 남자는 두 눈을 반짝이고 콧구멍을 벌름거리면서 그 아름다운 여인을 품에 안은 채 넘어져버렸다.

그렇다. 그리고 『타임퀘이크 1』과 지금 이 책에서 넘어지는 사람들은 모두 문학예술아카데미의 강철 정문에 가로로 스프레이 페인트를 뿌려서 쓴 "**엿 먹어라 예술!**"이라는 말과 마찬가지다. 그들은 모두 앨리 누나에 대한 내 존경의 표시다. 앨리 누나 방식의 포르노인 셈이다. 섹스가 아니라 중력 때문에 엄숙한 자세를 잃어버린 사람들의 이야기.

여기 대공황 시대에 유명했던 노래 가사가 있다.

아빠는 어젯밤 늦게 오셨지.
엄마가 말했지. "여보, 당신 취했어."
아빠는 등불을 찾으려다
너머져버렸다네He faw down, 꽈다당!

그렇긴 하지만, 건강한 사람들이 넘어지는 걸 보며 웃고 싶은 충동이 보편적인 게 아니라는 사실을 나는 영국 런던의 로열발레단이 공연한 〈백조의 호수〉를 관람하며 유쾌하지 않은 방식으로 깨닫게 되었다. 그때 나는 당시 열여섯 살쯤 된 딸 내니와 함께 객석에 앉아 있었다. 1996년 여름인 지금 내니는 마흔하나다. 그러니까 그 일은 무려 이십오 년 전 일이다!

발레리나 한 명이 발레 슈즈를 신은 채, 당연히 원래 정해진 대로 무대 뒤로 이쁘게 이쁘게 이쁘게 들어갔다. 그런데 바로 그때 무대 뒤에서 마치 그 발레리나가 발을 헛디뎌 양동이에 발이 끼인 채 철제 계단 아래로 떨어지는 듯한 소리가 들렸다.

나는 즉시 미친듯이 웃었다.

그렇게 웃은 사람은 나밖에 없었다.

내가 어린애였을 때 이와 비슷한 사건 하나가 인디애나폴리스교향악단 공연에서 벌어졌다. 하지만 내가 그 일에 연루되지는 않았고, 또 그건 웃음에 관한 일도 아니었다. 음악 한 곡이 점점 더 커지다가 갑자기 멈추기로 되어 있었다.

나와 같은 줄에서 열 칸 정도 떨어진 자리에 한 여자가 앉아 있었다. 그 여자는 친구에게 말을 하고 있었는데, 음악이 점점 커지는 중이라 그녀도 말을 점점 더 크게 할 수밖에 없었다. 음악이 멈췄다. 그 여자는 고래고래 소리질렀다. "**내 거는 버터에 튀긴다니까!**"

31

로열발레단 공연에서 내가 왕따가 된 바로 그다음날 내 딸 내니와 나는 웨스트민스터 사원에 갔다. 내니는 아이작 뉴턴 경의 무덤을 직접 보더니 벼락이라도 맞은 듯이 기겁했다. 타고난 과학자여서 펜으로건 물감으로건 풋사과도 하나 그릴 줄 몰랐던 버니 형이 만약 그 나이에 그곳에 있었다면 그보다 훨씬 더 큰 기겁을 한바탕 내질렀을 것이다.

이렇게 평범해 보이는 인간이 그토록 무시무시한 진리들을 토해냈다는 사실을 곱씹어본다면, 교육받은 사람이라면 누구라도 엄청난 크기의 돌벽처럼 단단한 기겁을 한바탕 배설해버리고 말 것이다. 우리가 아는 한 적어도 이렇게 평범한 인간이 개의 아침식사, 즉 3.5파운드에 불과한 피에 적신 스펀지 말고는 그 어떤 것으로부터도 신호를 받지 않은 채로 그런 짓을 했다는 걸 알게 되면 말이다. 이 벌거벗은 원숭이가 미분학을 발명했다고! 이 원숭이가 반사망원경도 발명했다고! 이 원숭이가 프리즘이 태양 광선을 형형색색으로 분산시킨다는 사실을 발견하고 그 이유를 설명하기까지 했다고! 바로 이 벌거벗은 원숭이가 전에는 알려지지 않았던 운동과 중력과 광학의 지배 법칙들을 알아내고 그것들에 관해 글까지 썼다고!

제발 그만 좀 해요!

"플리온 수노코 박사를 불러요! 마이크로톰 절단기 날을 갈아요. 당신에게 보여줄 뇌가 마침내 여기 있다고요!"

재연 기간의 중반을 통과하고 있는 1996년 현재 내 딸 내니에게는 열두 살 된 아들 맥스가 있다. 맥스는 킬고어 트라우트가 세상을 뜰 때면 열일곱 살이 된다. 그애는 바로 지난 4월에 학교 숙제로 겉보기에는 몹시 평범한 슈퍼맨 아이작 뉴턴 경에 관해 정말로 엄청난 보고서를 써냈다. 그 보고서는 내가 전에는 몰랐던 걸 일러주었다. 뉴턴의 명목상 감독자들이 그에게 자연과학의 진리 말고 신학 공부에 시간을 좀 쓰라고 충고했다는 사실이었다.

그들이 바보라서 그런 충고를 했다고 생각하고 싶지는 않다. 종교라는 상상이 보통 사람들에게 얼마나 큰 위안과 용기를 주는지 상기시켜주기 위해 그리 말했으리라 생각하고 싶다.

킬고어 트라우트의 이야기 「엠파이어 스테이트」를 인용하자면, "과학은 누구도 기분좋게 한 적이 없다. 인간조건에 관한 진실은 너무나 끔찍할 따름이다." 「엠파이어 스테이트」는 시속 54마일의 꾸준한 속도로 곧장 지구를 향해 접근하는 맨해튼 마천루 정도의 크기와 모양을 한 유성에 관한 이야기다.

전 세계 어디서건 트라우트가 말한 인간조건에 관한 진실은 그 어느 때보다 재연 기간이 중단된 직후 두어 시간 동안에 더 끔찍했을 것이다. 자유의지가 다시 작동하기 시작했을 때 두 발의 무게가 불균형하게 분포되어버린 수백만의 보행자는 땅 위에 누워 있었다. 그래도 에스컬레이터나 계단의 꼭대기 근처에 있던 사람들을 제외하고는 대체로 문제가 없었다. 대부분의 사람은 앨리 누나와 내가 본 그 여자, 전차에서 머리부터 내밀고 나오던 그 여자만큼의 문제만 겪었을 뿐이다.

앞에서도 말했듯이 진짜 큰 소동은 자체추진 형식의 교통수단 때문에 일어났다. 과거의 북미원주민박물관에는 그런 교통수단이 하나도 없었다. 바깥에서 차들이 충돌하고, 부상당한 사람들과 죽어가는 사람들의 울부짖음이 점점 커지다가 절정에 달해도 박물관 건물 안에서는 모든 게 평화로웠다.

정말로 "내 거는 버터에 튀긴다니까!"였다.

원주민박물관의 부랑자들, 또는 킬고어 트라우트가 "신성한 소떼"라고 부른 그들은 타임퀘이크가 강타했을 때 앉아 있거나 엎드려 있거나 누워 있었다. 재연 기간이 끝났을 때도 그러고 있었다. 자유의지가 어찌 그들에게 해를 가할 수 있었겠는가?

트라우트는 그들에 관해 나중에 이렇게 말한다. "타임퀘이크 이전에도 이미 그들은 '타임퀘이크 이후 무감각 증후군'과 구별하기 힘든 증상들을 보였지요."

폭주하는 사다리 소방차가 전면 우측 범퍼로 문학예술아카데미 건물 입구를 들이받고도 계속 질주하고 있을 때, 트라우트 혼자만 자리에서 벌떡 일어섰다. 그다음 소방차의 움직임은 사람들에게 아무 영향도 끼치지 않았고, 또 이들과 상관이 있을 수도 없었다. 문학예술아카데미 건물과의 갑작스러운 충돌로 발생한 감속으로 인해 소방차에 타고 있던 얼빠진 소방관들은 충돌 전 브로드웨이의 내리막길을 내려오면서 붙은 속도 그대로 공중으로 튕겨나갔다. 소방관들이 날아간 거리에 근거해 트라우트가 내린 최선의 추측에 따르면, 그 속도는 시속 약 50마일이었다.

그렇게 속도를 줄이고 사람도 비운 비상 차량은 문학예술아카데미 건물에서 급격히 좌회전한 뒤 길 건너 공동묘지로 들어갔다. 소방차는 가파른 비탈길을 올라가기 시작했다. 비탈 꼭대기 바로 앞에서 멈추더니 이번에는 후진해서 굴러내려왔다. 문학예술아카데미 건물과의 충돌이 변속기어에 충격을 주어 중립으로 바꾸어놓았던 것이다!

가속도의 힘만으로 소방차가 비탈길을 올라간 것이었다. 거대한 엔진이 우렁찬 소리를 냈다. 연료 조절판이 막혔다. 그러나 중력에 대한 유일한 저항력은 소방차 자체의 질량이 갖는 관성뿐이었다. 더이상 드라이브 샤프트와 뒷바퀴가 연결돼 있지 않았으니까!

한번 들어보시라. 중력이 울부짖는 이 빨간 괴물을 끌고서 웨스트 155번 스트리트로 다시 들어오게 하더니, 이제는 이 괴물이 허드슨강을 향해 꽁무니를 들이밀게 했다.

이 구조 차량이 문학예술아카데미 건물에 가한 충격은 언뜻 보기에도 너무 커서 크리스털 샹들리에를 정문 로비 바닥으로 떨어지게 했다.

이 화려한 조명기구는 무장 경비원 더들리 프린스를 불과 몇 인치 비껴갔다. 만약 자유의지가 다시 작동하기 시작했을 때 똑바로 선 채 몸무게를 두 발에 똑같이 분산해서 지탱하고 있지 않았다면 프린스는 앞으로 엎어졌을 것이다. 샹들리에가 그를 죽였을 것이다!

운명에 대해 한번 얘기해볼까? 하반신 불구인 모니카 페퍼의 남편은 타임퀘이크가 강타했을 때 문학예술아카데미 건물 초인종을 누르고 있었다! 더들리 프린스는 정문으로 가려고 했다. 그러나 그가 그쪽으로 한 발도 내딛기 전에 뒤쪽 미술관에서 화재경보기가 울렸다. 그는 얼어붙었다. 어느 쪽으로 가야 하나?

자유의지가 다시 작동하기 시작했을 때 그는 이렇듯 진퇴유곡에 빠져 있었다. 뒤쪽의 화재경보기가 그의 목숨을 건진 것이다!

화재경보기 덕분에 샹들리에에 의한 죽음에서 기적같이 탈출한 이야기를 트라우트가 들었을 때, 그는 캐서린 리 베이츠를 노래보다는 말로 인용했다.*

오 아름다워라, 광활한 하늘이여,
황금색 곡식의 물결이여,
자주색 산악의 위엄이여,
과실 가득한 들판 저 너머로!
아메리카여! 아메리카여!
하느님의 은혜 그대에게 내릴지니
그대 선량 위에 우정의 왕관을 씌우시니
이 바다에서 저 빛나는 바다에 이르기까지.

* 〈아름다운 나라 아메리카*America the Beautiful*〉. 미국 시인 캐서린 리 베이츠가 쓴 시에 작곡가 새뮤얼 워드가 곡을 붙인 미국의 애국적 노래.

킬고어 트라우트가 정문을 통해 질겁하며 뛰어들어왔을 때, 유니폼 차림의 이 빵재비는 '타임퀘이크 이후 무감각 증후군' 덕분에 정신이 완전히 결딴난 채 부동자세로 서 있었다. 문학예술아카데미 건물 정문은 자유의지의 가혹한 법칙이 다시 작동되고 몇 분 후 더이상 잠겨 있지 않았다. 트라우트는 이렇게 소리쳤다. "정신 차리시오! 오 하느님, 제발 정신 차리시오! 자유의지라고요! 자유의지!"

"**ㅅㅕ 먹어라 ㅖ술**"이라는 수수께끼 같은 메시지만 남은 강철 정문만 바닥에 옆으로 널브러져 있는 게 아니었다. 트라우트는 어쩔 수 없이 정문을 껑충껑충 뛰어넘어서 프린스에게 다가갔다. 정문은 여전히 잠긴 상태로 문틀에 붙어 있었다. 문틀 자체가 충격으로 떨어져나간 것이다. 문틀이 주변 시멘트벽에서 분리되었다는 말이다. 문과 장석과 볼트와 망보기는 모든 실용적인 목적 측면에서 전부 새것이나 마찬가지지만 문틀은 폭주하는 사다리 소방차에 거의 저항하지 못했다.

철문과 문틀을 설치한 도급업자가 문틀을 시멘트벽에 고정할 때 사방 모퉁이를 잘라냈다. 사기꾼이었던 것이다! 트라우트가 나중에 그 도급업자에 대해 말하듯이 "신기한 사실은 그 친구는 밤에 잠을 잘 수 있었다는 것이다!" 이 말은 모퉁이를 잘라내는 모든 도급업자에게 해줄 수 있는 말이다.

32

2001년에 끝날 재연 기간 중반쯤인 1996년의 한 강연에서 나는 2차세계대전 후 시카고대학교 인류학과 학생이 되었다고 말한다. 조크로 내가 인류학을 공부하지 말았어야 한다고 말하는데, 그건 내가 원시인들을 참을 수 없기 때문이다. 원시인들은 너무도 멍청하다! 동물로서의 인간 연구에 대한 관심이 시들어버린 진짜 이유는 아내 제인 마리 콕스 보니것이 마크라는 아이를 출산했기 때문이다. 우리는 돈이 필요했다. 아내 제인이 세상을 뜰 때 이름은 제인 마리 콕스 야몰린스키였다.

스워스모어 칼리지의 파이베타카파 회원인 제인은 그 대학 러시아학과에서 전액 장학금을 받았다. 마크를 임신하고 그녀는 장학금을 포기했다. 내 기억에 우리는 도서관에서 러시아학과 학과장을 만났다. 아내는 자신이 후손에 감염되었기 때문에 학교를 그만둬야 한다고 스탈린주의로부터 도망친 그 슬픈 망명객에게 말했다.

컴퓨터가 없더라도 학과장이 제인에게 한 말은 결코 잊을 수 없다. "사랑하는 보니것 여사님, 임신은 인생의 끝이 아니라 시작이랍니다."

하지만 내가 하고 싶은 말은 내가 수강한 과목 하나에서 지금은 하늘나라에 있는 영국 역사가 아널드 토인비의 『역사 연구』를 읽고 토론을 준비하라고 했다는 사실이다. 토인비는 그 책에서 도전과 응전에 관해 논했는데, 그에 따르면 다양한 문명은 그것이 맞닥뜨린 도전이 너무 과도했는가 아닌가에 따라 생존하거나 실패하거나 했다는 것이다. 토인비는 그 예를 들었다.

영웅적으로 행동하기를 좋아하는 개인들, 특히 가장 두드러지게는 자유의지가 다시 작동하기 시작한 후인 2001년 2월 13일 오후와 저녁의 킬고어 트라우트의 경우 이와 똑같은 말을 할 수 있겠다. 만약 그때 그가 타임스퀘어 지역이나 주요 교량이나 터널 입구나 출구 근처 또는 공항에 있었더라면, 예컨대 조종사들이 재연 기간에 배웠던 대로 비행기가 저절로 안전하게 이륙하고 착륙할 것이라고 기대했더라면, 트라우트 자신만이 아니라 다른 누구에게든 너무 과도한 도전이었을 것이다.

옆 건물의 충돌에 반응해 보호소에서 나온 트라우트가 보았던 것이 소름 끼치는 장면인 건 맞지만, 그 규모는 작았다. 죽은 사람들과 죽어가는 사람들이 불타거나 쭈그러진 비행기나 버스 안에 쌓여 있거나 갇혀 있지 않고 넓은 지역에 흩어져 있었다. 그들은 여전히 개인들이었다. 살았건 죽었건 여전히 그들의 얼굴과 복장에서 이야기를 읽어낼 수 있었다.

지랄같이 한참 저 위쪽 동네인 업타운의 어디로 이어지는지도 모를 웨스트 155번 스트리트 인근은 낮시간대 차량 통행량이 사실상 거의 없는 편이었다. 그러니 트라우트가 밖으로 나왔을 때는 울부짖는 사다리 소방차가 중력에 이끌려 허드슨강을 향해 꽁무니를 들이미는 것이 유일한 볼거리였다. 더 붐비는 대로 쪽에서 왔음에도 운이 나빴던 그 소방차에 대해 곰곰이 생각해보는 건 어렵지 않았다. 그래서 트라우트는 그후 재너두에서 내게 말한 것처럼 이 속수무책의 사고에 대한 설명은 다음 세 가지 중 하나일 거라고 차분하게 결론지었다. 말하자면 변속기어가 후진 또는 중립으로 되어 있었거나, 드라이브 샤프트가 날아갔거나, 아니면 클러치가 망가졌거나 중 하나일 거라고.

트라우트는 공황에 빠지지 않았다. 포병대 전방 관측병 경험으로 그는 공황 상태가 오히려 일을 더 악화시킨다는 걸 배웠다. 재너두에서 트라우트는 이렇게 말했다. "그랜드오페라에서

처럼, 아리아는 실제 생활에서도 절망적인 상황을 더 악화시킬 뿐이지요."

정말로 그는 그 누구보다 공황에 빠지지 않았다. 그러나 동시에 자기 혼자만 돌아다닐 수 있고 정신도 말짱하다는 사실을 아직 깨닫지는 못했다. 트라우트는 '우주' 자체가 무슨 일을 했는지, 즉 우주가 수축하다가 다시 팽창했다는 핵심은 파악했다. 그건 쉬운 일이었다. 실제로 벌어지고 있던 일은 그 실제성만 제외하면 그가 아무렇지 않게 종이에다 잉크로 쓴 이야기의 전제와 결과일 수도 있었다. 트라우트가 오랫동안 썼다가 다시 갈기갈기 찢어 버스터미널 같은 곳의 변기통으로 흘려내려버린 이야기들 말이다.

더들리 프린스와 달리 트라우트는 고등학교 검정고시 합격증을 따지 못했지만, MIT에서 물리화학으로 박사학위를 딴 우리 형 버니와 놀랄 만큼 닮은 점이 최소 한 가지는 있었다. 버니 형과 트라우트는 둘 다 사춘기 초기부터 머릿속으로 게임을 즐겼는데, 그 게임은 이런 질문으로 시작한다. "만약 그러저러한 일이 우리 주변에서 일어난다면, 그렇게 된다면, 만약 그렇게 된다면?"

트라우트가 저 위쪽 웨스트 155번 스트리트 끝자락의 상대적인 평온 속에서 타임퀘이크와 재연 기간의 전제로부터 추론해

내지 못했던 것은, 수 마일에 걸친 인근 지역 사람들이 죽음이 나 심각한 부상을 입지는 않았더라도 '타임퀘이크 이후 무감각 증후군'으로 인해 꼼짝도 할 수 없었다는 사실이었다. 그는 건강하고 젊은 구급요원, 경찰관, 더 많은 소방관, 그리고 적십자와 연방 재난관리청의 재난 전문가들이 와서 사태를 수습하기를 기다리느라 황금 같은 시간을 허비해버렸다.

제발 이 사실을 기억해주시길. 트라우트는 염병할 여든네 살의 늙은이였다는 사실을! 매일 면도를 했기에 아기 침대보로 만든 바부슈카 스카프를 두르지 않아도 남자 약쟁이가 아니라 여자 약쟁이라고 자주 오해받았고, 그래서 무엇이든 존경받을 만한 영향력을 갖지 못했다는 사실을. 그의 샌들을 보시라. 적어도 샌들은 터프했다. 닐 암스트롱을 달까지 데려가주었던 아폴로 11호 우주선의 브레이크슈즈와 같은 재질로 만든 것이었다. 암스트롱은 1969년에 유사 이래 최초로 달 위를 걸은 사람이었다.

트라우트의 샌들은 정부의 베트남전쟁 잉여물자였다. 우리가 유일하게 패배한 바로 그 전쟁에서 트라우트의 하나뿐인 아들 리온은 탈영병이었다. 그 전쟁에서 정찰중인 미국 병사들은 가벼운 정글용 군화에다 샌들을 덧신었다. 적들이 정글 길에 박아둔, 똥물을 적신 뾰족한 죽창에 심각한 염증을 겪지 않기 위해서였다.

그 나이에 또다시 자유의지로 러시안룰렛을 하고 싶지는 않았기에, 그리고 특히 위험에 처한 다른 사람들의 목숨을 담보로 그러고 싶지는 않았기에, 마침내 트라우트는 좋건 나쁘건 한시라도 빨리 꽁무니를 빼는 게 낫다는 걸 깨달았다. 달리 뭘 할 수 있었겠는가?

33

우리 아버지는 셰익스피어를 자주 잘못 인용하셨는데, 아버지가 책을 읽는 것을 본 적은 없다.

그렇다, 그리고 여기서 나는 지금까지 영어로 문학을 쓴 사람 중 가장 위대한 작가는 랜슬럿 앤드루스(1555~1626)*지 에이본의 음유시인 셰익스피어(1564~1616)가 아니라는 제안을 하고자 한다. 과거 그 시절에는 확실히 시가 대세였다. 이것 한번 보시라.

---

* 영국 국교회 대주교이자 『흠정역 성서*King James Bible*』 번역에 참여하고 감독한 인물.

여호와는 나의 목자시니, 내게 부족함이 없으리로다.

그가 나를 푸른 풀밭에 누이시며, 쉴 만한 물가로 인도하시는도다.

내 영혼을 소생시키시고, 당신의 이름을 위해 바른 길로 인도하시는도다.

내가 죽음의 음침한 골짜기로 다닐지라도, 악을 두려워하지 않는 것은 주께서 나와 함께 하심이라, 주님의 지팡이와 막대기가 나를 안위하시나이다.

주께서 내 원수의 목전에서 내게 상을 차려주시고, 기름을 내 머리에 부으셨으니 내 잔이 넘치나이다.

내 평생에 선하심과 인자하심이 반드시 나를 따르리니, 내가 여호와의 집에 영원히 살리로다.

랜슬럿 앤드루스는 우리에게 『흠정역 성서』를 제공해준 학자들 중 최고의 번역자이자 해석자였다.

킬고어 트라우트가 시를 쓴 적도 있을까? 내가 아는 한 그는 딱 한 편 썼다. 그 시를 쓴 것은 자기 인생의 마지막날 바로 전날이었다. 그는 저승사자가 오고 있으며, 그것도 이내 오리라는 사실을 분명히 알고 있었다. 재너두의 저택과 차고 사이에 미국

니사나무가 한 그루 서 있었다는 사실을 알면 도움이 되겠다.

이렇게 썼다, 트라우트는.

미국니사나무가

뿌지직 부서지면

니게로 내 다시 우리라I'll come back to youp-a-lo.

34

내 첫 아내 제인과 누나 앨리는 둘 다 가끔 노발대발하는 어머니를 두었다. 제인과 앨리 누나는 튜더홀 졸업생인데, 한때는 우드스탁골프컨트리클럽에서 가장 예쁘고 쾌활한 여자들이었다. 우연하게도, 아무리 빈털터리거나 혐오스러울지라도 모든 남성 작가는 예쁜 부인을 얻는다. 누군가 이 문제를 천착해보아야 한다.

제인과 앨리 누나는 놀랍게도 타임퀘이크를 그리워했다. 내 추측으로 제인은 재연 기간에 뭔가 덕을 좀 보았다. 앨리 누나는 그러지 못했다. 제인은 인생을 사랑하고 낙천적이었으며 마지막 순간까지 암에 맞서 싸웠다. 앨리 누나의 마지막 말은 안도를 나타낼 뿐 그 이상은 아니었다. 그 말은 내가 다른 곳에서도 기록했듯이 "고통은 그만, 고통은 이제 그만"이었다. 내가 직접 누나의 말을 듣지는 못했고, 버니 형도 듣지 못했다. 외국 억양을 쓰는 병원의 남자 직원이 전화로 우리에게 그 말을 전해주었다.

나는 첫 아내 제인의 마지막 말이 무엇인지 알지 못한다. 물어본 적은 있다. 그때 제인은 내 아내가 아니라 애덤 야몰린스키의 부인이었다. 그녀는 다시 돌아와 공기를 쐬지 못할 거라는 사실도 모른 채 한 마디 말도 없이 스러져간 게 분명하다. 워싱턴 D.C.의 성공회교회에서 치러진 그녀의 장례식에 모인 사람들에게 남편 애덤은 제인이 가장 좋아한 감탄사가 "너무 기대돼!"였다고 말했다.

제인이 매일같이 거듭 기대했던 것이 우리 아이들 여섯 명과 관련된 행사였다. 정신과 간호사, 코미디 작가, 소아과의사, 화가, 항공기 조종사, 판화 제작자인 아이들 여섯도 이제는 모두 자식들을 두고 있다.

나는 제인의 성공회교회 장례식에서 소회를 말하지 않았다. 그럴 기분이 아니었다. 내가 그녀에게 해줄 수 있는 말은 모두 그녀의 귀에다 대고 단둘이서만 해야 할 말이었는데, 이제 그녀는 가고 없었다. 인디애나폴리스 출신의 오랜 두 친구로서 우리가 마지막으로 대화를 나눈 건 그녀가 세상을 뜨기 이 주 전이었다. 전화 통화였다. 제인은 야몰린스키 가족의 집이 있는 워싱턴 D.C.에 있었다. 나는 당시 맨해튼에 있었고, 지금처럼 사진사이자 작가인 질 크레멘츠와 결혼한 상태였다.

누가 먼저 전화를 걸었는지, 그게 누구의 5센트짜리 동전이었는지는 모르겠다. 우리 둘 중 아무나겠지. 그게 누구였건, 그 전화의 용건은 작별인사가 되어버렸다.

의사인 아들 마크는 엄마 제인이 죽고 난 뒤 이렇게 말했다. 엄마가 그저 살아 있을 수 있다는 이유만으로, 그래서 두 눈을 반짝이며 계속해서 "너무 기대돼!"라고 말할 수 있다는 이유만으로 받아들여야 했던 그 모든 의학적 조치를 자기라면 결코 받지 않았을 거라고.

우리의 마지막 대화는 친밀했다. 마치 내가 알고나 있다는 듯이, 제인은 정확한 죽음의 순간을 결정하는 게 무엇인지 내게 물었다. 그녀 자신을 내가 쓴 책의 등장인물처럼 느꼈을지도 모르겠다. 이십이 년의 결혼생활 동안 다음에는 어디로 갈지, 시카고로 갈지 스케넥터디로 갈지 케이프코드로 갈지, 결정은 모두 내가 했다. 우리가 다음에 무엇을 할지를 결정한 건 내 직업이었다. 제인은 직업을 가진 적이 없다. 아이들 여섯을 키우는 것만으로도 충분하다 여겼다.

전화를 할 때 나는 그녀에게 햇볕에 그을리고 자유분방하고 지루하지만 그러나 불행하지는 않은, 우리가 모르는 열 살짜리 남자아이 하나가 스커더스 레인 끄트머리의 배 진수용 진입로 자갈 비탈에 서 있다고 말했다. 그 아이는 특별히 뭔가를 보는 게 아니라, 새들이나 배나 그저 케이프코드 반스터블항 저 먼 곳을 응시하고 있을 거라고.

배 진수용 진입로에서 10분의 1마일쯤 떨어진 스커더스 레인 위쪽 6A 도로 부근에는 우리가 아들과 두 딸과 누나의 세 아들을 어른이 될 때까지 키운 크고 낡은 집이 서 있다. 지금은 우리 딸 이디스와 이디스의 건축가 남편 존 스컵, 그리고 그들의 어린 아들 윌과 벅이 살고 있다.

나는 제인에게 열 살짜리 남자애가 딱히 할 일이 없어서, 남자애들이 흔히 그러듯이 돌을 하나 집어들 거라고 말해준다. 그 아이는 돌을 항구 위로 던져 원호를 그린다. 돌이 물에 닿으면 제인은 세상을 하직할 것이다.

제인은 살아 있음을 선의의 마술로 가득차 보이게 해주는 거라면 무엇이건 진심을 다해서 믿을 사람이었다. 그게 그녀의 강점이었다. 퀘이커교도로 자랐지만 스워스모어 칼리지에서 행복한 사 년을 보낸 후에는 퀘이커교도 모임에 나가기를 그만두었다. 그리고 애덤과 결혼한 뒤 애덤은 유대인으로 남았음에도 제인은 성공회교도가 되었다. 그녀는 삼위일체와 천국과 지옥 등에 대한 믿음을 가진 채 세상을 떠났다. 나는 너무도 기쁘다. 왜냐고? 제인을 사랑했으니까.

35

이제는 더이상 중요하지 않지만, 종이에 잉크로 이야기를 쓰는 작가 중에는 속공형 작가 혹은 지공형 작가가 있었다. 속공형 작가들은 이야기를 뒤죽박죽, 구불구불, 어느 방향이건 따지지 않고 재빨리 써낸다. 그런 다음에 다시 돌아가서 그저 명백히 끔찍하기만 하거나 엉뚱한 것들을 전부 정성들여 고친다. 지공형 작가들은 한 번에 한 문장씩, 정확히 다음 문장으로 넘어가기 직전에 단 한 문장씩 써나간다. 끝나면 그대로 끝이다.

나는 지공형 작가다. 대부분의 남성은 지공형 작가고, 대부분의 여성은 속공형 작가다. 다시 말하지만 이 문제도 누군가 천착해보아야 한다. 어쩌면 남녀 작가들은 성에 따라 속공형 또는 지공형으로 타고나는 것일 수도 있다. 나는 최근 록펠러대학교를 방문했는데, 그곳 사람들은 마치 타임퀘이크 이후의 재연 기간처럼 우리를 이런 식 또는 저런 식으로 행동하게 만드는 유전자를 더 많이 발견하려고 노력하고, 또 실제로도 많이 발견해내고 있다. 심지어 그 대학교를 방문하기 전에도 나는 제인과 나 사이의 자식들이나 앨리 누나와 짐 사이의 자식들이 커가면서 외모는 닮지 않더라도 각각 실제로 그렇게 되어야만 하는 어른이 되어 있다는 생각을 했다.

여섯 명 모두 문제는 없다.

그렇지만 다시 생각해보면 그들 여섯 명에게는 문제가 없을 만한 수많은 기회가 있었다. 신문에서 읽은 것들을 믿을 수 있다면, 또는 TV와 초고속 정보 통신망에서 듣고 본 것들을 믿을 수 있다면, 대부분의 사람은 그렇지 않다.

내가 보기에 속공형 작가들은 우선 사람들이 어떻게 사는지, 왜 그렇게 사는지에 대해 놀라워하지 않고, 사람들이 웃기거나 슬플 때만 놀랍다고, 그저 기록할 만한 가치가 있다고 여기는 것 같다.

지공형 작가들은 겉보기에는 각각의 문장을 최대한 효율적으로 잘 써내는 것 같지만, 실제로는 영원한 질문에 대한 답을 찾기 위해 총알이 빗발치고 미란성가스가 뿜어져나오는 와중에 문이나 담장처럼 보이는 것들을 부수고, 가시철조망 같은 것들을 통과하면서 길을 찾아가고 있는지도 모른다. 그들에게 영원한 질문이란 이런 것들이다. "도대체 우리는 무엇을 해야 하지? 도대체 무슨 일이 일어나고 있는 거지?"

속공형 작가들이 "일 포 큘티베 너트르 자르당"*이라는 지공형 작가 볼테르의 말에 집중하지 않으려 한다면, 내가 토론할 만한 건 정치적 관점에서의 인권 문제뿐이다. 우선 나는 트라우트와 나의 유럽 전쟁 말미에 일어났던 진짜 이야기 두 가지로 시작하려 한다.

바로 이런 거다. 약 사천만 명의 죽음에 직간접 책임이 있는 독일이 1945년 5월 7일에 항복을 선언하고 며칠 동안, 체코 국경 근처 드레스덴 남쪽에 무정부 상태로 고립된 지역이 있었다. 아직 소련군이 그 지역을 정복해 통치하지 못한 터였다. 당시 내가 거기에 있었는데, 그 경험 일부를 내 장편소설 『푸른 수염』에서 묘사했다. 나와 같은 전쟁포로 수천 명이 팔에 낙인을 새긴 죽음의 수용소 생존자들과 미치광이들과 유죄 판결을 받은 중죄인들과 집시들, 그 밖의 온갖 부류의 인간들과 함께 한꺼번에 풀려났다.

* 프랑스어로 '우리는 우리의 정원을 가꿔야 한다', '현실의 삶을 살아야 한다'는 뜻이다.

들어보시라. 그곳에는 콧대가 꺾였지만 여전히 무장한 독일 병사들도 있었는데, 그들은 소련을 제외한 그 누구건 자신들이 항복할 사람을 찾고 있었다. 내 특별한 전우 버나드 V. 오헤어와 나는 그들 몇 명과 얘기를 나눠보았다. 내 전우 오헤어는 인생 후반기에 이르러 원고와 피고 모두를 돕는 변호사가 되었는데, 지금은 저 위 하늘나라에 있다. 그러나 당시에는 우리 둘 다 독일 병사들의 말을 들을 수 있었다. 그들은 이제 미국이 그들이 하던 일, 즉 신을 인정하지 않는 공산주의자들과 맞서 싸우는 일을 해야 할 것이라고 말했다.

우리는 그렇게 생각하지 않는다고 대답했다. 우리는 소련연방이 좀더 아메리카합중국처럼 되려고 노력해서 언론과 종교의 자유, 공정한 재판, 정직하게 선출된 공직자 등을 갖기를 기대했다. 대신 우리가 그들이 하고 있다고 주장하는 것들을 이루려고 노력하면 되는 일이었다. 그것은 바로 재화와 용역과 기회를 좀더 공정하게 분배하는 일이었다. "능력에 따라서 노동하고, 필요에 따라서 주어진다" 같은 것들.

'오컴의 면도날'.

당시 사실상 어린아이에 불과했던 오헤어와 나는 봄날 시골의 아무도 지키지 않는 헛간으로 들어갔다. 우리는 먹을 것, 무엇이건 먹을 것을 원했다. 그런데 대신 무자비하기로 악명 높은 나치 친위대 SS의 대위 한 명이 부상당한 채 건초더미 속에서 죽어가고 있는 것을 발견했다. 그는 필경 아주 최근까지도 멀지 않은 어느 곳에서 죽음의 수용소 생존자들을 고문하고 멸절시키는 계획의 책임자였을 것이다.

나치 친위대 SS의 모든 구성원처럼, 그리고 모든 죽음의 수용소 생존자들처럼, 이 대위도 필경 팔에 일련번호가 새겨져 있었을 것이다. 전후의 아이러니 얘기 좀 해드릴까? 그런 일은 천지사방에 있었다.

나치 대위는 오헤어와 나를 보고 나가라고 했다. 자기는 곧 죽을 것이고, 그렇게 죽기를 고대한다고 했다. 어쨌거나 그에게 별다른 감정이 없었던 우리가 헛간을 막 떠나려고 할 때, 그가 목청을 가다듬었다. 결국은 뭔가 더 할 말이 있다는 신호였다. 이것 또한 인생의 마지막 말에 관한 이야기였다. 그가 뭔가 더 할 말이 있었다면 우리 말고 누가 그 말을 들어줄 수 있었겠는가?

그가 말했다. "나는 지난 인생 십 년을 허비해버렸소."

타임퀘이크 이야기 아닌가?

36

내 아내는 내가 스스로 정말 굉장한 사람이라 여기는 줄 안다. 아내가 틀렸다. 나는 내가 그렇게 굉장한 사람이라고 생각하지 않는다.

사회주의자이며 통찰력 있고 재미있는 나의 영웅 조지 버나드 쇼는 팔십대가 되었을 때, 자신이 똑똑하다고 생각했다면 필시 멍청해 보이는 사람들을 불쌍히 여겼을 거라고 말했다. 쇼는 이만큼 오래 살아보니, 그제서야 마침내 합리적이고 유능한 사환이 되기 적당할 만큼 현명해지더라고 말했다.

내가 바로 그런 느낌이다.

런던시가 버나드 쇼에게 메리트공로훈장을 수여하고자 했을 때, 쇼는 그들에게 감사하지만 스스로 이미 공로상을 수여했노라고 말했다.

나 같으면 훈장은 받았을 것이다. 그걸 세계 최고 수준의 조크를 던지기 위한 기회로 삼았을 것이다. 물론 다시는 누군가 쓰레기가 된 것 같은 기분이 들게 하면서까지 사람들을 웃기려 하지는 않을 것이다.

그걸 내 비문으로 하자.

1996년 여름이 저물어갈 무렵 나는 한때는 견지했지만 지금은 반박해야 하는 생각들이 있는지 자문해보았다. 나는 그런 예가 아버지의 유일한 동생인 알렉스 삼촌, 인디애나폴리스에 살며 자녀가 없는 하버드 출신의 보험 판매원에 의해 만들어졌다고 생각한다. 알렉스 삼촌은 내가 십대 때 모형 비행기를 만들거나 자위행위를 하는 것 외에도 버나드 쇼, 노먼 토머스, 유진 뎁스, 존 도스 파소스 같은 수준 높은 사회주의 작가들의 책을 읽도록 해주었다. 2차세계대전이 끝나자 알렉스 삼촌은 정치적으로 천사장 가브리엘만큼이나 보수화되었다.

그러나 우리가 해방된 직후 오헤어와 내가 독일 사람들에게 했던 말을 나는 여전히 좋아한다. 미국이 좀더 사회주의화될 것이고, 모든 사람에게 일자리를 주기 위해 좀더 노력할 것이고, 적어도 우리 자녀들은 배를 곯거나 추위에 떨거나 글을 모르거나 죽도록 겁을 먹지는 않게 하려고 노력할 것이라는 말이었다.

엄청난 행운이지!

나는 지금도 강연을 할 때마다 이미 세상을 뜬 유진 뎁스(1855~1926)를 인용한다. 인디애나주 테러호트 출신의 유진 뎁스는 다섯 번이나 대통령 후보에 올랐다.

"하층계급이 있다면 내가 그 속에 있을 것이며, 범죄 요소라는 게 있다면 내게도 그게 있을 것입니다. 단 한 명의 영혼이라도 감옥에 있다면, 나는 자유롭지 않습니다."

최근에 나는 뎁스를 인용하기 전에 그를 진지하게 생각해야 한다고 말하는 게 현명하다는 사실을 알게 되었다. 그러지 않으면 많은 청중이 웃기부터 할 것이기 때문이다. 내가 웃기려고 한다는 걸 그들이 알기 때문에, 그들이 비열해서가 아니라 착하기 때문이다. 하지만 그것은 또 산상수훈의 너무도 감동적인 반향마저 낡아빠지고 완전히 불신받는 말똥 같은 것으로 인식되는 요즘 시대의 징후이기도 하다.

사실은 그렇지 않은데도 말이다.

37

킬고어 트라우트가 “**ㅅㅕ 먹어라 ㅖ술**”이라고 적힌, 떨어진 강철 정문과 문틀 위를 껑충껑충 뛰며 건너갈 때, 그의 투박한 정글용 샌들이 떨어진 샹들리에의 깨진 크리스털 파편들을 부수면서 지나갔다. 만약에라도 그 사기꾼 도급업자를 상대로 법률 소송이 접수되었다면, 그래서 만약 범죄과학 수사 전문가가 증언해야 했다면, 문과 문틀 아래가 아니라 그 위에 크리스털 조각들이 떨어져 있었으므로 그 사기꾼의 제작물이 먼저 떨어졌을 거라고 증언했을 것이다. 모든 것이 중력의 뜻대로 움직이기 전 샹들리에는 분명 일이 초 정도는 더 매달려 있었을 것이다.

미술관의 화재경보기는 여전히 울리고 있었다. 트라우트가 나중에 말했듯이 “추정컨대 화재경보기는 스스로의 자유의지로 계속 그렇게 울리고 있었을 것입니다." 그는 평소 버릇처럼 조크로, 재연 기간이건 아니건 간에, 누구건 어떤 것이건 간에, 항상 자유의지를 가지고 있다는 생각을 조롱하고 있었다.

졸턴 페퍼가 소방차에 부딪히는 그 순간 문학예술아카데미 건물의 정문 초인종은 꿀 먹은 벙어리가 되어 있었다. 다시 트라우트의 말을 빌리자면, "초인종의 침묵을 인용하자면, '이 순간은 노 코멘트No comment입니다.'"

앞에서 말했듯이 그럼에도 트라우트는 문학예술아카데미 건물로 들어갈 때 자유의지를 신봉하며 유대-그리스도교의 신을 부르고 있었다. "정신 차리시오! 오 하느님, 제발 정신 차리시오! 자유의지라고요! 자유의지!"

나중에 재너두에서 트라우트는 이렇게 말한다. 그날 오후와 저녁에 자신이 영웅이었다 할지라도, 그의 말을 빌리자면 "시공간 연속체 속 폴 리비어*인 척하면서" 문학예술아카데미 건물로 들어간 것은 "전적으로 겁쟁이의 행동"이었다.

트라우트는 반 블록 떨어진 브로드웨이의 커져가는 굉음과 도시의 다른 곳에서 나는 몹시 심각한 폭발음으로부터 벗어나

* 미국의 독립전쟁 영웅. '폴 리비어의 심야 질주'로 유명한데, 독립전쟁 발발 당시 영국군의 렉싱턴-콩코드 공격을 최초로 알린 그의 기여를 말한다.

려 피난처를 찾고 있었다. 남쪽으로 1.5마일 쯤 떨어진 그랜트 장군 묘소 근처에서는 공중위생과 소속의 육중한 트럭 한 대가 진지한 운전이 부재한 상태에서 콘도미니엄 현관을 뚫고 들어가 건물 관리인이 사는 아파트까지 기어들어갔다. 트럭은 아파트 안의 가스레인지를 깔아뭉갰다. 이 중요한 설비의 파이프가 파손되면서 육층 건물의 계단 공간과 엘리베이터 운행 공간은 스컹크 냄새가 가미된 메탄가스로 채워졌다. 주민 대부분은 사회보장지원금으로 살아가는 사람들이었다.

그리고 곧 **꽈과광!**

재너두에서 킬고어 트라우트가 말하듯이 그건 "터지길 기다리던 사고였다."

나중에 트라우트의 고백에 따르면, 이제 더이상 아무 일도 하고 싶지 않았던 이 늙은 SF 작가는 무장을 하고 유니폼을 입은 더들리 프린스를 움직이게 하려고 애썼다. "자유의지요! 자유의지! 불이요! 불!" 그는 프린스에게 소리쳤다.

프린스는 근육 하나 꼼짝하지 않았다. 눈을 깜빡이긴 했지만 그건 나와 치킨누들수프처럼 자유의지가 아니라 반사신경이었다. 프린스의 설명에 따르면 그때 그가 생각하고 있던 것은 딱 하나였다. 만약 근육 하나라도 움직였다간 과거 1991년처럼 다시 애시나의 뉴욕주특급교도소에 들어가 있을 수도 있다는 것이었다.

이해할 만하지!

그래서 트라우트는 우선 프린스를 지나치고, 고백컨대 여전히 제1인자를 찾으러 다녔다. 화재경보기가 미친듯이 소리를 지르고 있었다. 만약 건물에 정말 불이 났다면, 그리고 그 불을 통제할 수 없다면, 트라우트는 다른 장소를 찾아야만 했다. 무슨 일인지는 몰라도 바깥에서 벌어지고 있는 일이 좀 잦아들 때까지 한 늙은 시민이 몸을 수그리고 있을 만한 곳 말이다.

트라우트는 미술관 안에서 불이 붙은 채 접시에 놓여 있는 시가를 발견했다. 시가는 당시 뉴욕시 전역에서 불법이었지만 아직까지는, 그리고 필경 앞으로도 영원히 자기 몸뚱아리를 제외하고는 그 누구도 태우지 못할 물건이었다. 시가 중간 지점이 접시 가운데 있었기 때문에 산소를 머금긴 하겠지만 불씨가 다른 곳으로 옮겨가지는 않을 것이었다. 그럼에도 화재경보기는 고래고래 소리를 지르며 우리가 알고 살아온 문명의 종말을 알렸다.

트라우트는 『나의 자동항법 십 년』에서 그날 오후 화재경보기에게 해주었어야 할 말을 이렇게 정리하게 된다. "말도 안 돼! 진정 좀 하고 정신 차리셔, 이 골 빠진 신경쇠약자야!"

여기가 으스스한 부분이다. 그 미술관에 트라우트 말고는 아무도 없었다!

미국문학예술아카데미 건물에 소음의 요정이 출몰했던 건가?

38

1996년 8월 23일 금요일인 오늘 나는 제프 미할리치라는 낯선 젊은이로부터 멋진 편지 한 통을 받았다. 세르비아계 혹은 크로아티아계 후손인 듯한 이 젊은이는 일리노이대학교 어배너 캠퍼스에서 물리학을 전공하고 있다. 그는 고등학교 시절 물리학 수업을 재미있게 들었고 최고 성적도 받았지만, "대학에서 물리학을 전공한 후로는 많은 어려움을 겪고 있습니다"라고 말한다. "제게는 엄청난 충격이었어요, 왜냐하면 고등학교 때 저는 늘 공부를 잘했거든요. 간절히 원하기만 하면 이룰 수 없는 건 없다고 생각했거든요."

내 답장은 이런 식일 것이다. "솔 벨로의 악당소설 『오기 마치의 모험』을 읽어보는 게 어떨까요. 내 기억에 마지막 장면의 깨달음은 골치 아픈 도전은 추구하지 말아야 한다는 겁니다. 대신에 자연스럽고 흥미로운 일, 우리가 성취하도록 타고난 일을 추구하라는 겁니다.

물리학의 매력에 대해 말하자면, 고등학교나 대학에서 가르치는 가장 흥미로운 주제 두 가지는 역학과 광학이지요. 하지만 이 재미있는 과목들 너머에는 프렌치호른 연주나 체스처럼 타고난 재능에 좌우되는 정신 영역의 게임들이 있는 겁니다.

타고난 재능에 대해 나는 강연에서 이렇게 말합니다. '만약 당신이 대도시에 간다면, 그리고 대학도 대도시인 셈인데, 여러분은 볼프강 아마데우스 모차르트를 마주치게 되어 있습니다. 고향에 머무세요, 그냥 고향에 있으시라고요.'"

다른 말로 하면 이렇다. 어떤 젊은이가 아무리 자신이 무슨 일을 굉장히 잘하는 사람이라고 생각할지라도, 그는 머지않아 같은 분야에서 이를테면 자기 똥꼬에 칼집을 낼 누군가를 만나게 되리라.

내 소년 시절의 친구 윌리엄 H. C. "스킵" 페일리는 넉 달 전에 세상을 하직하고 지금은 하늘나라에 있다. 고등학교 2학년 때 그에게는 자신이 탁구에서는 무적이라고 생각할 만한 충분한 이유가 있었다. 나도 탁구에 영 젬병은 아니었지만 스킵과는 맞붙지 않았다. 스킵이 서브에 스핀을 너무 많이 주는 탓에 아무리 되받아치려 해도 공이 내 코 위로 올라가거나, 창밖으로 튕겨나가버리거나, 공장으로 돌아가버리거나, 그 어디건 탁구대가 아닌 곳으로 날아가게 되어 있다는 걸 알았기 때문이다.

그러다 그는 3학년 때 로저 다운스라는 같은 반 친구와 경기를 했다. 나중에 스킵이 말했다. "로저가 내 똥꼬에 새 칼집을 냈어."

그 일 이후 삼십오 년이 지나 내가 콜로라도의 어느 대학교에서 강연을 하는데, 청중 속에 로저 다운스가 앉아 있는 게 아닌가! 그는 그쪽 방면의 사업가가 되어 있었고 시니어남성테니스연맹에서 존경받는 선수였다. 그래서 나는 그 먼 옛날 탁구대에서 스킵에게 가르침을 준 일을 축하해주었다.

로저는 그 대결 후 스킵이 했을 법한 말은 뭐든 들어보려고 안달이었다. 내가 말해주었다. "스킵 말로는, 자네가 걔 똥꼬에 새 칼집을 내주었다던데."

로저는 엄청나게 만족스러워 했는데, 충분히 그럴 만했다.

물어보지는 않았지만 이 외과적 은유가 로저에게도 낯설지는 않았을 것이다. 더구나 인생은 다윈의 실험, 또는 트라우트가 좋아한 표현처럼 "똥바가지"였기 때문에, 그도 한 번 이상은 스킵처럼 자존심에 결장절제술를 당하고 탁구 대회장을 떠났을 것이다.

여느 때처럼 또 한번의 가을이 다가오는 재연 기간 중반 8월의 어느 날에는 또다른 소식들도 있었다. 번개가 전기라는 사실을 누구보다 잘 알았을, 타고난 과학자인 우리 형 버니가 꼼짝없이 치명적인 암에 걸렸다. 이미 너무 많이 진척되어서 종양학 묵시록의 세 기수인 외과 수술, 화학 치료, 방사선에게도 기세가 꺾이지 않는 상태다.

버니 형은 그래도 기분이 나쁘지 않았다.

아직 이 말을 하기엔 너무 이르지만, 제발이지 버니 형이 세상을 뜨면 형의 유골이 제임스 휘트콤 라일리와 존 딜린저가 묻힌 크라운힐 공동묘지에 묻혀서는 안 될 것이다. 라일리와 딜린저는 인디애나에만 속한 사람들이지만 버니 형은 '세계'에 속한 사람이다.

버니 형의 유골은 둥그렇게 우뚝 솟은 번개 구름 위에 뿌려져야 한다.

39

그리하여 인디애나폴리스 출신의 로저 다운스는 콜로라도에 있었다. 인디애나폴리스 출신인 나는 여기 롱아일랜드의 사우스포크에 있다. 인디애나폴리스 출신인 아내 제인 마리 콕스의 유골은 아무 표식도 없이 매사추세츠주 반스터블빌리지의 활짝 핀 벚나무 뿌리들 사이에 있다. 그 벚나무의 가지들은 테드 애들러가 완전히 새로 짓고 나서 "내가 이걸 도대체 어떻게 해냈지?"라고 말한 바로 그 결채에서 보인다.

인디애나폴리스에서 열린 제인과 나의 결혼식 신랑 들러리는 인디애나폴리스 출신의 벤저민 히츠였다. 지금은 홀아비가 된 히츠는 캘리포니아주 산타바버라에 산다. 그는 인디애나폴리스 출신의 내 사촌과 올봄에 몇 번 데이트를 했다. 그와 데이트한 사촌은 메릴랜드주 해안에 사는 과부다. 우리 누나는 뉴저지주에서 세상을 떠났고, 우리 형은 아직 그 정도는 아니지만 뉴욕주 올버니에서 죽어가고 있다.

2차세계대전 당시 독일군 탱크 속 라디오에서 흘러나오던 팝 음악을 중단시킨 내 소년 시절 친구 데이비드 크레이그는 지금 뉴올리언스에서 건축업을 하고 있다. 쇼트리지고등학교 물리 시간에 내 실험실 파트너였던 사촌 에미는 루이지애나주에 있는 데이비드의 집에서 동쪽으로 30마일쯤 떨어진 곳에 산다. 에미는 전쟁에서 돌아온 내게 마침내 남자가 되었다고 말해준 댄 삼촌의 딸이다.

엄청난 디아스포라다!

왜 많은 이가 조상들이 건설한 도시, 자신들의 성씨가 존경받는 도시, 거리와 말투가 너무도 익숙한 도시, 그리고 내가 지난 6월 버틀러대학교에서 말한 것처럼 서구문명의 진짜 최고와 최악이 있는 그런 도시에서 도망쳐나왔을까?

모험 때문이겠지!

물론 어디에나 있는 중력으로부터가 아니라 크라운힐 공동묘지가 끌어당기는 강력한 힘으로부터 도망치고 싶어서였을 수도 있다.

크라운힐이 앨리 누나를 데려갔다. 제인은 데려가지 못했다. 버니 형도 데려가지 못할 것이다. 나도 데려가지 못할 것이다.

1990년 나는 오하이오주 남부의 어떤 대학에서 강연을 했다. 그쪽 사람들이 근처 모텔에 숙소를 잡아주었다. 강연을 마치고 모텔로 돌아온 나는 내가 바라는 대로 아기처럼 잠을 잘 자기 위해 평소 좋아하는 스카치앤드소다를 주문해서 마시고 있었다. 바에는 그 지역 출신인 게 분명한 나이든 사람들이 유쾌하게 자리를 차지하고 있었는데, 서로를 정말로 좋아하는 것 같았다. 그들은 웃을 거리가 너무나 많았다. 모두가 코미디언이었다.

나는 바텐더에게 그들이 누구냐고 물었다. 바텐더 말에 따르면 그들은 제인스빌고등학교 1940년 졸업반의 오십 주년 동창회에 모인 사람들이었다. 확실히 멋져 보였다. 확실히 옳아 보였다. 나는 쇼트리지고등학교 1940년 졸업반이었는데, 그즈음에는 동창회에 나가지 않고 있었다.

그날 그들은 어느 희곡보다 달콤한 손턴 와일더의 희곡 『우리 읍내』의 등장인물들이었을 수도 있다.

나이가 너무 많은 그들과 나는 대학에 가건 가지 않건 경제적으로 크게 다르지 않던 시절을 기억한다. 대학에 가지 않고도 뭔가를 할 수 있었다. 그래서 나는 당시 아버지에게 버니 형처럼 화학자가 되고 싶지는 않다고 말했다. 그 대신 신문사에 취직하면 아버지의 돈을 엄청나게 절약할 수 있었다.

이건 이해해주시라. 형과 똑같은 과학 수업들을 듣기만 하면 나도 대학에 충분히 갈 수 있었다. 아버지와 형도 거기까지는 동의했다. 두 사람이 보기에 과학이 아닌 다른 종류의 고등교육은 뭐건 모두 장식품에 불과했다. 보험 판매원인 알렉스 삼촌의 하버드 교육도 순전히 장식품이었고, 그래서 아버지와 형은 삼촌을 비웃었다.

아버지는 내게 아버지의 친한 친구 프레드 베이츠 존슨과 얘기해보는 게 좋겠다고 말했다. 변호사인 존슨 씨는 젊은 시절 지금은 폐간된 민주당 계열의 일간지 〈인디애나폴리스 타임스〉에서 기자로 일했다.

나는 존슨 씨를 꽤 잘 알았다. 아버지와 나는 존슨 씨와 함께 남쪽의 브라운카운티로 토끼와 새 사냥을 나가곤 했다, 앨리 누나가 그만두라고 소리를 쳐대는 바람에 그만두긴 했지만. 사무실 회전의자에 몸을 기댄 채 눈을 가늘게 뜬 존슨 씨는 내게 어떻게 언론인이 될 계획인지 물었다.

내가 말했다. "글쎄요, 아저씨, 어쩌면 〈컬버 시티즌〉에서 일자리를 잡아 거기서 한 삼사 년 일할 수 있겠지요." 컬버는 인디애나주 북쪽의 맥신커키호에 있었다. 우리는 여름이면 그 호수

오두막에서 휴가를 즐기곤 했다.

존슨 씨가 말했다. "그다음에는?"

내가 대답했다. "그 정도 경력이 있으면 아마 리치먼드나 코코모 같은 곳에 있는 훨씬 큰 신문사 일자리를 잡을 수 있을 겁니다."

"그다음에는?" 그가 말했다.

내가 말했다. "아마 그런 신문사에서 오 년 정도 근무하고 나면, 인디애나폴리스를 한번 노려볼 만하겠지요."

"잠깐 실례 좀 함세." 존슨 씨가 말했다. "미안하지만, 전화를 좀 걸어야 해서."

"그러세요." 내가 말했다.

존슨 씨가 의자를 돌려서 등을 보이며 전화를 걸었다. 조용히 말했지만 나는 엿들을 생각은 하지 않았다. 내 일과 상관없다고 생각했다.

존슨 씨가 전화를 끊더니 다시 의자를 돌려 나를 바라보았다. "축하하네!" 존슨 씨가 말했다. "자네 〈인디애나폴리스 타임스〉에 취직됐네."

40

나는 〈인디애나폴리스 타임스〉에 일하러 가는 대신 멀리 뉴욕주 이타카에 있는 대학으로 갔다. 그때 이후로 나는 『욕망이라는 이름의 전차』에 나오는 블랜치 두보이스처럼 낯선 이들의 친절한 도움을 받았다.

재너두의 조개구이 파티를 불과 오 년 앞둔 지금, 내가 갈 수도 있었던 다른 길을 생각해본다. 부모님이나 조부모님처럼 우리 동네를 사랑하고 증오하면서, 고등학교를 함께 다닌 사람들 사이에서 성년의 삶을 살아가는 나 자신을 생각해본다.

그런 나는 사라져버렸다!

다섯 길 바닷속에 그 사람이 누워 있네;

뼈는 산호가 되고;

두 눈은 진주가 되었네:

육신은 전혀 썩지 않았고,

그 대신 바다의 변화를 겪어내면서

귀하고 신비한 것으로 바뀌었다네.*

그 가상의 나는 지금의 내가 알고 있는 조크를 몇 가지 알았을 것이다. 예컨대 내가 어린아이였을 때 프레드 베이츠 존슨 씨가 아버지와 나, 그리고 다른 몇 사람과 함께 남쪽의 브라운 카운티에서 사냥할 때 했던 조크 같은 것 말이다. 존슨 씨에 따르면, 우리 같은 사람들 한 무리가 저 위쪽 캐나다에서 사슴과 말코사슴을 사냥하고 있었다. 누군가는 요리를 담당해야 했다. 안 그러면 모두가 굶어죽을 테니까.

다른 사람들이 새벽부터 어스름까지 사냥을 나가 있는 동안 요리할 사람을 정하기 위해 그들은 제비를 뽑았다. 좀더 실감나게 조크를 하려고 존슨 씨는 짧은 제비를 뽑은 사람이 우리 아버지라고 말했다. 아버지는 요리를 할 줄 알았다. 어머니는 요리를 할 줄 몰랐다. 어머니는 요리를 못하고 설거지 같은 일도

* 윌리엄 셰익스피어 『템페스트』 1막 2장에 나오는 '아리엘의 노래'를 보니것이 패러디했다.

하지 않는다는 사실을 자랑스럽게 여겼다. 나는 다른 아이들의 집에 놀러가는 걸 좋아했는데, 그애들의 어머니는 그런 일들을 하셨다.

사냥꾼들은 아버지의 요리에 대해 불평하는 사람이 아버지 대신 요리 담당이 되기로 합의했다. 그래서 다른 사람들이 숲속에서 끝내주게 즐거운 시간을 보내는 동안, 아버지는 점점 더 맛없는 요리를 계속 만들어냈다. 그러나 저녁식사가 아무리 끔찍해도 사냥꾼들은 맛있다는 듯 입을 쩝쩝 다시며 아버지 등을 토닥이곤 했다.

어느 날 아침, 다른 이들이 사냥을 떠나고 나서 아버지는 바깥에 있는 따끈따끈한 말코사슴똥 한 덩어리를 발견했다. 그걸 엔진오일에 튀겼다. 그날 밤 아버지는 그걸 김이 모락모락 나는 고기 패티처럼 내놓았다.

처음 맛을 본 친구가 바로 뱉어냈다. 어쩔 도리가 없었으니까! 그 친구가 흥분해서 소리를 질렀다. "니미럴! 엔진오일에 튀긴 말코사슴똥 맛이잖아!"

그러고는 곧바로 한마디 보탰다. "그래도 맛은 좋아, 그래도 맛은 좋아!"

어머니가 그토록 쓸모없는 사람으로 자란 것은 양조업자에다 투자자였던 외할아버지 앨버트 리버가 미국도 유럽식 모델에 기초한 귀족사회가 될 거라고 믿었기 때문이다. 저쪽 반구의 귀족계급 구성원이라는 증명이자 이쪽 반구에서도 곧 실현되게 될 귀족계급의 구성원이라는 증명이 장식품으로서의 부인과 딸들이라고 여겼던 것이다.

41

나는 외할아버지 앨버트 리버에 관한, 그리고 그가 1944년 어머니날 하루 전에 발생한 우리 어머니의 자살에 대해 얼마나 큰 책임이 있는지에 관한 장편소설을 쓰지 못했다. 그러나 내가 버스를 놓쳤다고 생각하지는 않는다. 인디애나폴리스의 독일계 미국인들은 보편성이 부족하다. 영화나 책이나 희곡에서 동정적으로건 악당으로건 정형화된 적이 없다. 내가 썼다면 그들을 완전히 새로 설명해내야 했을 것이다.

엄청난 행운이지!

독일계 미국인이지만 평생을 메릴랜드주 볼티모어에 살았던 위대한 평론가 H. L. 멘켄은 윌라 캐서의 장편소설에 집중하기 힘들었다고 고백했다. 아무리 애를 써도 네브래스카주의 체코 이민자들에 관해 진정으로 지대한 관심을 기울일 수 없었던 것이다.

똑같은 문제다.

기록을 위해 외할아버지 앨버트 리버의 첫번째 부인 앨리스에 대해 말해두고자 한다. 태어날 때 성이 배러스였던 그녀는 우리 누나 앨리와 이름이 같았는데, 셋째 아이인 루디 삼촌을 낳다가 돌아가셨다. 어머니가 첫째 아이였다. 둘째는 본인은 MIT에서 낙제했지만 원자핵 과학자 앨버트를 아들로 둔 피트 삼촌이었다. 내 사촌 앨버트는 캘리포니아주 델마에 살고 있다. 그는 최근 눈이 멀었다고 한다.

사촌 앨버트의 눈을 멀게 한 것은 방사선이 아니다. 과학계 안이건 바깥이건 누구에게나 일어날 수 있는 뭔가 다른 이유 때문이었다. 사촌 앨버트의 아들은 원자핵 과학자가 아닌 컴퓨터 전문가다.

킬고어 트라우트가 때때로 소리치듯이 "인생은 계속된다!"

내가 강조하고 싶은 이야기는 양조업자에다 공화당 거물이며 신귀족주의 식도락가였던 외할아버지가 첫 부인이 세상을 떠난 뒤 바이올린 연주자와 결혼했다는 사실이다. 바이올린 연주자 할머니는 나중에 실성했다는 진단을 받았다. 받아들여야지, 어쩌겠나! 더러 실성한 여자들이 있는데! 새외할머니는 자식들을 정열적으로 싫어했다. 자식들에 대한 할아버지의 사랑을 질투하기까지 했다. 무대를 독차지하고 싶어했다. 더러 그런 여자들이 있다!

깽깽이를 누구보다 잘 켜는 이 지옥같이 무서운 여성은 우리 어머니와 피트 삼촌과 루디 삼촌을 육체적으로, 정신적으로 학대했다. 그녀가 외할아버지 리버와 이혼하기 전 그들의 성장기 동안 너무도 지독하게 학대한 탓에, 그들은 끝내 그것을 극복하지 못했다.

인디애나폴리스의 독일계 미국인 부자들에 관심 있는 독자가 상당한 규모로 있었다면, 내가 우리 외할아버지에 관한 대하소설을 쏟아내는 건 식은 죽 먹기였을 것이다. 그런 대하소설을 통해 아주 오래전 외할아버지로부터 당한 배신이 비록 아주 느린 속도일지라도 우리 어머니를 살해하고 말았다는 사실을 보여줄 수 있었을 것이다.

"땡그랑이다, 이 개자식아!"

가제: '바람과 함께 사라지다'

어머니가 평범한 환경의 젊은 건축가인 아버지와 결혼했을 때, 인디애나폴리스 독일계 미국인 사회의 정치인들, 술집 주인들, 주요 인사들은 이 신혼부부에게 크리스털과 리넨과 도자기와 은, 그리고 심지어 금도 조금 든 보물상자를 하나 주었다.

셰에라자드!

심지어 당시 인디애나주마저 다른 반구의 말똥구리들에 버금가는, 쓸모없는 재산만 소유한 고유의 세습 귀족제를 유지하고 있는 줄 누가 알았겠는가?

그 모든 것이 대공황 시기의 우리 형과 누나와 아버지와 내게는 엄청나게 큰 쓰레깃더미 같았다. 지금은 그런 것들이 쇼트리지고등학교의 1940년 졸업반만큼이나 널리 퍼져 있다.

아우프 비더젠.*

* 독일어 작별인사.

42

나는 일반 독자들을 만족시킬 수 있는 방식으로 단편소설을 마무리하는 데 항상 어려움을 겪는다. 실제 인생에서 사람들은 마치 타임퀘이크 후 재연 기간처럼 변화하지도 않고, 실수를 저지르고도 아무것도 배우지 못하며, 사과하지도 않는다. 단편소설에서는 그 세 가지 중 적어도 두 가지는 해야 한다. 그러지 않으면 차라리 미국문학예술아카데미 건물 앞 소화전에 묶여 자물통이 채워진 뚜껑 없는 철망 쓰레기통에 던져버리는 편이 더 나을 것이다.

좋다, 그것까지는 나도 할 수 있다. 그러나 내가 인물 하나로 하여금 뭔가 변화하거나 배우거나 사과하게 해놓고 나면 다른 인물들은 할일 없이 궁둥이로 손가락만 빨고 있게 된다. 그렇게 하는 건 독자에게 쇼가 끝났다고 말하는 방식이 될 수 없다.

판단이 서툴고 애초에 태어나기를 원치도 않았던 젊고 경험 없던 시절에 나는 당시의 내 문학 에이전트에게 모든 인물을 죽이지 않고도 이야기를 마무리하는 방법에 대해 자문을 구했다. 그 에이전트는 어느 주요 잡지의 소설 편집자였으며, 할리우드 스튜디오의 스토리 고문이기도 했다.

그가 말했다. "이 친구야, 그것보다 간단한 건 없지. 주인공이 말에 올라타고 석양 속으로 달려가버리면 되잖아."

오랜 세월이 흐른 뒤 그는 12구경 엽총을 써서 자기의지로 자살했다.

그의 또다른 친구이자 고객인 한 사람은 그가 자살했을 리 없다고, 그 사람 성격에 어울리지 않는다고 말했다.

내가 대답했다. "군사훈련을 받았더라도 엽총으로 자기 머리를 우발적으로 날려버릴 방법은 없습니다."

아주 먼 옛날 시카고대학교 학생이던 시절 나는 논문 지도교수와 예술 전반에 관해 대화를 나눴다. 그때는 혹여라도 예술 분야로 진출하겠다는 생각은 전혀 없었다.

지도교수가 말했다. "예술가들이 어떤 사람인지 아는가?"

나는 몰랐다.

지도교수가 말했다. "예술가란 이렇게 말하는 사람들일세. '나는 내 나라도, 내 주도, 내 도시도 구할 수 없다. 그러나 적어도, 이 사각형 캔버스나, 편지지 크기의 종이나, 진흙 한 덩어리나, 열두 소절의 음악을 가지고는 그게 마땅히 되어야 하는 모양대로 만들 수 있다!'"

그리고 약 오 년 후 그는 2차세계대전 말미에 히틀러의 선전장관과 그 부인과 자식들처럼 했다. 청산가리를 삼킨 것이다.

나는 과부가 된 그의 부인에게 편지를 써서 그의 가르침이 내게 얼마나 큰 의미였는지 말해주었다. 답장을 받지는 못했다. 부인이 슬픔을 못 이겨서 그랬을 수도 있다. 그러나 다시 생각해보면 남편이 손쉬운 탈출 방식을 택한 데 대해 꼭지가 돌아서 그랬을 수도 있다.

바로 올해 여름에 나는 어느 중국 식당에서 소설가 윌리엄 스타이런에게 지구 행성 전체에서 우리처럼 살아갈 가치가 있는 삶을 사는 이들이 얼마나 되겠느냐고 물어보았다. 우리 둘이서 17퍼센트라는 숫자를 도출해냈다.

그다음날 나는 벨뷰병원에서 모든 종류의 중독증을 치료하는 의사 친구와 맨해튼 미드타운에서 산책을 했다. 친구의 환자 대부분은 노숙자에다 HIV 양성이기도 했다. 나는 친구에게 스타

이런과 내가 도출한 17퍼센트라는 숫자 얘기를 했다. 친구는 자기가 보기에도 그 숫자가 거의 맞는 것 같다고 말했다.

다른 곳에서도 썼지만 이 친구는 성자다. 나는 성자를 점잖지 못한 사회에서 점잖게 행동하는 사람이라고 정의한다.

나는 의사 친구에게 왜 벨뷰병원에 있는 그의 환자 중 절반이 자살하지 않는지 물어보았다. 친구는 자기도 똑같은 의문이 든다고 말했다. 그는 마치 특별할 것 없는 일상적인 진찰의 일부인 양 그들에게 자기파괴를 생각해본 적이 있는지 물어보았다. 거의 예외 없이 대부분 이런 질문에 놀라고 모욕감을 느끼기까지 하더라고 했다. 그런 병적인 생각은 자기들의 머릿속에 들어온 적이 없노라고!

그때쯤 우리는 알루미늄 깡통을 비닐봉지 한가득 주워담아 가는 친구의 옛 환자 한 명을 지나쳤다. 그 환자는 경제적으로 쓸모없음에도 불구하고 어쩐지 멋져 보이는 킬고어 트라우트의 "신성한 소떼" 중 한 명이었다.

"의사 선생님, 안녕하세요." 그가 말했다.

43

질문: 새똥의 하얀 부분은 뭔가요?

대답: 그것도 새똥입니다.

과학 이야기는 그만하면 됐다. 게다가 지금과 같은 환경 위기의 시대에 과학이 도대체 얼마나 큰 도움이 되겠는가? 체르노빌은 히로시마의 유아차보다 방사능 양이 훨씬 더 많다. 우리가 겨드랑이에 뿌리는 방취제가 오존층의 구멍을 먹어치워버렸다.

그리고 이런 이야기나 왕창 들어보시라. 풋사과도 하나 그릴 줄 모르고, 또 가장 까칠할 때는 그림이 하는 일이 아무것도 없기에 그림을 좋아하지 않는다던 버니 형이, 해마다 고집을 부리다 금년 여름에는 예술가가 되었다!

개소리가 아니다! MIT에서 물리화학으로 박사학위를 받은 그가 이제 짝퉁 잭슨 폴록이 된 거다! 버니 형은 창유리나 욕실 타일처럼 두 개의 불침투성 평면 소재 사이에 여러 색채와 농도의 찝찝거리는 물감을 넣고 쥐어짠다. 그러고 나서 두 평면을 떼어내면 에 부알라!* 이건 형의 암과는 아무 관련이 없다. 형이 그런 재능을 가졌다는 걸 지금까지 몰랐을 뿐이고, 어쨌거나 악성종양은 형의 폐 속에 있지 뇌 속에 있는 게 아니었으니까. 형은 도대체 자신이 무슨 짓거리를 하는지 따져물어줄 부인도 없는 비상근 꼰대 신세로 방귀만 뀌면서 빈둥거리고 있었는데, 어느 날 에 부알라! 하게 된 거다. 늦어도 안 하느니보다 낫다. 내가 할 수 있는 말은 그것뿐이다.

그렇게 해서 형은 대부분이 나뭇가지 모양인 구불구불한 채식화彩飾畵, dendritic form의 흑백 복사본을 내게 몇 개 보내왔다.

* 프랑스어로 '짜잔, 여기 있습니다!'라는 뜻.

그것들은 나무나 관목, 또는 버섯이나 구멍 숭숭 뚫린 우산 모양을 하고 있었지만 정말이지 상당히 흥미로웠다. 내 무도회 춤 실력처럼 봐줄 만은 했다. 그후 형은 화려한 색채의 원본들을 보내주었는데, 나는 그것들이 아주 좋았다.

그러나 복사본과 함께 형이 보낸 메시지는 예기치 않은 행복에 관한 것이 아니었다. 그것은 회개하지 않은 과학기술 전문가가 예술가인 척하는 사람들, 그리고 그 최고 표본인 내게 보내는 도전장이었다. 버니 형은 물었다. "예술인가, 아닌가?" 물론 오십 년 전이었다면 이런 질문을 그렇게 조롱 섞인 말투로 던질 수 없었으리라. 그때는 최초의 온전한 미국식 회화파인 추상표현주의가 창립되기 전, 그리고 특히 '잭 더 드리퍼', 즉 풋사과 하나도 똑같이 그릴 줄 몰랐던 잭슨 폴록의 신격화 이전이었으니까.

또 매우 흥미로운 한 가지 과학 현상이 그의 그림에 작동하고 있는데, 그것은 이런저런 식으로 쥐어짜면 위아래로, 또는 양옆으로밖에 갈 수 없는 쩝쩝거리는 여러 가지 물감들이 어떻게 반응하는지와 관계가 있으니 버니 형은 나보고 그게 뭔지 추측해 보라고 말했다. 그의 그림이 예술가인 척하는 사람들의 세계에서 쓸모없다 해도, 더 나은 윤활제나 선탠로션이나 또는 알 수 없는 그 무엇의 새로운 길을 여는 데는 도움을 줄 수 있지 않겠느냐고 암시하는 듯했다. 완전히 새로운 차원의 프레퍼레이션 H* 같은 것 말이다!

버니 형은 그림에 서명하거나, 공개적으로 자신이 창작했다고 인정하거나, 어떻게 창작했는지 설명하지는 않겠다고 말했다. 그저 그가 제기한 영리하게도 순진한 척하는 그 질문 "예술인가, 아닌가?"에 답을 하느라 낑낑대면서, 입술을 쭉 내민 평론가들이 총알만한 진땀을 뚝뚝 흘리며, 엄청난 크기의 콘크리트 기겁 덩어리를 아래로 쏟아내기만을 기대했다.

복수심에 불탄 답장을 쓰면서 솔직히 기분이 좋았다. 왜냐하면 아버지와 형이 과거에 나를 인문대에서 억지로 끌어냈기 때문이다. "사랑하는 형, 이건 형에게 새와 별에 관해서 말하는 거랑 비슷해." 나는 이렇게 서두를 시작했다. "다 그런 건 아니지만 인간이 만든 평평한 표면 위의 색채와 형태의 조합들, 본질적으로는 무의미한 조합들을 보고도 유익한 자극을 받는 선량한 사람들이 많아.

형도 소음의 조합인 음악, 다시 말하지만 본질적으로는 무의미한 조합을 듣고도 만족을 얻잖아. 내가 지하실 계단 아래로 양동이를 걷어차고 나서 형에게 이렇게 말한다고 해봐. 내가 낸

* 치질 연고 상표명.

그 소음이 〈마술피리〉와 철학적으로 똑같다고 말이야. 이건 길고 짜증스러운 논쟁의 시작이 못 돼. 형에게 지극히 만족스럽고 완전한 대답은 이런 걸 거야. '모차르트가 낸 소리는 좋지만, 그 양동이가 낸 소리는 싫어.'

의도를 가지고 창작된 예술작품에 관해 사유하는 건 일종의 사회적 행위야. 보람 있는 시간을 가지든 아니든. 그뒤에 왜라고 말할 필요는 없어. 어떤 말도 필요 없으니까.

사랑하는 형, 형은 당당하게 존경받는 실험과학자야. 형의 그림이 형의 말처럼 '예술인지 아닌지' 정말 알고 싶다면, 그 그림들을 공공장소에 전시해서 그걸 본 다른 사람들이 좋아하는지 알아봐야 해. 이게 이쪽의 게임 방식이야. 무슨 일이 일어나는지 내게 알려줘."

나는 편지에 계속 이렇게 썼다. "어떤 그림이나 판화나 또는 어떤 것을 좋아할 줄 아는 사람이라면 그 예술가에 대해 아무것도 모르고서 좋아하는 경우는 아주 드물어. 다시 말하지만 이 상황은 과학적인 것이 아니라 사회적인 거야. 어떤 예술작품이건 그건 두 사람 사이에 이뤄지는 대화의 절반을 차지해. 작품은 우리에게 말을 하는 사람에 대해 많은 걸 애기해주거든. 남자건 여자건, 그 사람이 진정성으로 유명한가, 신성성으로 유명한가, 고통으로 유명한가, 욕정으로 유명한가, 저항으로 유명한가, 진지함으로 유명한가, 아니면 조크로 유명한가?

높이 평가되는 그림 중에서 보잘것없는 사람이 그린 건 거의 없어. 심지어 프랑스의 라스코 지하동굴에 벽화를 그린 사람이 누구건, 그 사람의 인생에 관해서도 상당히 많은 걸 추측해볼 수 있어.

감히 제안하자면 관람자의 마음속에서 특정 인간을 결부해내지 못한다면, 그 어떤 그림도 진지한 관심을 유발할 수 없어. 형이 만약 창작자로서 명의를 주장하고 싶지 않다면, 그럼에도 다른 이들이 형의 그림을 살펴볼 가치를 찾기를 바란다면, 그건 전혀 엉뚱한 공놀이가 되어버리는 거야.

그림이 유명해지는 건 그것의 그림다움이 아니라 인간다움 때문이야."

나는 계속 이렇게 썼다. "또 숙련이라는 문제도 있어. 진짜 미술 애호가들은 말하자면 동조하기를 즐겨. 작품의 표면을 자세히 들여다보면서 환상이 창조된 방식을 살펴보는 거지. 형의 그림들이 어떻게 만들어졌는지 말하고 싶지 않다면, 이번에도 역시 더욱더 엉뚱한 공놀이가 되어버리는 거지."

"행운을 빌며, 항상 사랑해." 나는 이렇게 쓰고 서명했다.

44

나는 아세테이트 판지에 검은 잉크로 그림을 그린다. 켄터키 주 렉싱턴에 사는 내 나이 절반쯤 먹은 예술가 조 페트로 3세가 내 그림을 실크스크린으로 인쇄한다. 그러면 나는 다시 무광 검은색 잉크로 조가 원하는 색깔마다 하나씩 별도의 아세테이트 판지에 그림을 그린다. 그림은 검은색으로만 그렸기 때문에, 조가 한 색깔에 한 번씩 인쇄하기 전까지 나는 색이 입혀진 그림을 보지 못한다.

조가 양화를 그릴 수 있게 나는 원판 음화를 그리는 셈이다.

더 쉽고, 더 빠르고, 또 더 싸게 그리는 방식이 있을 것이다. 그러면 골프를 치고, 모형 비행기를 만들고, 자위를 할 시간이 더 많아질 것이다. 우리는 이 문제를 천착해보아야 한다. 조의 스튜디오는 중세에서 튀어나온 것만 같다.

조에게 아무리 감사해도 부족하다. 어디서 오는지는 모르지만 내게 오고 있던 총명한 생각들을 머릿속 작은 수신기가 수신을 멈춘 뒤 조가 자신의 양화를 위해 내가 음화를 그리도록 해주었기 때문이다. 예술은 이처럼 흡수력이 엄청나다.

대왕 스펀지인 셈이다.

들어보시라. 이 글을 쓰기 삼 주 전인 1996년 9월 6일에 조와 나는 우리 인쇄화 스물여섯 점을 콜로라도주 덴버의 미술관 1/1

에 전시했다. 그 지역의 군소 양조회사인 윈쿱이 이 전시를 기념하기 위해 특별 맥주를 만들었다. 그 맥주 상표는 내 초상화 중 하나였다. 맥주의 이름은 '커트의 마일하이 몰트'*였다.

이게 재미없다고 생각하시는가? 그러면 이 얘기를 한번 들어보시라. 내 제안에 따라 그 맥주에 커피맛을 살짝 가미했다. 그게 뭐가 그리 훌륭했냐고? 우선 정말 맛이 좋았고, 1920년 금주령으로 사업을 접어야 했던 양조업자 외할아버지 앨버트 리버에 대한 경의의 표시이기도 했다. 1889년 파리엑스포에서 인디애나폴리스 양조 부문 골드메달을 수상한 맥주의 비밀 성분이 커피였던 것이다!

땡그랑!

저멀리 덴버에서 이런 일은 재미있는 축에 못 낀다고? 좋다, 그러면 이건 어떤가? 윈쿱양조회사 사장은 조 페트로 또래의 사내였는데, 이름이 존 히킨루퍼였다. 그래서 어쨌냐고? 바로 이랬다. 화학자가 되기 위해 오십육 년 전 코넬대학교에 갔을 때 나는 존 히킨루퍼라는 남자와 같은 동아리 회원이었다.

땡그랑?

---

* 덴버시의 별명 마일하이시(Mile-High City)를 패러디한 유머러스한 명칭. 덴버시는 정확히 해발 1마일에 위치한다고 한다.

윈쿱양조회사 사장이 그 동아리 친구의 아들이었던 것이다! 그 친구는 아들이 겨우 일곱 살 때 세상을 떠났다. 나는 아들보다 그 아버지를 더 잘 알았던 것이다! 나는 덴버 양조회사의 이 젊은 사장에게, 그의 아버지가 학생회관 이층 계단 위 대형 벽장에서 또다른 델타입실론 동아리 회원 존 로크와 동업해 캔디, 음료수, 담배를 팔았다고 얘기해주었다.

당시 그 두 사람은 학생 상점 이름을 히킨루퍼스 로큰바로 지었다. 우리는 그걸 로큰루퍼스 히킨바, 바킨히커스 루픈바, 로큰바커스 루픈힉 따위로 불렀다.

행복한 시절이었지! 우리는 우리가 영원히 살 줄 알았던 거다.

새로운 병에 오래된 술. 새로운 사람에 오래된 조크.

나는 젊은 존 히킨루퍼에게 그의 아버지가 내게 알려준 조크를 들려주었다. 이런 식의 조크였다. 어디에 있건 그의 아버지가 내게 "너 거북이클럽 회원이니?"라고 물으면, 나는 선택의 여지 없이 무조건 목청이 터지도록 이렇게 고함을 쳐야 했다. "**궁뎅이에 맹세코 그렇다!**"

나도 그의 아버지에게 똑같이 할 수 있었다. 예컨대 클럽 신입회원 입단식처럼 특히 엄숙하고 신성한 날에 내가 그 친구의 귀에 대고 이렇게 속삭이는 거다. "너 거북이클럽 회원이니?" 그러면 그 친구는 선택의 여지 없이 무조건 목청이 터지도록 이렇게 고함을 쳐야 했다. "**궁뎅이에 맹세코 그렇다!**"

45

오래된 조크 하나 더. “안녕하세요, 제 이름은 스폴딩입니다. 당신은 분명 제 쌍방울을 가지고 놀아보셨을 겁니다.” 스폴딩이 이제는 주요 운동기구 제조업체가 아니기 때문에 이 조크는 더 이상 먹히지 않는다. 리버골드메달 맥주가 중서부에서 더이상 인기 있는 유흥용 음료가 아니듯, 또 보니것철물회사가 그 업계에서 더이상 내구성 있고 실용성도 탁월한 상품의 제조업체 겸 소매상이 아니듯.

보니것철물회사는 더 활력 있는 경쟁사들에 의해 공정하고 정당하게 업계에서 퇴출당했다. 인디애나폴리스의 양조장은 미국 헌법 제18조에 의해 문을 닫았다. 헌법 제18조는 1919년에 알코올음료의 제조, 판매, 유통을 불법이라고 선언했다.

인디애나폴리스의 유머 작가 킨 허버드는 금주령에 대해 "모든 음료 금지보다는 낫지"라고 말했다. 알코올음료는 1993년까지 합법화되지 않았다. 그때 알코올음료 밀매자 알 카포네가 시카고를 지배했고, 후에 살해당할 대통령의 아버지 조지프 P. 케네디는 억만장자였다.

조 페트로 3세와 나의 덴버 전시회 개막식 다음날인 일요일 새벽, 나는 덴버에서 가장 낡은 옥스퍼드호텔에서 홀로 잠에서 깼다. 나는 그곳이 어딘지 또 어떻게 거기로 갔는지 알았다. 전날 밤 외할아버지의 맥주로 유쾌한 올빼미처럼 취한 건 아닌 듯했다.

나는 옷을 입고 밖으로 나갔다. 아직 나 말고는 아무도 깨어 있지 않았다. 이동하는 차량도 없었다. 만약 그 순간 자유의지가 다시 작동하고, 그래서 내가 균형을 잃고 넘어졌다 하더라도 차가 나를 칠 리는 없었을 것이다.

자유의지가 다시 작동하기 시작할 때 최상의 상태는 필경 아프리카 자이레의 우림 지역에 사는 피그미 종족 중 하나인 음부티족의 경우일 것이다.

내가 묵은 호텔에서 200야드 떨어진 곳에는 과거에 고동치던 이 도시 심장의 흔적, 말하자면 이 도시의 부어터진 심이와 심실이 있었다. 덴버의 여객 수송용 기차역 말이다. 이 역은 1880년에 완공되었다. 지금은 하루에 겨우 기차 두 대가 정차한다.

나 자신이 충분히 골동품이기에 나는 기차 소리를 굉장히 멋진 음악으로 기억했다. 증기기관차의 쉬쉬 소리와 천둥같이 울리는 소리, 그 애처로운 기적소리, 또 철길 이음매 위를 굴러가는 규칙적인 덜커덩 소리, 그리고 도플러효과로 인해 음조가 올라갔다 내려갔다 하는 것 같았던 건널목의 신호종소리.

나는 노동운동의 역사도 기억했다. 더 나은 임금과 더 나은 대우, 그리고 더 안전한 노동조건을 요구하는 미국 노동자 최초의 효과적인 파업이 철도에 맞서서 조직되었기 때문이다. 그다음에는 탄광, 제철소, 방직공장 등에 맞서는 파업들이 일어났다. 많은 피가 뿌려졌다. 우리 세대의 미국 작가 대부분이 보기에 그것은 외부의 적을 향한 어느 전투보다 더 싸울 가치가 있는 전투였다.

우리 문학의 많은 부분에 녹아들어 있는 낙관주의는 한 가지 믿음에 기초한다. 마그나카르타 이후, 그다음에는 미국의 독립선언서, 그다음에는 미국의 권리장전, 또 그다음에는 노예해방령, 그리고 그후에는 여성의 투표권을 인정한 1920년의 미국 헌법 제19조가 채택된 뒤에야 비로소 경제 정의를 위한 여러 계획안 또한 고안될 수 있었다는 믿음이다. 그게 논리적인 다음 단계였으니까.

그리고 심지어 1996년에조차 나는 여러 강연에서 아래와 같은 미국 헌법 수정 조항을 제안한다.

제28조: 모든 신생아는 진지하게 환영받고, 성인이 될 때까지 보살핌받아야 한다.

제29조: 필요로 하는 모든 성인에게는 최저 생활임금을 제공하는 의미 있는 일자리가 주어져야 한다.

이런 것들 대신에 소비자로서, 피고용자로서, 투자가로서 우리가 만들어놓은 것은 산더미처럼 쌓인 문서상의 부다. 문서상의 부가 너무도 커서 그것을 관리하는 한줌의 사람들이 수백만, 수억만 달러를 가져갈 수 있다. 적어도 표면상으로는 아무도 해치지 않고서.

우리 세대의 많은 이가 실망하고 있다.

46

믿을 수 있으시겠는가? 재너두에 가기 전에는 희곡 공연을 본 적도 없는 킬고어 트라우트가 우리의 전쟁인 2차세계대전에서 돌아온 후 희곡을 한 편 썼을 뿐 아니라, 그것을 저작권 등록까지 했다는 사실을! 나는 그것을 미국의회도서관의 메모리 뱅크에서 이제 막 검색해냈는데, 『쭈글쭈글한 늙은 집사』다.

그건 이곳 재너두의 싱클레어 루이스실 컴퓨터가 내게 준 생일선물과 같다. 와우! 어제는 2010년 11월 11일이었다. 나는 이제 막 여든여덟 또는 재연 기간을 합산하길 원하신다면 아흔여덟 살이 되었다. 내 아내 모니카 페퍼 보니것은 88이 대단한 행운의 숫자고, 98도 그렇다고 말한다. 아내 모니카는 숫자점에 깊이 빠져 있다.

사랑하는 딸 릴리는 12월 15일에 스물여덟 살이 된다! 내가 그런 날을 보리라고 누가 생각이나 했겠는가?

『쭈글쭈글한 늙은 집사』는 한 결혼식에 관한 이야기다. 신부는 미라빌레 디쿠*라는 이름의 숫처녀다. 신랑은 플라그란테 델릭토**라는 이름의 냉혹한 오입쟁이다.

소토 보체***, 결혼식장 언저리에 서 있던 남자 하객이 옆에 서 있는 다른 사내에게 입가만 움직여 말한다. "나는 이 모든 걸 신경 안 써. 나를 싫어하는 여자를 만나면 나는 그저 집을 한 채 줘버리니까."

그러자 옆 사내가 마침 신랑이 신부에게 키스를 하고 있을 때 이렇게 말한다. "모든 여자는 정신병자야. 모든 남자는 바보고."

제목의 쭈글쭈글한 늙은 집사가 손바닥으로 얼굴을 감싸고 끈적끈적한 눈물을 쏟아내고 있는데, 그의 이름은 스크로툼****이다.

내 아내 모니카는 자유의지가 다시 작동하기 몇 분 전에 그

* 라틴어로 '말하기에도 이상한'이라는 뜻.

** 라틴어로 '성범죄 현행범'이라는 뜻.

*** 이탈리아어로 '방백으로'라는 뜻.

**** 라틴어로 '음낭'이라는 뜻.

연기 나는 시가를 누가 미술관 화재경보기 바로 밑에 두었을까 하는 질문에 여전히 집착하고 있다. 구 년도 더 된 일인데도! 누가 신경이나 쓰는가? 그걸 안다고 뭐가 달라지는가? 그건 새똥의 하얀 부분이 뭔지 아는 것과 마찬가지다.

킬고어 트라우트가 그 시가를 보자 한 일은 시가를 접시에 완전히 비벼서 뭉개는 것이었다. 모니카와 내게 인정한 바에 따르면 트라우트는 그걸 비벼서 뭉개고, 뭉개고, 또 뭉갰다. 마치 그 시가가 화재경보기의 고함소리뿐 아니라 바깥의 모든 굉음에도 책임이 있다는 듯이.

"가장 큰 소리로 찍찍거리는 바퀴가 오일을 얻는 법이지요." 트라우트가 말했다.

트라우트는 벽에서 그림 한 점을 떼어낸 후 액자 가장자리로 화재경보기를 내리치려고 했다. 그런데 그 순간 화재경보기가 저절로 조용해졌고, 그는 자신이 하는 일이 얼마나 터무니없는지 알아챘다고 한다.

그는 그림을 다시 걸었고, 심지어 그걸 반듯하게 균형을 맞추기까지 했다. "그게 어쩐지 중요한 것 같더라고요, 그림을 멋지고 똑바르게 거는 것 말이지요." 그가 말했다. "다른 그림들과 나란히 말이에요. 적어도 카오스가 된 '우주'의 그 작은 부분을 원래 자리로 정확히 되돌려놓는 일은 할 수 있다고 생각했지요.

그럴 기회가 있다는 게 감사하기까지 했어요."

트라우트는 무장 경비원이 마비 상태에서 깨어났기를 기대하면서 입구로 돌아왔다. 하지만 더들리 프린스는 아직도 동상이었다. 아직도 자신이 꼼짝이라도 하면 다시 감옥에 가게 될 거라고 믿고 있었다.

트라우트가 다시 프린스를 붙잡고 말했다. "정신 차리시오! 정신 차리시라고! 당신은 이제 다시 자유의지를 가졌소, 게다가 할일이 있단 말이오!" 그런 말 말이다.

소용이 없었다.

트라우트는 영감이 하나 떠올랐다! 자신도 확실히 믿지 않는 자유의지라는 개념을 팔아먹으려고 애쓰는 대신 이렇게 말했다. "당신은 많이 아팠습니다! 이제 다시 괜찮아졌어요. 많이 아팠다고요! 이제는 괜찮아졌고."

주문이 통했다!

트라우트는 훌륭한 홍보 전문가가 될 수 있었을 것이다. 예수 그리스도에게도 똑같이 말하는 사람이 있었다. 모든 위대한 홍보의 기초는 믿을 만한 약속이다. 예수는 내세에서의 더 좋은 세월을 약속했다. 트라우트는 바로 그것을 지금 여기에서 약속하고 있었다.

더들리 프린스의 사후경직이 녹아내리기 시작했다! 트라우트는 손가락 튕기는 소리를 내보라, 두 발을 굴러보라, 혀를 내밀어보라, 엉덩이를 흔들어보라 등의 말을 하며 프린스의 회복을 도왔다.

고등학교 검정고시도 합격하지 못한 트라우트였지만, 그럼에도 그는 현실세계의 프랑켄슈타인 박사가 되었다!

47

우연히 행복을 맛볼 때는 항상 크게 탄성을 질러야 한다고 말했던 알렉스 보니것 삼촌이었지만 부인인 레이 숙모에게는 바보 취급을 당했다. 하버드 신입생 시절 그는 확실히 바보로 출발했다. 그는 왜 그 먼 인디애나폴리스에서 하버드로 왔는지 설명하는 글을 쓰라는 요구를 받았다. 알렉스 삼촌의 매우 기분좋은 설명에 따르면 그는 이렇게 썼다. "큰형이 MIT에 있어서요."

알렉스 삼촌은 아이를 가진 적이 없고 총을 소유한 적도 없다. 하지만 책을 많이 가지고 있었고 지속적으로 새 책을 샀으며 특히 잘 썼다고 생각되는 책을 계속 내게 주었다. 특별히 마법 같은 몇 문단을 내게 큰 소리로 읽어주기 위해 이 책, 저 책을 찾는 일이 그에게는 시련이었다. 그 이유는 이렇다. 예술적이라고 소문난 레이 숙모가 삼촌 서재의 책을 크기와 색깔에 따라 단계별로 정돈했던 것이다.

삼촌은 그의 영웅인 H. L. 멘켄의 평론집에 대해 이렇게 말했을 것이다. "내 생각에 그 책은 녹색에다 이 정도 높이였던 것 같은데."

알렉스 삼촌의 누이 이르마 고모는 언젠가 성인이 된 내게 이렇게 말했다. "보니것 가문 남자들은 모두 여자를 끔찍이 무서워하지." 이르마 고모의 두 오빠는 고모를 정말 끔찍이도 무서워했다.

들어보시라. 알렉스 삼촌에게 하버드 교육은 오늘날처럼 미세하게 관리된 다윈식 승리의 전리품이 아니었다. 삼촌의 아버지인 건축가 버나드 보니것은 삼촌을 문명화하려 하버드에 보냈고, 삼촌은 실제로 그렇게 되었다. 비록 놀랄 만큼 공처가이고 생명보험 판매원에 불과했지만.

나는 다른 어떤 일이 벌어질지라도 살아 있다는 걸 영광스럽게 느낄 만한 이유를 위대한 책들 속에서 찾아내는 훌륭한 솜씨를 준 것에 대해 알렉스 삼촌에게, 그리고 간접적으로는 옛날의 하버드에 영원히 감사한다. 게다가 훌륭한 책 중 일부는 아주 재미있기도 하다.

알렉스 삼촌과 내가 그토록 사랑하는 형태로서의 책, 경첩이 달리고 자물쇠가 열려 있는 상자 모양으로 잉크가 흩뿌려진 낱장들이 묶인 그런 책은 이제 쇠퇴하고 있는 것 같다. 내 손주들은 이미 비디오 스크린 전면에 투사된 단어들을 읽는 방식으로 상당 부분의 독서를 하고 있다.

제발, 제발, 제발, 잠시만 기다려주시라!

발명 당시의 책은 언어를 비축하고 전달하기 위해 숲과 들판과 동물에게서 발견되는 재료들을 거의 변화시키지 않고 만든 지독히 실용적인 장치였다. 실리콘밸리의 최신 기적들처럼 말이다. 그런데 교묘한 타산이 아니라 그저 우연에 의해서, 그 무게와 질감으로, 그리고 통제에 대한 멋진 상징적 저항으로, 책은 우리의 두 손과 두 눈을, 그다음에는 우리의 마음과 영혼을 정신의 모험 속으로 이끈다. 이 정신의 모험을 손주들이 모른다면 나는 몹시 슬퍼질 것이다.

48

20세기의 가장 위대한 시인 한 명과 가장 위대한 극작가 한 명이 중서부, 구체적으로는 미주리주 세인트루이스에서 왔다는 사실을 부정한다는 게 나로서는 씁쓰레하다. 결국 캔터베리 대주교처럼 되어버린 T. S. 엘리엇과 『바람과 함께 사라지다』의 애슐리 윌크스처럼 되어버린 테네시 윌리엄스 말이다. 테네시 윌리엄스는 세인트루이스의 워싱턴대학교와 아이오와대학교 출신이다.

물론 윌리엄스가 미시시피에서 태어난 건 분명한 사실이지만, 그는 일곱 살 때 세인트루이스로 이사를 갔다. 게다가 스물일곱 살 때 테네시라고 이름 붙인 것도 윌리엄스 자신이다. 스스로 그렇게 붙이기 전 그의 이름은 톰이었다.

콜 포터[*]는 인디애나주 피루에서 태어났다. 발음은 페루가 아니라 **피-루**로 한다. 〈밤과 낮〉을 기억하시는가? 〈비긴 더 비긴〉[**]은? 나쁘지 않지, 나쁘지 않아.

킬고어 트라우트는 버뮤다의 어느 병원에서 태어났다. 당시 트라우트의 아버지는 그곳에서 박사학위 논문을 쓰기 위해 마지막 버뮤다바다제비에 관한 추가 자료를 수집하고 있었다. 가장 큰 맹금류인 이 거대한 푸른 새의 유일한 마지막 서식지가 데드맨스록에 있었다. 데드맨스록은 악명 높은 버뮤다삼각지대 중앙에 있는, 바다제비를 제외하고는 어떤 종도 서식하지 않는 용암 기둥이었다. 트라우트는 사실 부모의 데드맨스록 신혼여행 때 잉태되었다.

최대한 알려진 바에 따르면, 이 바다제비에 관해 특히 흥미로운 점은 이 새의 개체 수가 급격히 감소한 것이 사람이 저지른 짓 때문이 아니라, 암컷 바다제비들에게 그 책임이 있었다는 사실이다. 과거에, 그리고 추정컨대 수천 년 동안, 암컷 바다제비들은 용암 기둥 위에서 알을 부화하고 돌본 다음, 마침내 새끼

* '가장 미국적인 작곡가'로 알려진 인물.

** 'Begin the Beguine'. 'Beguine'은 카리브해 원주민 전통 춤의 일종이다.

들을 발로 차서 기둥 아래로 떨어뜨리는 식으로 비행을 가르쳤다고 한다.

그러나 레이먼드 트라우트가 박사학위 후보생으로 신부와 함께 이 섬에 갔을 당시에는 암컷 바다제비들이 용암 기둥 위에서 알을 곧바로 발로 차서 떨어뜨림으로써 양육 과정을 생략해버리는 습성을 보이고 있었다.

그렇게 해서 운좋게도 킬고어 트라우트의 아버지는 전문가가 되었다. 종의 운명을 결정하는 진화 메커니즘에서 '다윈의 자연선택'이라는 '오컴의 면도날'이 아니라, 암컷 바다제비의 솔선 또는 우리가 그것을 뭐라고 부르건 간에 바로 암컷들이 보여준 그 진화 메커니즘 덕분에 말이다.

그러니 꼬마 킬고어가 아홉 살 때인 1926년, 트라우트 일가는 노바스코샤주* 내륙의 디스어포인트호 호반에서 야영하는 것 외에 딱히 할 일이 없었다. 그 지역의 달하우지딱따구리는 뇌를 흔들어대는 나무 쪼기를 그만두고, 대신 사슴이나 말코사슴 등짝에 풍부하게 서식하는 검은 날벌레로 포식을 벌이고 있었다.

달하우지는 물론 캐나다 동부에서 가장 흔한 딱따구리다. 서식지는 주로 뉴펀들랜드섬에서 매니토바주까지, 허드슨만에서

* 캐나다 동남부의 주.

미시간주 디트로이트까지 이른다. 디스어포인트호 주변에 서식하는 달하우지딱따구리는 깃털과 부리의 크기와 모양 등이 다른 개체들과 똑같았지만, 벌레가 만든 구멍 속이나 나무의 몸통에서 한 번에 한 마리씩 파내는, 힘들게 벌레를 잡는 방식을 그만두었다.

이 지역 딱따구리들이 검은 날벌레를 게걸스럽게 잡아먹는 모습은 다른 지역에서 1차세계대전이 진행되고 있던 1916년에 처음 관찰되었다. 그러나, 디스어포인트호의 달하우지는 그 이전이나 그 이후로 매년 관찰 대상이 되지는 못했다. 트라우트에 따르면 작은 토네이도처럼 보이는 식욕 왕성한 검은 날벌레떼 탓에 배신자 달하우지딱따구리의 서식지에 사실상 인간이 살 수 없게 되었기 때문이다.

그래서 트라우트 가족은 저 위쪽 지역에서 아무리 날씨가 미칠 듯이 더워도 밤낮으로 양봉업자 같은 복장을 한 채 여름을 보냈다. 장갑을 끼고 긴팔 셔츠를 입고 소매 끝은 묶은 채, 긴 바지의 발목 부분을 묶은 채, 그리고 머리와 목을 보호하기 위해 천을 늘어뜨린 챙 넓은 모자를 쓴 채로 말이다. 아버지, 어머니, 그리고 아들은 캠핑 장비와 무거운 동영상 카메라와 삼각대를 실은 장대 썰매를 끌며 축축한 야영지로 갔다.

트라우트 박사는 보통의 달하우지딱따구리와 다르지 않은 그저 평범한 달하우지딱따구리를 촬영하게 되리라 기대했다. 하지만 달하우지딱따구리가 나무 몸통이 아니라 사슴과 말코사슴의 등을 쪼는 모습을 촬영하게 되었다. 하등동물들이 생물학적으로만이 아니라 문화적으로도 진화할 수 있다는 사실을 보여주었기에 그런 단순한 영상만으로도 충분히 흥미로웠다. 말하자면 한 무리 속 조류 한 마리가 앨버트 아인슈타인과 다름없다는 가설을 이 딱따구리에게서 도출해낼 수도 있을 것이었다. 이 아인슈타인 딱따구리는 검은 날벌레가 나무 몸통에서 파낸 그 어떤 곤충만큼이나 영양가가 있다는 사실을 이론화하고, 그다음에는 증명해냈다.

트라우트 박사가 더 크게 놀랄 일은 아직 남아 있었다! 이 새들은 외설스러우리만치 살이 쪄서 포식자들의 쉬운 먹잇감이 되는 것만이 아니었다. 폭발하기도 했다! 검은 날벌레 몸속의 특정 화학 요소로 인해 달하우지딱따구리 둥지 근처에 서식하는 목이버섯 포자가 이 과체중 조류의 장기 속으로 들어가 새로운 질병이 될 기회를 발견한 것이었다.

딱따구리 몸속으로 들어간 목이버섯의 새로운 생활양식이란 어느 시점에 이르면 과도한 양의 이산화탄소를 갑자기 배출해서 딱따구리가 폭발하게 만드는 것이었다! 아마 디스어포인트호 실험의 마지막 전사였을 늙은 딱따구리 한 마리가 일 년 후

미시간주 디트로이트의 어떤 공원에서 폭발하면서, 이 자동차 도시의 역사상 두번째로 심각한 인종 폭동을 촉발했다.

49

트라우트는 언젠가 또다른 인종 폭동에 관한 이야기를 하나 썼다. 그 폭동은 이십억 년 전 비비탄 크기의 별 퓨크 주위를 공전하는 지구보다 두 배 큰 행성에서 발생했다.

나는 뉴욕의 미국자연사박물관에서 버니 형에게 다윈의 진화론을 믿는지 물어본 적이 있는데, 재연 기간 한참 전의 일이었다. 형이 믿는다기에 나는 이유를 물었고, 그러자 형은 이렇게 말했다. "읍내에서 할 수 있는 게임이 그것밖에 없으니까."

버니형의 대답은 "땡그랑이다, 이 개자식아!"처럼 또하나의 오래된 조크의 핵심 구절이다. 어떤 사내가 카드게임을 하러 나간다고 치자. 한 친구가 사내에게 그 게임은 사기라고 말한다.

그러자 사내가 말한다. "그래, 나도 안다고, 하지만 읍내에서 할 수 있는 게임이 그것밖에 없잖아."

정확한 인용을 추적하기에 나는 너무 게으르지만, 영국의 기상학자 프레드 호일이 다음과 같은 취지의 말을 했다. 다윈 진화론의 이론적 메커니즘을 믿는다는 건 고물상을 관통한 허리케인이 보잉747 여객기를 만들어낸다고 믿는 것과 같다.

무엇이 그런 걸 만들어내는지와는 상관없이 나는 기린과 코뿔소는 정말 터무니없다고 말해야겠다.

인간의 뇌도 터무니없기는 매한가지다. 뇌는 예컨대 남자의 물건처럼 더 예민한 신체 부위와 한패가 되어, 인간이 인생을 사랑하면서도 싫어하게 하고, 또 그에 맞춰 행동하게 만들 수 있다. "내가 행복할 때 누가 총으로 쏴주세요!"

조류학자의 아들 킬고어 트라우트는 『나의 자동항법 십 년』에서 이렇게 썼다. "수탁자란 신화 속 새와 같다. 그것은 자연계에 존재한 적이 없고, 존재할 수도 없고, 존재하지도 않을 것이다."

수탁자를 조류에 비유한 사람은 트라우트가 유일하다. 라틴어로 신뢰, 신탁의 뜻을 가진 피두키아fiducia에서 유래된 이 명사는 사실 타인의 재산을 보호하는 호모사피엔스의 일종, 특히 오늘날에는 자기 정부의 국고를 포함해 타인에게 속한 부를 지면이나 컴퓨터상으로 대변하는 자를 지칭하는 말이다.

뇌와 물건 등등 덕분에, 남자건 여자건 법인이건 간에 이런 자들은 존재할 수 없다. 그러니 우리에게는 재연 기간이건 아니건 1996년의 이 여름에도 언제나처럼 부정한 자본 관리자들만 있는 것이다. 부정한 자본 관리자들은 더 좋은 목적에 쓰여야 할 돈을 가지고 오자미 놀이를 하면서 자기들 스스로만 수백만장자에 수억만장자로 만들고 있다. 의미 있는 일자리를 창출하고, 그 일자리를 채울 사람들을 훈련하고, 또 존경과 안전이 보장되는 환경 속에서 젊은 세대를 키우고 늙은 세대를 은퇴시키는 일을 해야 할 그런 돈을 가지고서 말이다.

제발이지, 우리 겁먹은 인간들이 더 많은 난국을 극복할 수 있게 도와주자, 그게 어떤 난국이건 간에.

왜 문제에다 돈을 쏟아붓느냐고? 그게 바로 돈이 쓰여야 할 곳이니까.

국가의 부가 재분배되어야 하는가? 부는 놀랍도록 쓸모없는 방식으로 극소수의 사람들에게 재분배되어왔고 또 계속해서 재분배되고 있다.

킬고어 트라우트와 나는 결코 세미콜론을 사용하지 않는다는 사실을 짚어두자. 세미콜론은 아무 일도 하지 않고 아무 의미도 갖지 못한다. 세미콜론은 복장도착에 빠진 자웅동체 인간과 마찬가지다.

그렇다. 그리고 우리에게 지지와 동료애를 제공해줄 대가족 제도를 위한 계획이 없다면, 우리 인간을 더 좋게 대우하려는 꿈은 그게 뭐든 복장도착에 빠진 자웅동체 인간과 마찬가지일 수 있다. 거대국가보다는 대가족 안에서 공유와 공감의 실현 가능성이 높아질 것이다. 그리고 대가족 안의 수탁자는 마침내 아라비아의 대괴조나 불사조처럼 신화 속 존재가 아닐 것이다.

50

나는 나이가 너무 많아서, 엿 먹어라라는 단어가 너무 나쁜 마법으로 가득차 있다는 이유로 점잖은 출판물은 인쇄조차 하려 하지 않던 그 시절마저 기억한다. 오래된 조크 하나 더. "**아-아-기** 앞에서 '엿 먹으란' 말은 하지 마세요."*

추정컨대 이 단어와 똑같이 독으로 가득차 있지만 말하는 사람의 말투가 공포와 혐오를 암시하기만 하면 점잖은 사람들 사이에서도 사용할 수 있는 단어로 공산주의가 있다. 많은 원시사회에서 섹스만큼이나 흔히 그리고 순수하게 실천되고 있던 행

* 원문은 "Don't say 'fuck' in front of the B-A-B-Y." '엿 먹어라'라는 말에 강조점이 있어야 하지만 오히려 '아기'가 강조되는 언어 엄숙주의의 어처구니 없음을 비꼬는 것.

위를 가리키는 단어인데도 말이다.

그래서 광기어린 베트남전쟁 기간에 풍자가 폴 크래스너가 빨간-흰-파란 성조기 색깔의 범퍼 스티커에 의도적으로 **공산주의 엿 먹어라!**라고 새긴 것은 애국주의와 엄숙주의에 대한 특별히 우아한 논평이었다.

내 장편소설 『제5도살장』은 당시 니미럴 놈이라는 단어를 포함하고 있다는 이유로 공격을 받았다. 소설 초반의 한 에피소드에서 독일군 전선 후방에서 생포된 미군 병사 네 명에게 누군가 총을 쏜다. 내가 썼듯이 아무와도 섹스해본 적이 없는 미군 한 명에게 다른 한 명이 고래고래 소리를 지른다. "머리 숙이라고, 이 멍청한 니미럴 놈아."

이 단어가 인쇄된 이래로 아들을 둔 어미들은 집안일을 할 때마다 정조대를 차야 했다나 어쨌다나.

나도 물론 심지어 요즘까지도, 그리고 아마 공산주의라는 단어가 영원히 초래할 광범한 혐오감이 소련연방 독재자들의 잔혹성과 멍청함에 대한 정상적인 반응이라는 사실을 이해한다. 그들은 마술처럼 '짠' 하고 스스로를 공산주의자라고 불렀다. 히틀러가 마술처럼 '짠' 하고 스스로를 기독교인이라고 칭한 것처럼.

그러나 우리 대공황의 아이들에게는 그런 폭군들의 범죄를 이유로 공산주의라는 단어를 점잖은 사고체계에서 추방한다는 게 여전히 약간 수치스럽게 느껴진다. 처음에 이 단어는 그저 월스트리트의 도박에 대해 가능한 합리적 대안 정도로만 묘사되었기 때문이다.

그렇다. 그리고 사회주의자Socialist라는 단어의 S가 소련연방USSR의 두번째 글자라는 이유로 사회주의도 공산주의와 함께 이제는 안녕, 그리고 워배시강을 따라 달빛이 밝게 비치는 인디애나주 테러호트 출신 유진 뎁스의 영혼마저도 이제는 안녕, 안녕이란다.

"단 한 명의 영혼이라도 감옥에 있다면, 나는 자유롭지 않습니다."

대공황은 은행을 포함한 그 많은 사업체를 갑자기 무너뜨린 월스트리트의 도박에 대해 모든 종류의 대안을 논의하던 시기다. 월스트리트의 도박은 수없이 많은 미국인이 의식주 비용조차 치를 수 없게 만들었다.

그래서 어쩌라고?

재연 기간을 포함하면 거의 한 세기 전의 일이다. 잊어버리시라! 실제로 당시 살았던 사람들은 이제 완전히 세상을 떠나버렸잖아. 내세의 그분들에게 사회주의의 행복이 깃들기를!

2001년 2월 13일 현재 중요한 것은 킬고어 트라우트가 더들리 프린스를 '타임퀘이크 이후 무감각 증후군'으로부터 흔들어 깨웠다는 사실이다. 트라우트는 프린스에게 말을 하라고, 무슨 말이든, 아무리 터무니없는 말이라도 해보라고 재촉했다. 트라우트는 프린스에게 "나는 국기에 충성을 맹세합니다" 따위의 말을 해보라고, 그래서 이제 그 자신이 다시 자기 운명의 책임자가 되었다는 사실을 스스로에게 증명해 보이라고 말했다.

처음에 프린스는 불안정하게 말했다. 충성 맹세를 하는 대신 트라우트가 지금까지 자기에게 한 말을 이해하려고 애쓰고 있다는 표시를 했다. 그가 말했다. "제가 뭔가를 가졌다고 선생께서 말씀하셨지요."

"당신은 아팠지만, 이제는 다시 괜찮아졌습니다. 그리고 할일이 있습니다." 트라우트가 말했다.

"그전에 말입니다." 프린스가 말했다. "제가 뭘 가졌다고 했잖아요."

"잊어버리세요." 트라우트가 말했다. "내가 흥분했소. 내가 터무니없는 말을 했소."

"그래도 전 여전히 선생께서 제가 가졌다고 하신 게 뭔지 알고 싶어요." 프린스가 말했다.

"자유의지를 가졌다고 말했소." 트라우트가 말했다.

"자유의지, 자유의지, 자유의지라." 프린스는 삐딱한 경이를 담아 되뇌었다. “저는 항상 제가 가진 그게 뭔지 궁금했어요. 이제는 그 이름을 알게 되었군요.”

“제발, 내가 한 말은 잊어버리시오.” 트라우트가 말했다. “목숨을 구해야 하오!”

“자유의지로 무엇을 할 수 있는지 아시는지요?” 프린스가 말했다.

“모르오.” 트라우트가 말했다.

“아무 똥지랄도 안 해도 된다고요.” 프린스가 말했다.

51

나는 미국문학예술아카데미 건물 로비에서 '타임퀘이크 이후 무감각 증후군'으로부터 더들리 프린스를 깨우고 있는 트라우트를 프랑켄슈타인 박사에 비유했다. 물론 영국 시인 퍼시 비시 셸리의 두번째 부인 메리 울스턴크래프트 셸리의 장편소설 『프랑켄슈타인—또는 현대의 프로메테우스』의 반反영웅을 암시한 것이다. 이 소설에서 과학자 프랑켄슈타인은 서로 다른 시신들에서 긁어모은 신체 부위를 조립해 사람 모양을 만든다.

프랑켄슈타인은 신체 부위들에 전기로 활력을 불어넣는다. 이 책의 실험 결과는 현실세계 속 미국의 주립 교도소들이 현실세계 속 전기의자로 성취하는 것과는 정반대다. 대부분의 사람은 프랑켄슈타인이 바로 그 괴물이라고 생각한다. 그렇지 않다.

프랑켄슈타인은 과학자다.

그리스신화에서 프로메테우스는 진흙으로 최초의 인간을 만든다. 프로메테우스는 하늘에서 불을 훔쳐 인간들에게 준다. 추위를 피하고 요리를 하라고 준 것이지, 어떤 사람의 희망처럼 일본 히로시마와 나가사키의 노랭이 왜놈들을 모두 화장시켜버리라고 준 게 아니다.

지금 이 멋진 책 2장에서 나는 시카고대학교 예배당에서 열렸던 히로시마 원자폭탄 폭격 오십 주년 기념식을 언급했다. 당시 나는 히로시마 폭탄으로 목숨을 구했다는 친구 윌리엄 스타이런의 의견을 존경해야겠다고 말했다. 당시 스타이런은 미군 해병이었는데, 일본 본토 침략 훈련을 받던 중에 폭탄이 투하되었다.

그러나 나는 단어 딱 하나를 알고 있다고 덧붙여야 했다. 그것은 우리의 민주주의 정부가 저속하고, 광기에 사로잡히고, 인종차별주의적이고, 야후*스러운 살인을 저지를 수 있음을 증명하는 단어였다. 그건 또 군사적 상식이 전혀 없는 비무장 남성, 여성, 어린아이를 살해할 수 있다는 걸 증명하는 그런 단어였다. 바로 나가사키였다.

* 『걸리버 여행기』 4부 '휘넘의 나라'에 나오는 인간의 모습을 한 짐승들.

어쨌거나! 그 일 또한 멀고 먼 옛날, 게다가 재연 기간을 고려한다면 그보다 십 년 더 이전인 옛날 옛적의 일이다. 지금 이 순간 내가 외칠 가치가 있다고 생각하는 것은 자유의지가 이미 오래전 새롭지 않은 현상이 되어버린 후에도 더들리 프린스에게 생기를 불어넣어주었던 바로 그것, 이제는 '킬고어 트라우트의 교의'라고 일반적으로 알려진 그것이 인간조건에 지속적으로 적용 가능한가라는 문제다. 그 교의는 이것이다. "당신은 아팠지만, 이제는 다시 괜찮아졌습니다, 그리고 할일이 있습니다."

내가 듣기로 이 나라 전역의 공립학교에서 매일 수업을 시작할 때 학생들이 '충성 맹세'와 '주기도문'을 암송하고 나면 교사들이 '킬고어 트라우트의 교의'를 학생들에게 읊어준다고 한다. 교사들은 그것이 도움이 되는 것 같다고 말한다.

내 친구 하나는 어느 결혼식에 갔더니 식이 절정에 이르렀을 때 목사가 이렇게 말했다고 한다. "두 분은 아팠지만, 이제는 다시 괜찮아졌습니다. 그리고 할일이 있습니다. 이제 나는 두 분을 남편과 아내로 선언합니다."

고양이사료회사에 다니는 또다른 생화학자 친구는 캐나다 토론토의 한 호텔에 머물면서 프런트데스크에 아침 기상 전화를 해달라고 부탁했다. 이 친구가 다음날 아침에 전화를 받았더니 교환수가 이렇게 말하더라고 했다. "선생님은 아팠지만, 이제는 다시 괜찮아졌습니다. 그리고 할일이 있습니다. 오전 일곱시이고, 바깥 온도는 화씨 32도, 섭씨 0도입니다."

2001년 2월 13일 오후에만, 그리고 그후 약 이 주 동안, '킬고어의 교의'는 앨버트 아인슈타인의 $E=mc^2$이 두 세대 전에 끝장낸 지구의 생명만큼이나 많은 생명을 구해냈다.

트라우트는 더들리 프린스에게 시켜 문학예술아카데미 건물의 다른 주간근무조 무장 경비원 두 명에게 이 마법의 문장을 말하도록 했다. 경비원들은 과거의 북미원주민박물관으로 들어가 긴장병을 앓는 그곳 부랑자들에게 마법의 문장을 말했다. 그렇게 깨어난 신성한 소떼 상당수, 아마 3분의 1 정도가 이제는 스스로 '타임퀘이크 이후 무감각 증후군' 반대 복음 전파자가 되었다. 이 남루한 실업의 노병들은 '킬고어의 교의'만으로 무장한 채 인근 지역으로 퍼져나가 살아 있는 동상들을 유용한 생명체로 개종시키고, 상처 입은 자들을 돌보고, 또는 적어도 그들이 얼어죽기 전에 재빨리 어디건 실내로 옮겼다.

『바틀릿의 일상 인용 사전』 제16판에서 무명씨는 이렇게 말한다. "하느님은 디테일에 거하신다." 졸턴 페퍼의 보잘것없어 보이는 무장 리무진이 적절한 예가 될 것이다. 졸턴이 문학예술아카데미 건물의 초인종을 누르다가 사다리 소방차에 의해 피떡이 되어버린 그날 리무진 운전기사 제리 리버스는 하반신이 마비된 승객과 그의 휠체어를 길가에 내려준 뒤 리무진을 서쪽 허드슨강 방향으로 50야드 이동시켰다.

그때까지는 아직 재연 기간이었다. 하지만 재연이건 아니건, 제리는 문학예술아카데미 건물 앞에 리무진을 세워둘 순 없었다. 이 호화 차량이 결국 문학예술아카데미가 버려진 건물이 아닐지 모른다는 의심을 불러일으키면 안 되었기 때문이었다. 만약 그런 정책이 없었더라면 무장 리무진이 소방차의 충격을 흡수하고, 그래서 확실치는 않지만 초인종을 누르던 졸턴 페퍼의 목숨을 구했을 가능성도 있다.

하지만 그 대가는 어땠을까? 문학예술아카데미 건물 입구는 뚫리지 않았을 것이고, 킬고어 트라우트는 더들리 프린스와 다른 무장 경비원들에게 다가갈 수 없었을 것이다. 트라우트가 거기서 발견한 여분의 유니폼을 입고 권위를 가진 사람처럼 보이게 하지도 못했을 것이다. 또 문학예술아카데미의 바주카포로 무장할 수도 없었을 것이다. 그 바주카포로 트라우트는 충돌을 당했지만 사람은 타고 있지 않은 주차 차량들의 울부짖는 도난 경보기들을 파괴했다.

52

미국문학예술아카데미가 바주카포를 보유하게 된 것은 컬럼비아대학교를 약탈한 전쟁광들이 주 방위군 무지개사단으로부터 탱크를 훔쳐 공격 선봉에 세웠기 때문이다. 그들은 너무도 대범해서 국기인 성조기를 게양하기까지 했다.

마치 10대 대기업에 대해 아무도 시비를 걸지 않듯이 그 전쟁광들에 대해서 그 누구도 시비를 걸지 않았지만, 그들은 여느 사람들처럼 스스로를 미국인이라 여겼으리라. 『나의 자동항법 십 년』에서 킬고어 트라우트는 이렇게 썼다. "미국은 바로 어제 발명된 루브 골드버그 장치 삼억 개의 상호작용이다."

트라우트는 미 육군에서 제대한 1945년 9월 11일부터 재너두에 도착한 2001년 3월 1일까지 자신도 대가족이 없이 살았음에도 이렇게 덧붙였다. "그리고 대가족을 갖는 게 좋습니다." 재너두에 도착하던 날 트라우트와 모니카 페퍼, 그리고 더들리 프린스와 제리 리버스는 짐을 잔뜩 실은 트레일러를 뒤에 매단 무장 리무진을 타고 왔다.

루브 골드버그는 이전 기독교 천년왕국 마지막 세기의 신문 만화가였다. 그는 예컨대 창문 블라인드 닫기 같은 아주 간단한 일을 하기 위해 터무니없이 복잡하고 믿을 수 없는 기계를 사용하는 만화를 그렸다. 그런 기계는 트레드밀과 뚜껑문과 벨과 호각, 마구를 채운 가축과 소형 토치와 우편집배원과 전구, 폭죽과 거울과 라디오와 빅터 축음기, 그리고 공포탄을 쏘는 권총 같은 것들을 사용했다.

그렇다, 트라우트는 인간에게 대가족이 필요하다는 것을 거듭 얘기했고, 나도 아직 그렇게 말한다. 왜냐하면 우리는 인간이기 때문에, 우리가 단백질과 탄수화물과 지방과 비타민과 필수 미네랄이 필요한 것 못지않게, 너무도 명백하게 대가족이 필요하기 때문이다.

방금 나는 아직 항문 괄약근도 조절하지 못하는데다 멈추지 않고 운다는 이유로 자기 아기를 흔들어서 죽게 내버려둔 십대 아버지에 관한 글을 읽었다. 대가족이었다면 주위에 다른 사람들이 있어서 그 아기를 구출하고, 또 아기와 아버지를 안정시킬 수 있었을 것이다.

만약 그가 대가족 속에서 자랐다면 그렇게 끔찍한 아버지가 되지 않았을 것이고, 어쩌면 아예 아버지가 되지 않았을 것이다. 그는 아직 훌륭한 아버지가 되기에는 너무 어렸거나, 아니면 너무 맛이 가서 아예 훌륭한 아버지가 될 수 없었을 테니까.

나는 재연 기간 한참 전인 1970년에 나이지리아 남부에 있었는데, 당시는 비아프라전쟁 막바지였다. 나는 전쟁에서 지고 있던 비아프라 지역, 즉 대부분의 사람이 이보족인 지역에 있었다. 나는 갓난아기를 둔 이보족 아버지를 한 명 만났다. 그는 친척이 사백 명이었다! 전쟁에서 지고 있었음에도 그와 부인은 모든 친척에게 아기를 보여주기 위해 집을 나서고 있었다.

비아프라 군대가 충원이 필요해지자 이보족의 대가족은 누가 군대에 가야 할지 회의를 열어서 결정했다. 평화시에 이 대가족은 누가 대학에 가야 할지 회의를 열어서 결정했다. 멀리 캘리포니아공과대학이나 옥스퍼드나 하버드로 가는 경우도 흔했다. 그러고 나서 가족 전체가 돈을 추렴해 교통비와 학비, 그리고 아이가 가게 될 지역의 풍토와 주류사회에 맞는 의복 비용을 지불했다.

나는 거기서 이보족 출신 작가 치누아 아체베를 만났다. 아체베는 지금 이곳 뉴욕주의 우편번호 12504, 애넌데일온허드슨에 있는 바드 칼리지에서 학생들을 가르치며 작품을 쓰고 있다. 나는 약탈적 군사정권이 통치하는 나이지리아에서 이보족 사람들이 요즘 어떻게 지내는지 아체베에게 물어보았다. 나이지리아 군사정권은 너무 많은 자유의지를 가졌다는 이유로 주기적으로 비판자들의 목을 매달고 있다.

아체베가 말하길 이보족 사람들은 현정부에서 아무런 역할이 없으며 역할을 원하지도 않는다고 했다. 또 그들은 정부나 친정부 세력들과 갈등을 유발할 가능성이 적은 평범한 사업을 하면서 살아남았다고 했다. 친정부 세력에는 셸석유회사도 포함되어 있었다.

필경 이보족은 생존 계획뿐 아니라 윤리를 논의하는 많은 회의도 열었을 것이다.

그리고 그들은 지금도 그들의 가장 똑똑한 아이들을 멀리 있는 최고의 대학에 보낸다.

내가 가족과 가족의 가치라는 사상을 칭송할 때 내 말의 의미는 경제적, 기술적, 생태적, 정치적 혼돈의 한가운데서 경험도 없이 어찌할 바 몰라하며 죽도록 두려워하는 한 남자와 한 여자와 아이들을 가리키는 게 아니다. 내가 말하는 가족은 너무도 많은 미국인이 간절히 필요로 하는 것이다. 2차세계대전 이전에 내가 인디애나폴리스에서 가지고 있었던 것, 손턴 와일더의 『우리 읍내』 등장인물들이 가지고 있던 것, 그리고 이보족이 가지고 있는 그런 것 말이다.

45장에서 나는 두 개의 미국 헌법 수정 조항을 제시했다. 여기 두 개가 더 있다. 인생에서 기대하기에는 권리장전처럼 사소하다고 생각할 수도 있는 것들이다.

제30조: 모든 개인은 법정 사춘기가 되면 엄숙한 공공 의식을 통해 성인으로 공표되어야 하며, 그런 모든 남녀는 의식을 행하는 동안 공동체 내에서의 새로운 책임들과 그에 수반되는 위엄을 기꺼이 받아들여야 한다.

제31조: 모든 남녀 개인은 자신이 사라질 때 쓰라리게 그리워지게 될 것을 느낄 수 있도록 모든 노력을 기울여야 한다.

물론 이상적 인간정신의 자양분이 되는 이런 본질적 요소들은 대가족을 통해서만 확실하게 제공될 수 있다.

53

『프랑켄슈타인—또는 현대의 프로메테우스』 속 괴물은 자신이 살아 있지만 너무도 추하고 인기도 없다는 사실이 치욕스러워진 나머지 결국 비열해진다. 괴물은 프랑켄슈타인을 죽인다. 다시 말하지만 프랑켄슈타인은 과학자이지 괴물이 아니다. 그리고 서둘러 말해두자면, 우리 형 버니는 결코 프랑켄슈타인 스타일의 과학자인 적이 없다. 어떤 종류건 의도적으로 파괴적인 장치를 만든 적이 없으며, 그러려고 하지도 않았을 것이다. 버니 형은 새로운 독극물이나 질병 같은 것을 누출하는 판도라였던 적도 없다.

그리스신화에 따르면 판도라는 최초의 여인이었다. 그녀는 프로메테우스에게 화가 난 신들에 의해 만들어졌다. 프로메테우스가 진흙으로 인간을 만들고, 그다음에 신들에게서 불을 훔쳐갔기 때문이다. 여자를 만든 것은 신들의 복수였다. 신들은 판도라에게 상자를 하나 주었다. 프로메테우스는 판도라에게 그 상자를 열지 말라고 애원했다. 판도라는 상자를 열었다. 인간의 육체를 상속인으로 하는 모든 악이 그 상자에서 나왔다.

상자에서 마지막으로 나온 게 희망이었다. 희망은 날아가버렸다.

이 우울한 이야기는 내가 꾸며낸 게 아니다. 킬고어 트라우트가 꾸며낸 것도 아니다. 고대 그리스인들이 꾸며낸 것이다.

내가 강조하고 싶은 이야기는 이것이다. 프랑켄슈타인의 괴물은 불행했고 파괴적이었던 반면, 트라우트가 생명력을 불어넣었던 문학예술아카데미 건물 인근 사람 대부분은 어느 미인대회에서도 입상은 못했겠지만 대체로 쾌활하고 공공정신이 강했다.

나는 대부분이 어느 미인대회에서도 입상은 못했겠다고 말해야만 한다. 적어도 놀랄 만큼 아름다운 여성이 한 명은 포함되어 있었기 때문이다. 그 여성은 클라라 자인이었다. 모니카 페퍼는 미술관에서 시가를 피워 화재경보기를 울린 사람이 바로 클라라 자인이라고 확신하고 있다. 모니카가 다그치자 클라라

자인은 자기는 평생 시가를 피운 적이 없을 뿐 아니라, 맹세코 시가를 싫어한다고 말하고는 사라져버렸다.

나는 그 여성이 그후 어떻게 되었는지는 모른다.

당시 클라라 자인은 모니카와 트라우트가 병원으로 개조한 과거의 북미원주민박물관에서 부상자들을 돌보고 있었다. 모니카가 클라라에게 시가에 관해 물어보자 클라라는 발끈 자동차*를 타고 떠나버렸다.

트라우트는 자기 소유가 된 바주카포를 메고, 더들리 프린스와 다른 두 무장 경비원을 대동한 채 아직 노숙자 보호소에 남아 있던 부랑자들을 모두 쫓아버렸다. 사지가 부러지거나 두개골이 깨진 사람들이 쓸 야전침대를 비우기 위해서였다. 그들이 부랑자들보다 더 따뜻한 곳에 누울 필요와 자격이 있었으니까.

그것은 트라우트가 2차세계대전 전쟁터에서 실행되는 것을 보았던 전상자 우선 치료와 같은 방식이었다. 미국의 애국자 네이선 해일은 "조국을 위해 바칠 목숨이 하나뿐인 것이 애석할 따름이다"라고 말했다. 미국의 애국자 킬고어 트라우트는 "엿먹어라, 부랑자들아!"라고 말했다.

* 20세기 초 허프(Hupp) 자동차사가 생산한 허프모빌 모델을 영어 단어 'huff'(발끈하다)와 결합한 보니것식 농담.

그러나 파괴된 차량과 희생자들을 피해서, 더러는 인도로 꿈의 자동차를 몰아 저 아래 웨스트 52번 스트리트의 컬럼비아방송국 스튜디오까지 도착한 것은 페퍼 부부의 호화 리무진 기사 제리 리버스였다. 그는 "당신은 아팠지만, 이제는 다시 괜찮아졌습니다. 그리고 할일이 있습니다"라는 말로 그곳 직원들을 깨웠다. 그러고는 그들로 하여금 라디오와 TV로 방방곡곡에 바로 그 메시지를 방송하게 했다.

그러나 그들이 방송하게 만들기 위해 제리 리버스는 거짓말을 해야 했다. 그는 알 수 없는 인물의 신경가스 공격으로부터 모두가 회복중이라고 말했다. 그래서 미국 전역의 수백만 명과 세계의 수십억 명에게 처음 전달된 '킬고어의 교의' 최초 버전은 이랬다. "이것은 CBS 특별 방송입니다! 알 수 없는 인물로부터 신경가스 공격이 있었습니다. 여러분은 아팠지만, 이제는 다시 괜찮아졌습니다. 그리고 할일이 있습니다. 어린아이들과 노인들은 모두 안전한 실내에 머물도록 해주십시오."

54

당연히! 실수도 있었다! 그러나 트라우트가 바주카포로 자동차 도난경보기를 침묵시킨 일은 실수가 아니었다. 또다시 타임쿼이크가 발생하고, 재연 기간이 지나고, 그다음에 자유의지가 재작동하기 시작할 경우 도시 지역에서 어떻게 행동해야 하는지에 관한 매뉴얼이 작성되어야 한다면, 그 매뉴얼은 모든 지역마다 바주카포를 한 문씩 비치해야 하고, 또 책임 있는 성인들은 그것이 어디 비치되어 있는지 알아야 한다고 권고해야 한다.

실수는 뭐냐고? 그 매뉴얼은 통제가 되었건 안 되었건 차량이 야기한 손해에 대해 차량 자체는 책임이 없다는 사실을 적시해야 한다. 마치 숨을 곳이 필요한 반란 노예나 마찬가지인 차량을 처벌하는 것은 시간 낭비니까! 더구나 자동차라는 이유만으로 아직 운행이 가능한 상태의 자동차나 트럭이나 버스를 희생양으로 삼으면 구조요원들과 피난자들의 교통수단을 빼앗는 것이다.

트라우트가 『나의 자동항법 십 년』에서 충고하듯이 "주차된 타인의 다지 인트레피드 자동차를 세게 치면 스트레스 증상이 잠깐 완화될지도 모른다. 그러나 모든 걸 고려했을 때, 그건 자동차 소유주의 삶에 이전보다 훨씬 더 큰 똥바가지만 남기게 될 뿐이다. 남이 당신 자동차를 대하길 바라는 방식으로 남의 자동차를 대하라."

"시동이 꺼진 자동차가 인간의 도움 없이도 스스로 시동을 걸 수 있다고 생각하는 건 순전히 미신이다." 트라우트는 계속 말한다. "자유의지가 다시 작동하기 시작한 뒤 엔진이 꺼지고 운전자가 없는 차량에서 시동키를 잡아빼야 한다면, 제발, 제발이지 그 시동키를 폭우 대비 하수구나 쓰레기가 늘어진 공터에 버리지 말고 우편함에 던져넣어라."

트라우트가 저지른 가장 큰 실수는 필경 미국문학예술아카데미 건물을 시신 안치소로 바꾼 것이었을 게다. 내부 온기를 유지하기 위해 강철 문과 문틀을 원래 위치로 다시 끼워놓았기 때문이다. 온도가 빙점보다 훨씬 아래인 바깥에다 시신을 정렬해두는 게 더 합리적이었을 것이다.

그런데 지랄같이 한참 저 위쪽 동네인 웨스트 155번 스트리트에서 당시 트라우트가 그런 걱정마저 하기를 기대할 순 없었겠지만, 정신이 돌아온 일부 연방항공청 구성원들은 지상에서의 충돌이 모두 잦아든 뒤에도 여전히 자동항법 상태로 공중에 떠 있는 비행기들이 있다는 사실을 인지했어야 했다. '타임퀘이크 이후 무감각 증후군'이 여전히 치유되지 않은 채 얼이 빠져 있는 비행기 승무원들과 승객들은 연료가 소진되고 나서 발생할 일에 대해 아무 조치도 취하지 못했다.

십 분 후, 한 시간 후, 또는 어쩌면 서너 시간 후, 더러는 6마일 상공에 떠 있는 그들의 무거운 항-공-기가 탑승자 모두를 골로 보내고 밥숟가락을 놓게 하고 말 터였다.

아프리카 자이레의 우림 지역 피그미 종족 중 하나인 음부티족에게는 2001년 2월 13일이 모든 확률 면에서 다른 여느 날보다 더 대단하지도 덜 대단하지도 않은 하루였다. 재연 기간이 끝난 후 무도한 비행기 한 대가 재수없게 어느 부족민의 머리 위에 떨어지지만 않는다면 말이다.

자유의지가 다시 작동하기 시작했을 때 모든 항공기 중에서 최악은 당연히 헬리콥터 또는 헬-기, 즉 천재 레오나르도 다 빈치(1452~1519)가 최초로 구상한 대기 회전날개였다. 헬-기는 활강비행을 할 수 없다. 헬-기는 애초부터 날기를 원한 게 아니다.

하늘에 떠 있는 헬리콥터보다 더 안전한 곳이 롤러코스터나 대관람차다.

그렇다. 뉴욕시에 비상계엄이 내려졌을 때 과거의 북미원주민박물관은 막사로 바뀌고, 킬고어 트라우트는 그의 바주카포에서 해임되었다. 문학예술아카데미 건물은 장교 클럽으로 징발되었고, 트라우트와 모니카 페퍼, 더들리 프린스와 제리 리버스는 리무진을 타고 재너두를 향해 출발했다.

전직 부랑자였던 트라우트는 값비싼 의복을 갖게 되었다. 거기에는 졸턴 페퍼의 것이었던 신발과 양말, 내의와 커프스단추, 그리고 그에 걸맞은 루이비통 여행가방이 포함되어 있었다. 모두가 모니카의 남편 졸턴이 죽어서 오히려 잘되었다는 데 동의했다. 도대체 무엇을 고대할 수 있었겠는가?

웨스트 155번 스트리트 한가운데서 졸턴의 납작하게 늘어진 휠체어를 발견한 트라우트는 휠체어를 나무에다 기대놓고 그것을 현대예술이라 불렀다. 두 바퀴가 똑같이 찌그러져 있으니 현대예술처럼 보였다. 트라우트는 그걸 알루미늄과 가죽 재질의 외발자전거를 타려는 182센티미터짜리 사마귀라고 말했다.

그는 그것을 〈21세기의 정신〉이라고 칭했다.

55

나는 오래전 켄터키경마대회에서 작가 딕 프랜시스를 만났다. 나는 그가 장애물 경마 기수 챔피언이었다는 사실을 알고 있었다. 나는 그에게 기대했던 것보다 덩치가 크다고 말해주었다. 딕 프랜시스는 장애물 경마에서 "말을 꽉 움켜쥐려면" 덩치가 커야 한다고 대답했다. 그 이미지는 내 기억의 전선에 아주 오랫동안 남아 있었는데, 내 생각에는 인생도 그것과 매우 흡사해 보일 수 있기 때문이었다. 우리의 자존감이 장애물과 울타리와 물웅덩이를 넘을 때 말 대신 자존감을 움켜쥐는 문제.

사랑하는 열세 살짜리 딸 릴리는 예쁜 사춘기 소녀가 되어서, 대부분의 미국 사춘기 아이가 그러듯이, 정말 무서워 보이는 장애물 경마에서 자신의 자존감을 최대한 꽉 움켜쥐고 있는 것 같다.

나는 릴리보다 나이가 썩 많지 않은 버틀러대학교의 새 졸업생들에게, 귀하들은 끝에서 두번째 순서인 X세대라고 불리지만, 사실은 아담과 이브 못지않은 A세대라고 말해주었다. 얼마나 헛소리였던지!

에스프리 드 레스칼리에!* 늦어도 안 하느니보다 낫다! 1996년 바로 이 순간, 다음 문장을 쓰려고 할 때가 되어서야 나는 젊은 청중에게 에덴동산의 이미지가 얼마나 무의미했을지 깨달았다. 왜냐하면 세상은 몰래 겁먹은 사람들로 가득차 있고, 또 천연이건 인조건 부비트랩들이 넘치도록 설치되어 있지 않은가.

내가 쓰려던 다음 문장은 이런 것이다. 나는 그 졸업생들에게 귀하들은 자부심과 공포를 가득 품고 말 위에 걸터앉아 장애물 경마 게이트에서 대기하는 젊은 시절의 딕 프랜시스와 같다고 말해주었어야 했다.

이런 말도 덧붙였어야 했다. 만약 준마가 위기 앞에서 자꾸자꾸 뒷걸음질치면, 그 준마는 목초지로 보내야 한다. 아직 생존해 있는 내 나이 또래나 그 이상의 많은 미국 중산층의 자존감은 지금 대부분 목초지에 나가 있고, 그곳은 살기 나쁜 곳도 아

* 프랑스어로 '계단의 정신'. '뒤늦게 떠오른 좋은 생각 혹은 농담'을 뜻한다.

니다. 거기서 그들은 우적우적 씹는다. 반추하는 것이다.

자존감의 한쪽 다리가 부러지면 그 다리는 결코 치유될 수 없다. 주인은 그 자존감을 쏴죽여야 한다. 우리 어머니와 어니스트 헤밍웨이, 과거의 내 문학 에이전트와 예지 코진스키, 시카고대학교의 주저하던 내 논문 지도교수와 에바 브라운이 모두 떠오른다.

그러나 킬고어 트라우트는 다르다. 그의 파괴될 수 없는 자존감을 나는 몹시 사랑한다. 전시건 평화시건 남자는 남자를 사랑할 수 있다. 나는 내 전우 버나드 V. 오헤어도 사랑했다.

많은 사람이 3.5파운드짜리 피에 적신 스펀지에 불과한 개의 아침식사, 즉 뇌가 충분히 잘 작동하지 않아서 실패한다. 실패의 원인은 그렇게 단순할 수 있다. 어떤 사람은 시도해도 기대한 바를 성취해내지 못한다! 그런 건 그런 거다!

내 또래 사촌 하나는 옛날 쇼트리지고등학교에서 성적이 형편없었다. 그는 몸집이 큰 인테리어 라인맨*이었고, 아주 착했다. 어느 날 그가 끔찍한 성적표를 가지고 집으로 왔다. 그의 아버지가 물었다. "이게 무슨 의미지?" 그는 이렇게 답했다. "아버지, 모르시겠어요? 난 멍청해요, 멍청하다고요."

---

* 미식축구 선수 포지션 중 하나.

내키지 않겠지만 이런 담배도 한번 피워보시라. 우리 외종조할아버지 칼 배러스는 미국물리학회의 창립 멤버이자 회장이었다. 브라운대학교의 건물 하나에 이분을 기리는 이름이 붙었다. 외종조할아버지는 그 학교에서 오랫동안 교수생활을 했다. 나는 만난 적이 없다. 우리 형은 만났다. 1996년 여름까지도 버니 형과 나는 이분을 자연계 법칙에 대한 인간의 이해를 미미하지만 깔끔하게 증대시키는 데 조용히 기여한 분이라고 생각했다.

그러나 지난 6월, 나는 버니 형에게 형의 탁월한 유전자를 물려준 훌륭한 외종조할아버지가 성취한 것 중에서 아무리 사소해도 좋으니 구체적인 발견이 있으면 알려달라고 했다. 버니 형의 반응은 결코 재깍하지도, 신속하지도 않았다. 그는 어안이 벙벙했다. 외종조할아버지 칼이 물리학자라는 직업을 매력적으로 보이게 했으면서도, 직접 성취한 일에 대해서는 결코 말해준 적이 없다는 사실을 이렇게 늦게서야 알게 되었기 때문이다.

"한번 찾아봐야겠네." 버니 형이 말했다.

모자 날아갈 각오들 하시라!

들어보시라. 외종조할아버지 칼은 1900년경 안개상자 속에서 엑스레이와 방사능이 응결에 미치는 효과에 관한 실험을 했다. 그분께서 직접 고안한 안개상자는 안개가 가득찬 목제 원통이었다. 그는 응결에는 이온화가 상대적으로 덜 중요하다는 사실을 확인하고 발표했다.

친구분들과 이웃 여러분, 그와 거의 동시에 스코틀랜드 물리학자 찰스 톰슨 리스 윌슨이 유리로 만든 안개상자를 가지고 유사한 실험을 수행했다. 빈틈없는 이 스코틀랜드인은 엑스레이와 방사능이 만들어낸 이온이 응결과 아주 밀접한 관계가 있다는 사실을 증명해냈다. 윌슨은 우리 외종조할아버지 칼이 안개상자의 목제 벽이 초래한 오염을 간과했다고, 안개를 만드는 방법이 조악했다고, 그리고 엑스레이 장치의 전기장으로부터 안개를 차단하지 않았다고 비판했다.

윌슨은 나아가 자신의 안개상자를 활용해서 전하를 가진 입자를 육안으로도 식별할 수 있는 길을 열었다. 1927년 그는 이 업적으로 노벨물리학상을 공동 수상했다.

우리 외종조할아버지는 정말 쓰레기가 된 듯한 느낌이 들었을 것이다.

56

킬고어 크라우트가 그랬듯이 뼛속까지 러다이트인 나는 수동 타자기를 두들겨서 글 쓰기를 고집한다. 러다이트라는 이름을 남긴 네드 러드도 그랬다. 19세기 초 영국 레스터셔에서 기계류를 파괴한 것으로 알려진 러드는 혹시라면 몰라도 확실히 가상의 노동자는 아니었다. 나는 그래도 트라우트처럼 노란 법률 괘선지에 펜으로 글을 쓰는 윌리엄 스타이런이나 스티븐 킹보다는 기술적으로 몇 세대 앞서 있는 셈이다.

나는 원고를 펜이나 연필로 수정한다. 지금은 맨해튼에 업무차 와 있다. 지금까지 아주아주 오랫동안 내 원고를 새로 타이핑하는 일을 해준 여성에게 전화를 건다. 이 여성도 컴퓨터가 없다. 어쩌면 나는 그녀를 해고해야 할지도 모르겠다. 그녀는 도시에서 시골 읍으로 이사했다. 나는 그쪽은 날씨가 어떠냐고 묻는다. 나는 그녀의 새 모이통에 특이한 새가 있는지 묻는다. 또 다람쥐가 그녀의 새 모이통에 접근할 길을 찾아내지는 않았는지 따위를 물어본다.

정말 그랬다, 다람쥐가 그녀의 모이통에 접근할 새로운 길을 찾아냈다. 다람쥐는 필요하다면 공중 곡예사가 될 수도 있다.

이 여성은 과거에 허리에 문제가 있었다. 나는 허리는 좀 어떤지 묻는다. 그녀가 허리는 괜찮다고 말한다. 그녀가 내 딸 릴리는 어떻게 지내느냐고 묻는다. 나는 릴리는 잘 지낸다고 말한다. 그녀는 릴리가 지금 몇 살인지 묻고, 나는 12월에 열네 살이 된다고 말해준다.

그녀가 말한다. "열네 살이라니! 아이고, 이런. 릴리가 조그만 아기였던 게 바로 엊그제 같은데요."

나는 그녀에게 타이핑해줄 원고가 몇 페이지 더 있다고 말한다. 그녀가 말한다. "좋아요." 나는 이 여성에게 원고를 우편으로 부쳐야 할 것이다. 그녀에게는 팩스가 없기 때문이다. 다시 말하건대, 어쩌면 나는 이 여성을 해고해야 할지도 모르겠다.

나는 여전히 이 도시의 브라운스톤 건물 삼층에 살고 있고, 우리 건물에는 엘리베이터가 없다. 그래서 나는 원고를 들고 계단을 쿵쾅, 쿵쾅, 쿵쾅 내려간다. 나는 아내의 사무실이 있는 일층에 도착한다. 아내가 릴리의 나이 때 가장 좋아한 읽을거리는 소녀 탐정 낸시 드루*였다.

낸시 드루와 질의 관계는 킬고어 트라우트와 나의 관계와 같다. 그래서 질은 이렇게 말한다. "어디 가?"

내가 말한다. "봉투 하나 사려고."

그녀가 말한다. "당신은 가난하지 않아. 봉투를 천 장씩 사서 벽장에 두는 게 어때?" 아내는 그게 합리적이라고 생각한다. 아내는 팩스도 있다. 전화기에 자동응답기도 있어서 중요한 메시지를 하나도 놓치지 않는다. 복사기도 있다. 아내는 이 모든 쓰레기를 다 가지고 있다.

내가 말한다. "내 속히 다녀올게."

드디어 세상 속으로 나아간다! 노상강도들! 서명 수집가들! 마약쟁이들! 진짜 직업을 가진 사람들! 아마 쉬운 일자리겠지! 유엔 직원들과 외교관들 말이다!

우리집이 유엔 건물 근처에 있어서 진짜 외국인처럼 보이는 온갖 종류의 사람들이 우리 모두처럼 최선을 다해 자기 자존감을 꽉 움켜쥐고서 불법 주차된 리무진을 부지런히 타고 내린다.

---

* 1930년부터 2003년까지 이어진 탐정소설 '낸시 드루' 시리즈의 젊고, 당당하고, 똑똑한 여성 탐정 주인공.

내가 문구류도 함께 파는 반 블록 떨어진 2번가의 신문 판매점 쪽으로 어슬렁거리며 걸어갈 때, 이 모든 외국인으로 인해 나는 마음만 먹으면 〈카사블랑카〉의 험프리 보가트나 피터 로리가 된 듯한 기분을 느낄 수 있다. 〈카사블랑카〉는 지금까지 만들어진 영화 중에서 세번째로 위대한 영화다.

누구건 뇌가 반쪽만 있어도 알듯이, 지금까지 만들어진 영화 중 가장 위대한 영화는 〈개 같은 내 인생〉이다. 지금껏 두번째로 위대한 영화는 〈이브의 모든 것〉이다.

게다가 진짜 영화 스타 캐서린 헵번을 보게 될 경우도 있다! 우리집에서 딱 한 블록 건너에 사니까! 캐서린 헵번에게 말을 걸어 내 이름을 밝히면, 그녀는 항상 이렇게 대꾸한다. "아, 그래요, 내 동생 친구, 그분 맞죠." 나는 헵번의 동생을 모른다.

오늘은 그런 행운이 없다. 하지만 까짓것. 난 철학자잖아. 난 철학자가 되어야 해.

나는 신문 판매점으로 들어간다. 딱히 살아갈 가치가 없는 삶을 살아가는 상대적으로 가난한 사람들이 로또나 여타 잡쓰레기를 사려고 줄을 서 있다. 모두가 차분하다. 이들은 내가 저명인사라는 사실을 모르는 척한다.

이곳은 힌두교도 신자가 운영하는 엄마-아빠 가게다. 진짜배기 힌두교도 말이다! 여주인의 두 눈 사이에 조그마한 루비가 있다. 그것만으로도 이 가게에 올 만한 가치가 있지. 누가 꼭 봉투가 필요하대?

여러분, 이것은 기억해주세요, 키스는 여전히 키스, 한숨은 여전히 한숨입니다.*

나는 이 힌두교도 주인 부부만큼이나 가게에 비치된 문구류에 대해 잘 알고 있다. 인류학 공부를 괜히 한 게 아니다. 도움을 받지 않고도 마닐라 일호봉투를 찾아내면서, 동시에 시카고 컵스 야구단에 관한 조크를 떠올린다. 완전히 접혀버린 시카고 컵스는 아예 필리핀 섬나라로 옮겨가서 이름도 마닐라 폴더스Manila Folders라고 바꿀 거래나 뭐래나. 그건 시원찮은 보스턴 레드삭스에 대해서도 마찬가지로 멋진 조크가 되었을 것이다.

나는 줄 맨 뒤에 서서 로또 말고 다른 것을 사는 동료 손님들과 잡담을 나눈다. 희망과 숫자점으로 뇌피질이 벗겨진 로또광들은 '타임퀘이크 이후 무감각 증후군'에 걸리기도 쉽다. 그들을 바퀴 열여덟 개짜리 트레일러트럭으로 뭉개고 지나가도 무방할 것이다. 그들은 신경쓰지 않을 테니까.

---

* 〈카사블랑카〉의 주제곡 〈세월이 가면*As Time Goes By*〉의 가사.

57

나는 신문 판매점에서 남쪽으로 한 블록 떨어진 간이 우체국으로 내려가는데, 그곳 카운터에는 내가 몰래 사랑하는 여성이 앉아 있다. 나는 이미 일호봉투에 원고를 넣었다. 봉투에 주소를 쓴 뒤 또하나의 긴 줄 맨 뒤에 서서 기다린다. 이제 우표가 필요하니까! 냠, 냠, 냠!

내가 사랑하는 그 여성은 내가 자기를 사랑한다는 걸 모른다. 포커페이스 이야기 좀 해볼까? 그녀의 눈이 내 눈과 마주치면, 그녀는 캔털루프멜론을 바라보는 거나 마찬가지다!

이 여성은 앉아서 일하기 때문에, 그리고 카운터와 그녀가 입은 작업복 때문에, 내가 본 건 그녀의 목 위쪽이 전부다. 그걸로 충분하다! 그녀의 목 위는 추수감사절 정찬과도 같다! 그녀가 칠면조 고기와 얌고구마와 크랜베리소스 한 접시처럼 생겼다는 뜻이 아니다. 내 앞에 갓 준비된 음식 같은 느낌이 든다는 뜻이다. 들이대! 들이대!

아무 장식이 없어도 이 여성의 목과 얼굴과 두 귀와 머리칼은 추수감사절 정찬이 될 만하다. 하지만 그녀는 두 귀와 목 주위에다 매일같이 새로운 걸 주렁주렁 달고 다닌다. 어떤 날은 머리를 올리고, 어떤 날은 머리를 내린다. 어떤 날은 머리가 꼽슬꼽슬하고, 어떤 날은 쫙 펴져 있다. 두 눈과 두 입술에도 못할 게 뭐 있겠는가! 하루는 드라큘라 백작의 따님에게서 우표를 산다! 다음날 그녀는 성모마리아가 된다.

지금 이 여성은 〈스트롬볼리〉에 나오는 잉그리드 버그먼이다. 하지만 여전히 저멀리 있다. 내 앞줄에는 이제 돈도 잘 못 세는 머리 빈 늙은 바보들과 알 수 없는 말을 지껄이면서도 그것이 영어라고 맹렬하게 상상하는 이민자들이 줄줄이 서 있다.

한번은 이 간이 우체국에서 소매치기를 당한 적도 있다. 누구를 위한 간이인가?

나는 기다리는 시간을 유익하게 쓴다. 내가 섬길 리 없는 멍청한 상사나 일터에 대해서, 내가 가볼 리 없는 세계 여러 지역에 대해서, 내가 절대 걸리지 않기를 희망하는 질병들에 대해서, 그리고 사람들이 소유한 여러 가지 종의 반려견들에 대해서 배우는 것이다. 컴퓨터를 통해? 아니. 나는 잃어버린 대화의 기술을 통해 그런 것들을 배운다.

마침내 이 드넓은 세상에서 나를 진정으로 행복하게 해줄 수 있는 유일한 여성이 내 봉투의 무게를 달고 우표를 붙인다. 이 여성 앞에서는 일부러 행복한 척할 필요가 없다.

나는 집으로 간다. 진짜 좋은 시간을 보냈다. 들어보시라. 우리는 바보 같은 짓을 하며 돌아다니기 위해 이 지구에 산다. 다른 누구도 이외에 다른 말은 못하게 하시라!

58

나는 재연이건 아니건 관계없이 내 인생의 자동항법 칠십삼 년 동안 문예창작을 가르쳐왔다. 나는 1965년 아이오와대학교에서 창작을 처음 가르쳤다. 그다음에는 하버드, 또 그다음에는 뉴욕의 시티 칼리지에서 가르쳤다. 이제는 더이상 가르치지 않는다.

나는 종이 위의 잉크와 친하게 지내는 법을 가르쳤다. 학생들에게 글을 쓸 때는 블라인드 데이트를 하거나 모르는 사람들에게 좋은 시간을 제공해준다고 생각해야 한다고 가르쳤다. 다르게 말하면, 실제로는 절대 고독 속에서 작업하지만, 한 명이 오고 또 모두가 함께 오는 정말 멋진 매음굴을 운영해야 한다고 가르쳤다. 나는 표음문자 스물여섯 개와, 열 개의 수와, 약 여덟 가지의 구두점을 합한 기이한 수평 조합만 가지고서 학생들이 그렇게 하기를 기대한다고 말했다. 과거에도 언제나 그랬으니까.

1996년에는 문해자와 문맹자의 관심을 끄는 일을 영화와 TV가 너무도 잘해내고 있었기 때문에, 생각해보면 너무도 이상한 내 예의범절 학교의 가치에 대해 의문을 가질 수밖에 없다. 이런 게 있다. 종이 위의 잉크만으로 이뤄지는 유혹 시도가 잉크로 얼룩진 미래의 돈 후안이나 클레오파트라에게는 너무도 싸게 먹힌다! 그들은 돈이 되는 남녀 배우를, 그다음에는 돈이 되는 감독 등을 끌어들일 필요가 없다. 대부분의 사람이 무얼 원하는지 너무 잘 아는 조울증 걸린 전문가들로부터 수백만 딸라buckareeny를 투자받을 필요도 없다.

전부 그렇다 치고, 도대체 왜 신경을 쓰냐고? 여기 나의 답이 있다. 사람들은 필사적으로 이 메시지를 받아야 한다. "나도 당신과 매우 비슷하게 느끼고 생각하며, 당신이 관심을 갖는 많은 것에 대해 관심을 가지고 있습니다. 비록 대부분의 사람이 관심을 갖지 않을지라도. 당신은 혼자가 아닙니다."

내가 입양한 세 조카 중 한 명인 스티브 애덤스는 몇 년 전까지 캘리포니아주 로스앤젤레스에서 성공한 TV 코미디 작가였다. 스티브의 형 짐은 평화봉사단 출신으로 지금은 정신과 간호사다. 스티브의 동생 커트는 모자에 스크램블드에그를 얹고 소매에는 금띠를 두른 콘티넨털항공사의 고참 조종사다. 스티브의 동생이 언제나 생업으로 원했던 건 하늘을 나는 일이었다. 꿈이 이뤄진 것이다!

스티브는 TV를 위해 쓴 자신의 모든 조크가 TV 그 자체가 만들어낸, 그것도 아주 최근에 만들어낸 이벤트에 관한 것이어야만 한다는 사실을 뼈저리게 깨달았다. 만약 어떤 조크가 고작 한 달 정도 TV에 나오지 않은 어떤 이벤트에 관한 것일 경우에는 심지어 미리 녹음된 웃음이 유도해주더라도, 시청자들은 그걸 보고 웃어야 하는지 아닌지 전혀 감을 잡지 못했다.

그거 아시는지? TV가 지우개라는 사실을?

바로 직전의 과거마저 지워진다는 것이 사실은 대부분의 사람으로 하여금 어떤 일이든 더 편안하게 이겨내도록 해줄지도 모른다. 나의 첫 아내 제인은 스워스모어 칼리지에서 역사학과의 반대에도 불구하고 파이베타카파 열쇠를 수여받았다. 제인은 역사에서 배울 수 있는 모든 것은 역사 그 자체가 전적으로 터무니없다는 사실이며, 따라서 음악과 같은 다른 것을 공부해야 한다는 글을 썼고, 구술시험에서도 그렇게 주장했다.

나도 제인의 생각에 동의했고, 킬고어 트라우트도 동의했을 것이다. 그러나 당시에는 역사가 아직 지워지지 않았다. 그리고 내가 작가로 출발했을 때만 해도 꽤 많은 독자가 내가 언급하는 사실들에 대해 긍정적이건 부정적이건 모종의 감정을 가지고 반응을 보이리라는 합리적 기대를 가지고, 아주 먼 과거의 것이라 할지라도 과거의 사건과 인물들을 언급할 수 있었다.

적절한 사례 한 가지. "이 나라의 가장 위대한 대통령이 될 에이브러햄 링컨 살해는 스물여섯 살의 삼류 배우 존 윌크스 부스에 의해 저질러졌다."

링컨 암살은 『타임퀘이크 1』의 주요 사건이다. 예순 살 미만에 역사학과 소속도 아닌 사람 중에서 도대체 누가 그런 걸 신경이나 쓰겠는가?

59

가상의 인물 일라이어스 펨브로크는 『타임퀘이크 1』의 등장 인물 중 한 명이다. 그는 로드아일랜드주의 해양 건축가이며 남북전쟁 기간에 에이브러햄 링컨의 해군성 차관이었다. 나는 그가 철갑 군함 모니터호의 동력 엔진을 고안하는 데 현저한 기여를 했지만 부인 줄리아는 등한시했다고 썼다. 줄리아는 생기 넘치는 젊은 배우이자 방탕아인 존 윌크스 부스와 사랑에 빠졌다.

줄리아는 부스에게 연애편지를 썼다. 부스가 데린저 권총으로 링컨의 뒤통수를 쏘기 이 년 전인 1863년 4월 14일 그들은 밀회를 약속했다. 그녀는 알코올의존자인 제독의 부인을 샤프롱*으로 대동하고 표면상으로는 쇼핑을 위해, 또 포위된 수도의 긴장에서 벗어나기 위해 워싱턴에서 뉴욕으로 갔다. 그들은 부스가 머무는 호텔에서 투숙 절차를 밟은 뒤, 그날 밤 부스가 윌리엄 셰익스피어의 희곡 『줄리어스 시저』 공연에서 마크 앤터니를 연기하는 걸 관람했다.

마크 앤터니를 연기하면서 부스는 자신에게 소름 끼칠 만큼 예언적인 대사를 읊게 된다. "인간이 행한 악행은 그가 죽은 뒤에도 살아남는다."

줄리아와 그녀의 샤프롱은 공연이 끝나고 무대 뒤로 가서 존 윌크스만이 아니라 그의 형제들, 브루투스를 연기한 주니어스와 캐시어스를 연기한 에드윈도 함께 축하해준다. 존 윌크스가 막내인 이 미국인 삼형제는 영국계 아버지 주니어스 브루투스 부스와 함께 영어 희곡 공연 역사에서 오늘날까지 가장 위대한 비극배우들로 남은 비극배우 가족을 이뤘다.

존 윌크스는 이제 막 만난 것처럼 줄리아의 손에 씩씩하게 입맞춤을 하며, 동시에 그녀에게 클로랄 수화물 결정체 한 꾸러미를 슬쩍 건넨다. 그건 샤프롱에게 줄 강력한 미키핀**의 원료가 된다.

줄리아는 자신이 부스의 호텔방에서 받게 될 것이라곤 샴페

---

* 젊은 여자가 사교계에 나갈 때 동행하여 보살펴주는 나이든 부인.

** 마약을 탄 술의 일종.

인 한 잔과 남은 인생 내내 고이 간직할 단 한 번의 키스뿐일 거라는 그의 말을 믿었다. 전쟁 후 로드아일랜드주로 돌아가서 보낼 남은 인생에서 그 키스마저 없다면 너무도 따분할 법한 딱 한 번의 키스. 마담 보바리!

줄리아는 자신이 샤프롱이 잠들기 전 마시는 전시戰時용 번개 위스키 한 잔에다 클로랄 수화물로 쥐덫을 놓았듯이 부스가 자신의 샴페인에다 쥐덫을 놓을 거라고는 추호도 의심하지 않았다.

땡그랑!

부스는 줄리아를 자빠뜨렸다! 그때까지 줄리아는 아기를 가진 적이 없었다. 남편의 물건에 문제가 있었다. 그녀는 서른한 살이었다! 이 배우는 스물네 살이었고!

믿기지 않으신가?

줄리아의 남편은 기뻤다. 아내가 임신을 했다? 결국 해군성 차관 일라이어스 펨브로크의 물건에는 아무 문제가 없었던 것이다! 닻을 올려라!

줄리아는 아기를 낳기 위해 로드아일랜드주 펨브로크로 돌아갔다. 펨브로크라는 읍명은 남편의 조상을 기리는 의미였다. 줄리아는 아기의 귓바퀴 윗부분이 존 윌크스 부스의 귓바퀴를 닮을까봐 죽을 만큼 두려웠다. 부스의 귓바퀴 위쪽은 둥글지 않고 악마의 그것처럼 뾰족했다. 그런데 아기의 귀는 정상이었다. 남자아이였다. 아기 이름은 에이브러햄 링컨 펨브로크라고 지었다.

미국사에서 가장 병적으로 자기중심적이고 파괴적이었던 이 악당의 유일한 후손이 그런 이름을 갖는다는 사실이 아직은 그다지 아이러니하지 않았다. 적어도 이 년 후까지는. 전신이 나른해진 줄리아의 산도 안에 사정을 한 그날 밤으로부터 정확히 이 년 후 부스는 링컨의 개의 아침식사 속으로, 링컨의 뇌 속으로 납 한 덩어리를 들여보냈다.

2001년 재너두에서 나는 킬고어 트라우트에게 존 윌크스 부스에 대해 야구장 관전평처럼 대충 어떻게 생각하는지 물어보았다. 트라우트는 1865년 4월 14일 밤 부스가 저지른 일은 "배우가 직접 대본을 창작하려 할 때면 언제나 발생할 수밖에 없는 유의 일"이었다고 말했다. 성금요일인 그날 밤 워싱턴 D.C.에 있는 포드극장에서 부스는 링컨을 쏜 뒤 칸막이석에서 무대로 뛰어내리다가 다리가 부러졌다.

60

줄리아는 누구에게도 비밀을 털어놓지 않았다. 그녀는 후회했을까? 당연히 후회했다. 그러나 사랑에 대한 후회는 아니었다. 쉰 살이 되던 1882년 그녀는 아무리 짧고 불운했을지라도 그녀에게 유일했던 정사를 기념하기 위해, 목적을 밝히지 않은 채 펨브로크연극클럽이라는 아마추어 극단을 창단했다.

그리고 에이브러햄 링컨 펨브로크는 자신이 누구의 아들인지도 모른 채 1889년에 인디언헤드방직공장을 설립했다. 이 공장은 1947년까지 뉴잉글랜드에서 가장 큰 방직공장이었다. 1947년에 노동자들이 파업을 벌이자 에이브러햄 링컨 펨브로크 3세는 공장을 폐쇄하고 회사를 노스캐롤라이나주로 옮겼다. 그후 에이브러햄 링컨 펨브로크 4세는 그것을 초국적 대기업에 팔았다. 그 대기업은 인도네시아로 회사를 옮겼고, 펨브로크 4세는 술을 마시다 죽었다.

이 혈통에서는 배우가 단 한 명도 나오지 않았다. 단 한 명의 살인자도 나오지 않았다. 뾰족귀도 나오지 않았다.

에이브러햄 링컨 펨브로크 3세는 펨브로크를 떠나 노스캐롤라이나로 가기 전 미혼의 아프리카계 미국인 가정부 로즈메리 스미스를 자빠뜨렸다. 그는 침묵을 대가로 로즈메리에게 돈을 아낌없이 주었다. 아들 프랭크 스미스가 태어났을 때 그는 이미 떠나고 없었다.

모자 날아갈 각오들 하시라!

프랭크 스미스의 귀가 뾰족했던 것이다! 프랭크 스미스는 아마추어 희곡 공연 역사에서 가장 위대한 배우가 되었다! 절반은 흑인, 절반은 백인이었던 그는 키가 170센티미터에 불과했다. 그럼에도 2001년 여름 그는 펨브로크연극클럽이 연출하고 킬고어 트라우트가 음향 효과를 담당한 로버트 E. 셔우드 원작의 『일리노이의 에이브 링컨』 무대 공연에서 주연을 맡아 놀랄 만큼 완벽한 마티네 연기를 선보였다!

이 공연 출연진의 종연파티가 재너두 해변에서의 조개구이 파티였다. 페데리코 펠리니 감독의 영화 〈8과 2분의 1〉의 마지막 장면처럼, 직접 혹은 닮은꼴 대리를 통해서라도 모두가 거기에 모여 있었다. 모니카 페퍼는 우리 누나 앨리를 닮았다. 여름철에 이런 파티를 기획하고 대가를 받는 이 지역 토박이 주방장은 세상을 떠난 나의 출판인 시모어 로런스(1926~1993)를 닮았다. 로런스는 『제5도살장』을 출판해 확실한 망각, 산산조각난 상태로부터 나를 구출해주었고 그후에도 이전에 출판한 내 모든 책을 자기 우산 밑에서 인쇄해주었다.

킬고어 트라우트는 우리 아버지를 닮았다.

트라우트가 무대 뒤에서 유일하게 음향 효과를 내야 했던 순간은 트라우트 자신이 "인조 타임퀘이크"라고 부른 이 공연의 마지막 막, 마지막 장, 마지막 장면의 마지막 순간뿐이었다. 트라우트는 인디언헤드방직공장 시절의 골동품 기적汽笛, steam whistle을 가지고 있었다. 극단 단원 중 우리 형을 아주 많이 닮은 배관공이 유쾌하고도 애처로운 이 기적에 밸브를 달아서 압축 공기탱크 위에 설치했다. 트라우트가 쓴 모든 글은 이 기적과 같았다. 유쾌하고도 애처로웠다.

극단 단원 중에는 『일리노이의 에이브 링컨』 공연에서 역할을 맡지 않았어도 이 대형 황동 수탉을 보고 나서, 또 배관공이 드레스 리허설 때 이걸 부는 소리를 듣고 나서 최소한 직접 불어보고 싶어하는 사람이 당연히 많았다. 그러나 극단은 무엇보다도 트라우트가 마침내 집으로 돌아왔으며 대가족의 중요한 일원이 되었다는 걸 실감하고 싶어했다.

극단 단원들과 재너두 가사도우미들뿐 아니라 무도장에서 모임을 하던 알코올의존방지회 지부와 도박중독방지회 지부 회원들, 그리고 삶이 망가져 이곳에서 쉼터를 찾은 여성들과 어린아이들과 할아버지들과 할머니들도 모두 나쁜 시절을 망각시켜주고 치유와 격려를 전해주는 트라우트의 주문에 고마움을 느꼈다. "당신은 아팠지만, 이제는 다시 괜찮아졌습니다. 그리고 할일이 있습니다." 전 세계가 고마움을 느꼈다.

61

트라우트는 자신이 기적을 불어야 할 신호를 놓치지 않을까, 그래서 가족의 모든 걸 망쳐버리지 않을까 몹시 두려워했는데, 그런 실수를 방지하기 위해 우리 형을 닮은 배관공이 트라우트와 기적 뒤에 서서 늙은 트라우트의 어깨에 두 손을 얹고 있었다. 이 쇼 비즈니스에서 트라우트의 데뷔 시간이 되면 배관공이 그의 어깨를 눌러주기로 했다.

희곡 공연의 마지막 장면은 일리노이주 스프링필드의 기차역 광장을 배경으로 했다. 날짜는 1861년 2월 11일. 이번 공연에서는 반쪽짜리 아프리카계 미국인인 존 윌크스 부스의 고손자가 에이브러햄 링컨 연기를 했다. 링컨은 아메리카합중국의 가장 암울한 시기에 이제 막 대통령에 당선되어 고향을 떠나 기차로 워싱턴, 하느님 그를 도우소서, D.C.로 출발하려는 참이었다.

이 장면에서 링컨은 실제 링컨이 했던 것처럼 이렇게 말한다. "지금 제 처지가 아닌 사람이라면 누구도 이 작별의 순간에 느끼는 제 슬픔을 헤아릴 수 없을 겁니다. 모든 게 이곳과 여러분의 친절 덕분입니다. 저는 이곳에서 사반세기를 살았고, 젊은이에서 늙은이가 되었습니다. 이곳에서 제 아이들이 태어났고, 아이 하나는 이곳에 묻혀 있습니다. 이제 저는 언제 돌아올지, 돌아올 수 있을지도 모르는 채 이곳을 떠납니다.

저는 주권을 가진 우리 열한 개의 주가 연방에서 분리해나가겠다는 의사를 표명하고, 전쟁의 위협이 하루하루 더 맹렬해지는 이 시기에 대통령직을 맡으라는 부름을 받았습니다.

저는 지금 막중한 임무에 직면했습니다. 그것을 준비하면서 스스로 물어보았습니다. 이 연방을 그토록 오래 유지해온 위대한 원칙이나 이상이 무엇이던가? 저는 이것이 단지 모국으로부터의 식민지 분리 문제가 아니라, 이 나라 국민에게 자유를 주고 전 세계에 희망을 준 독립선언서의 정서였다고 믿습니다. 이 정서는 인간이 언제나 꿈꾸어왔던 오래된 꿈, 인간이 머지않아 사슬을 벗어던지고 생명의 형제애 속에서 자유를 찾을 수 있다는 꿈의 성취였습니다. 우리는 민주주의를 쟁취해냈고, 이제는 그 민주주의가 살아남을 수 있는가 하는 문제가 남았습니다.

아마 우리는 그 꿈이 끝나고 잠에서 깨어나는 무서운 날을 맞고 있는지도 모릅니다. 만약 그렇다면, 그것이 영원한 끝이 아닐까 저는 두렵습니다. 저는 우리가 가졌던 기회를 인간이 언제 또다시 가질 수 있을지 믿을 수 없습니다. 어쩌면 우리는 자유와 평등이라는 우리의 이상이 쇠퇴하고 운이 다했다는 사실을 인정하고 시인해야 할지 모릅니다. 저는 어느 날 현명한 신하들에게 모든 시간과 상황에 맞고 또 적절한 문장 하나를 자신을 위해 발명하라는 임무를 준 동방의 군주 이야기를 들은 적이 있습니다. 신하들이 이런 말을 제시했답니다. '그리고 이 또한 사라지리라.'

이 말은 고통의 시기에는 위안이 될 수 있습니다. '그리고 이 또한 사라지리라.' 그러나, 그럼에도, 이 말이 진실이 아니라고 우리 함께 믿읍시다. 우리 모두 주변에는 자연의 세계를 가꾸고, 내면에는 지적, 도덕적 세계를 가꿀 수 있다는 것을 증명하기 위해 살아갑시다. 그래서 우리가 개인적, 사회적, 정치적 번영을 확고히 하고, 그것이 앞으로 전진하게 하고, 또 지구가 살아 있는 한 결코 그것이 사라지지 않도록 합시다……

여러분이 기도 속에서 저를 기억하기를 희망하듯이, 저는 여러분을 전능한 그분께 맡깁니다…… 안녕히 계십시오, 친구 여러분, 이웃 여러분."

작은 역할인 육군 장교 카바나를 연기하는 배우가 말했다. "기차 출발 시간입니다, 대통령님. 기차에 탑승하셔야 합니다."

링컨이 기차를 탈 때 군중이 〈존 브라운의 시신〉*을 노래한다.

신호수 역할을 맡은 배우가 랜턴을 흔든다.

이때가 바로 트라우트가 기적을 울려야 할 순간이었다. 그가 기적을 울렸다.

막이 내릴 때 무대 뒤에서 흐느끼는 소리가 들렸다. 대본에 없는 부분이었다. 애드립이었다. 그것은 아름다움에 관한 것이었다. 킬고어 트라우트였다.

---

* 남북전쟁 당시 북군 사이에서 유행하던 진중가요. 찬송가 곡조에 군인들이 자발적으로 가사를 붙였다. 노예해방을 위해 무장투쟁을 준비하다 교수형을 당한 백인 신앙인 '캡틴' 존 브라운을 기리는 노래다. 나중에 줄리아 워드 하우가 쓴 가사가 새로 붙으면서 〈공화국 전투가*Battle Hymn of the Republic*〉로 바뀌어 오늘날까지 이어져오고 있다.

62

극단 종연파티인 해변의 그 조개구이 파티에서 우리가 한 모든 말이 처음에는 마치 영어가 제2의 언어인 듯 머뭇거리고 미안해하는 투였다. 우리는 링컨만이 아니라 미국의 웅변에 대해서도 애도를 표했다.

그 파티의 닮은꼴 또 한 명은 이 희곡 공연의 슈퍼스타 프랭크 스미스의 어머니이자 연극클럽의 의상 담당인 로즈메리 스미스였다. 로즈메리는 노예의 손녀로 태어났으며 내가 어릴 때 인디애나폴리스에서 우리를 위해 일해준 아이다 영을 닮았다. 아이다 영은 알렉스 삼촌과 함께 내 성장에 부모 못지않은 영향을 미쳤다.

알렉스 삼촌을 조금이라도 닮은 사람은 없었다. 삼촌은 내 글을 좋아하지 않았다. 내가 『타이탄의 세이렌』을 알렉스 삼촌에게 헌정했을 때 삼촌은 이렇게 말했다. "젊은 친구들은 좋아하겠네." 아버지의 사촌 엘라 보니것 스튜어트 아주머니를 닮은 사람도 없었다. 엘라 아주머니와 남편 커퓨트는 켄터키주 루이스빌에서 서점을 운영했다. 엘라 아주머니 부부는 내 책의 언어가 외설스럽다고 생각해서 서점에 들여놓지도 않았다. 내가 작가생활을 시작할 때도 그랬다.

그 밖에 세상을 떠난 영혼들 가운데 내가 살려낼 수 있는 힘이 있어도 살려내고 싶은 영혼은 없었지만, 그럼에도 도플갱어로 참가한 사람들도 있었다. 쇼트리지고등학교의 선생님 아홉 분, 고등학교 때 나를 고용해 블록스백화점에서 십대 의류 광고 카피를 쓰게 해준 피비 허트, 그리고 내 첫번째 아내 제인, 우리 어머니, 그리고 우리 아버지의 또다른 사촌의 남편 존 라치 아저씨 등이었다. 라치 아저씨는 우리 가족의 미국 역사를 내게 가르쳐주었다. 나는 그 이야기를 『팜 선데이』에 실었다.

자기가 제인의 대리인인 줄 모르는 어떤 여자는 저멀리 킹스턴의 로드아일랜드대학교에서 생화학을 가르치는 주제넘은 여자였다. 그녀가 난데없이 내가 들을 수 있는 거리에서 이날의 공연과 석양에 관해 이렇게 내뱉었다. "다음에 무슨 일이 일어날지 너무너무 기대되네요."

2001년의 그 파티에 참석한 도플갱어는 모두 죽은 사람들의 것이었다. 시인이면서 재너두의 상임국장인 아서 가비 얼릅은 키가 작고 코가 큰 내 전우 버나드 V. 오헤어를 닮았다.

아내 질은 다행히도 살아 있어서 본인이 직접 참석했고, 내 코넬대학교 동창 녹스 버거도 그랬다. 서구문명의 실패한 두번째 자살 시도 후 녹스는 매주 다섯 편의 단편소설을 게재하는 〈콜리어〉의 편집자가 되었다. 그는 내게 케네스 리투어라는 훌륭한 문학 에이전트를 소개해주었는데, 리투어 대령은 1차세계대전 당시 참호를 향해 기총소사를 시행한 최초의 조종사였다.

트라우트는 『나의 자동항법 십 년』에서 지나가는 투로, 타임퀘이크에도 세계대전과 슈퍼볼에 번호를 붙이는 방식과 똑같이 번호를 부여하는 것이 좋을 것 같다는 생각을 밝혔다.

리투어 대령이 내 이야기 여남은 편을 팔아준 덕에 나는 제너럴일렉트릭사 일자리를 그만둘 수 있었다. 그중 몇 편은 녹스에게 팔았다. 리투어 대령 덕에 프리랜서 작가가 될 수 있었고, 아내 제인과 당시 자녀 두 명과 함께 케이프코드로 이사할 수 있었다. TV 때문에 잡지가 파산하자 녹스는 오리지널 페이퍼백 단행본 편집자가 되었다. 그는 내 책 세 권, 그러니까 『타이탄의 세이렌』『고양이집의 카나리아』『마더 나이트』를 출판했다.

녹스는 내가 작가로 출발할 수 있게 해주었고, 힘이 닿는 한 글을 쓸 수 있게 도왔다. 그다음에는 시모어 로런스가 나를 구원해주러 왔다.

본인이 직접 조개구이 파티에 참석한 사람 중에는 내 나이 절반쯤 되는 사람 다섯 명이 있었다. 내 작품에 대한 이들의 관심 덕분에 나는 인생의 황혼기에도 계속 나아가길 원할 수 있었다. 이들이 나를 보러 온 건 아니었다. 마침내 킬고어 트라우트를 만나고 싶어했다. 이들은 1996년 여름 몬트리올에서 영화 〈마더 나이트〉를 만들고 있는 로버트 위드, 내 인생과 작품에 대해 재치 있는 백과사전을 써서 출판한 마크 리즈, 나와 관련된 서지 목록을 최신으로 업데이트하고 또 나에 대해 글도 쓰는 에이사 피어렛과 제롬 클린코위츠, 내게 실크스크린을 가르쳐주고 이름에 세계대전처럼 번호가 붙어 있는 조 피트로 3세였다.

나의 가장 가까운 비즈니스 동료인 돈 파버 변호사 겸 에이전트는 사랑스러운 부인 앤과 함께 파티에 왔다. 내 사회생활 단짝 시드니 오핏도 거기 있었다. 평론가 존 레너드도 있었고, 학자 피터 리드와 로리 랙스트로도 있었고, 사진사 클리프 매카시, 그 밖에 너무 많아서 다 언급할 수 없는 친절한 낯선 이도 많았다.

직업 배우 케빈 매카시와 닉 놀트도 그 파티에 있었다.

내 자식들과 손주 녀석들은 없었다. 그건 괜찮았다, 충분히 이해할 만했다. 내 생일도 아니었고 또 내가 주빈도 아니었으니까. 그날 저녁 주인공은 프랭크 스미스와 킬고어 트라우트였다. 내 자식들과 내 자식들의 자식들에게는 구워야 할 생선들이 있었다. 아마 나는 내 자식들과 내 자식들의 자식들이 해초에 넣고 삶아야 할 바닷가재와 대합과 굴과 감자와 통옥수수가 엄청 많았다고 말해야 할 것 같다.

어쨌거나!

이건 분명히 알아주시길! 외종조할아버지 칼 배러스를 기억하며, 이건 분명히 알아주시길!

63

이것은 고딕소설이 아니다. 세상을 뜬 내 친구 보든 딜은 1급 남부 소설가였다. 너무도 남부스러워서 자기 출판사에다 메이슨-딕슨 라인* 북쪽에는 리뷰용 책도 보내지 말라고 요구했던 그는 여성 필명으로 고딕소설을 쓰기도 했다. 나는 그에게 고딕소설의 정의에 관해 물어보았다. 그는 이렇게 말했다. "젊은 여자가 낡은 집에 들어가 오줌 지릴 만큼 오싹해지는 거지요."

---

* 펜실베이니아와 메릴랜드의 경계선을 일컫는 용어로, 찰스 메이슨과 제레마이어 딕슨이 18세기 중엽에 확정한 경계선을 말한다. 남북전쟁 이전 북부의 자유주와 남부의 노예주를 구별짓는 중요한 실질적, 상징적 경계가 되었고 오늘날도 유용한 역사적, 문화적 개념으로 쓰인다.

보든 딜이 내게 그 말을 한 것은 그와 내가 국제펜클럽 대회 참가를 위해 오스트리아 빈에 가 있을 때였다. 국제펜클럽은 1차 세계대전 후 결성된 국제 작가 조직이다. 보든 딜과 나는 작품 속에서 치욕과 고통을 너무도 달콤하게 그린 19세기 말의 독일 소설가 레오폴드 폰 자허마조흐에 관해 대화를 이어갔다. 이분 덕분에 현대언어는 마조히즘이란 단어를 갖게 되었다.

보든 딜은 딱딱한 소설과 고딕소설만 쓴 게 아니었다. 컨트리 음악도 작곡했다. 그는 호텔방에 기타를 두고서 〈나는 빈에서 왈츠를 춘 적이 없다네〉라는 노래를 만들고 있다고 했다. 그가 보고 싶다. 조개구이 파티에 보든 딜을 닮은 사람이 있으면 좋겠다. 또 바로 저 앞바다에 작은 배를 탄 운 나쁜 두 낚시꾼, 지금은 성자가 된 스탠리 로럴과 올리버 하디*를 꼭 닮은 사람들도 있으면 좋겠다.

다 그렇지 뭐.

보든 딜과 나는 마조흐와 마르키스 드 사드 같은 소설가들에 대해 생각했다. 사드는 의도적으로 또는 우발적으로 새로운 단어에 영감을 불어넣었다. 물론 사디즘은 다른 이에게 고통을 가하면서 얻는 쾌락이다. 사도마조히즘은 다른 이에게 상처를 주거

* 미국의 슬랩스틱 코미디 듀오.

나 상처를 받거나 또는 스스로 상처를 주면서 오르가슴을 느끼는 것을 말한다.

보든 딜은 요즘은 이런 단어들 없이 글을 쓴다면 맥주나 물이라는 단어 없이 인생 이야기를 하려는 것과 마찬가지라고 말했다.

우리가 생각해낼 수 있는 작가 중에 우리에게 새 단어를 준 유일한 현대 미국 작가는 조지프 헬러였다. 헬러가 유명한 변태라서 그런 게 아니고, 실제로도 그는 변태가 아니었다. 그의 첫 장편소설 『캐치-22』의 제목은 내 『웹스터 대학 사전』에 이렇게 정의되어 있다. "문제 그 자체에 내재된 조건으로 인해 유일한 해결책이 거부되는 문제적 상황."

그 책을 읽어보시라!

나는 헬러가 인터뷰에서 죽음이 두려우냐고 묻는 질문에 대해 했던 말을 보든 딜에게 해주었다. 헬러는 치과 신경치료를 받아본 적이 없다고 말했다. 그가 아는 많은 사람이 신경치료를 받았다. 그가 말하기를, 그들이 하는 말을 들어보니 자기도 신경치료를 받아야 한다면 견딜 수 있을 것 같다고 말했다.

헬러는 그게 자신이 죽음에 관해 갖는 느낌이라고 말했다.

그 말로 나는 조지 버나드 쇼의 희곡 한 장면을 떠올렸다. 쇼의 인조 타임퀘이크 『므두셀라로 돌아가다』의 한 장면이다. 전체 공연 시간은 열 시간이다! 전체가 마지막으로 공연된 것은 내가 태어난 1922년이었다.

내가 떠올린 장면은 이렇다. 오랜 세월을 살아온 아담과 이브가 풍요롭고 평화롭고 아름다운 그들의 농장 입구에서 농장 주인인 하느님의 연례 방문을 기다리고 있다. 이제는 수백 번도 넘은 과거의 모든 연례 방문 동안 아담과 이브는 하느님께 모든 게 좋고 감사하다는 말밖에 할말이 없었다.

그런데 이번에 아담과 이브는 가슴이 온통 조마조마하고 두려우면서도 자랑스럽기도 하다. 아담과 이브가 하느님께 말하고 싶은 새로운 뭔가가 있는 것이다. 양조장 주인인 내 할아버지 앨버트 리버처럼 온화하고 관대하고 건장하고 원기 왕성한 하느님이 나타난다. 하느님은 모든 게 만족스러우냐고 묻는데, 당신 스스로 답을 안다고 생각한다. 왜냐하면 하느님께서 창조한 건 당신이 할 수 있는 가장 완벽한 것이었으니까.

서로를 그 어느 때보다 사랑하는 아담과 이브는 삶이 다 좋다고, 그럼에도 언젠가는 그것이 끝날 거라는 걸 알 수만 있다면 더욱 좋겠다고 말한다.

시카고는 골목길이 있기에 뉴욕보다 더 좋은 도시다. 인도에 쓰레기가 쌓이지도 않는다. 배달 차량이 큰길을 막지도 않는다.

세상을 떠난 미국 소설가 넬슨 올그런이 역시 세상을 떠난 칠레 소설가 호세 도노소에게 말했다. "길고 좁은 나라 태생이라 참 좋으시겠습니다." 올그런이 이 말을 한 것은 우리 셋이 아이오와대학교 문예창작 워크숍에서 강의를 할 때였다.

여러분은 고대 로마인들이 현명했다고 생각하시는가? 그 사람들의 습관이 얼마나 멍청한지 보시라. 로마인들이 왜 쇠퇴하고 몰락했는지에 대한 한 가지 이론은 그들의 배관이 납으로 되어 있었기 때문이라는 것이다. 배관을 뜻하는 영어 단어 plumbing의 어원은 라틴어로 납을 뜻하는 plumbum이다. 납 중독은 사람을 멍청하고 게으르게 만든다.

여러분의 핑계는 뭔가?

나는 한참 전에 어느 여성으로부터 감상에 젖은 편지 한 통을 받았다. 그 여성은 나도 감상에 젖은 사람이라는 걸 알았는데, 즉 북부 민주당원이라는 말이다. 임신을 한 그녀는 순진무구한 작은 아기를 이토록 나쁜 세상에 태어나게 하는 것이 실수가 아닌지 알고 싶어했다.

나는 살아 있음을 조금이라도 가치 있게 만들어주는 건 내가 만난 성자들, 이기적이지 않고 유능하게 행동하는 사람들 때문이라고 답장했다. 이런 성자들은 예기치 않은 장소에 나타난다. 어쩌면 사랑하는 독자 여러분이 그 여성의 사랑스러운 아기가 만나게 될 성자이거나 그 성자가 될 수도 있다.

나는 성악설을 믿는다. 나는 성선설도 믿는다. 주위를 둘러보시라!

크산티페는 남편 소크라테스가 바보라고 생각했다. 레이 숙모는 알렉스 삼촌을 바보라고 생각했다. 우리 어머니는 아버지가 바보라고 생각했다. 내 아내는 내가 바보라고 생각한다.

나는 다시 거칠어지고 천진해졌으며, 다시 코맹맹이 소리를 하고 히죽거리는 어린아이가 되었다. 쉬이 매혹당하고 성가셔하고 어찌할 바를 모르게 되었다.

그리고 조개구이 파티에서 로럴과 하디의 닮은꼴들이 해안에서 겨우 50야드 떨어진 곳에서 뱃놀이를 하고 있을 때, 킬고어 트라우트는 젊은 사람들이 총싸움이 많이 나오는 영화를 좋아하는 이유가 그런 영화가 죽는 걸 전혀 아프지 않게 묘사해주기 때문에, 그래서 총을 가진 사람들을 "프리랜서 마취과의사"처럼 보이게 하기 때문이라고 말했다.

트라우트는 너무도 행복했다! 인기도 너무 많았다! 그는 줄턴 페퍼의 턱시도와 풀 먹인 흰색 와이셔츠와 진홍색 장식 허리

띠와 나비넥타이로 화려하게 치장했다. 혼자서 나비넥타이를 맬 줄 모르던 내게 우리 형이 해주던 것처럼, 나는 트라우트의 방에서 정장을 입은 그의 뒤에 서서 넥타이 매는 것을 도와주었다.

그날 해변에서는 트라우트가 어떤 말을 해도 웃음과 갈채가 쏟아졌다. 그는 믿을 수 없었다! 그는 피라미드와 스톤헨지가 만들어진 건 중력이 너무 약해서 거대한 바위를 소파 쿠션처럼 이리저리 던져도 되던 시기, 그래서 사람들이 너무도 좋아하던 그런 시기였다고 말했다. 사람들은 이야기를 더 해달라고 졸랐다. 그는 「다시 키스해 주세요」의 한 구절을 들려주었다. "아름다운 여인이 충분히 긴 세월을 그 외모에 걸맞게 살아갈 방법이란 없지요. 땡그랑!" 사람들은 트라우트가 오스카 와일드만큼이나 재치 있다고 말했다!

이해하시라, 그가 조개구이 파티 이전에 경험했던 가장 큰 규모의 청중은 2차세계대전 때 유럽에서 전방 관측병으로 근무할 당시의 포병대가 유일했으니까.

"땡그랑! 이 맛에 사는 거 아니겠습니까?" 트라우트가 모두에게 큰 소리로 말했다.

나는 사람들 뒤쪽에서 이렇게 대답해주었다. "트라우트 선생님, 당신은 아팠지만, 이제는 다시 괜찮아졌고. 그리고 할일이 있습니다."

내 강연 담당 에이전트 재닛 코즈비도 거기에 있었다.

오래전 이미 절판된 SF를 쓴 이 늙은 소설가는 열시가 되자 이제 자기는 잠자리에 들 시간이라고 말했다. 그는 가족인 우리에게 마지막으로 하고 싶은 말이 있었다. 관객 속에서 자원자를 찾는 마술사처럼, 누군가 자기 옆에 서서 자기가 말하는 대로 해달라고 부탁했다. 내가 손을 들고 말했다. "저요, 선생님, 저요."

내가 트라우트 오른쪽 옆에 자리를 잡고 서자 사람들이 조용해졌다.

"'우주'는 너무너무 팽창했습니다." 그가 말했다. "유일한 예외는 우리가 경험한 그 십 년간의 작은 오류뿐이었습니다. 그래서 이제는 가장 터무니없이 긴 시간을 투자할 가치가 있는 여행을 빛의 속도로도 할 수 없게 되어버렸습니다. 사람들이 한때 가장 빠른 것으로 여겼던 빛이 이제는 조랑말 특급우편처럼 역사의 무덤 속으로 들어가버렸습니다.

저는 지금 제 옆에 용감하게 서주신 이분께 저 위 하늘에서 스러져가는 빛으로 반짝이는 점 두 개를 선택해줄 것을 부탁드립니다. 반짝이기만 하면 그게 뭐건 상관없습니다. 반짝이지 않으면 그건 행성이나 위성입니다. 오늘밤 우리는 행성이나 위성에는 관심이 없습니다."

나는 10피트 정도 떨어진 빛 두 개를 선택했다. 하나는 북극성이었다. 다른 하나가 뭔지는 전혀 몰랐다. 내가 아는 거라곤 그게 트라우트의 비비탄 크기의 별인 퓨크라는 것뿐이었다.

트라우트가 말했다. "두 점 모두 반짝입니까?"

내가 말했다. "예, 반짝입니다."

트라우트가 말했다. "맹세할 수 있습니까?"

"가슴에 성호를 긋고 맹세합니다." 내가 말했다.

"아주 훌륭합니다. 땡그랑!" 그가 말했다. "자, 이제, 그 반짝이는 두 빛이 어떤 천체건 간에 확실한 건 이겁니다. '우주'가 너무 희박해져버린 탓에 한 지점에서 다음 지점으로 빛이 이동하는 데는 수천, 수백만 년이 걸릴 겁니다. 땡그랑? 이제 빛 하나를 정확히 바라보고, 그다음에 다른 빛 하나를 정확히 바라봐주세요."

"알겠습니다." 내가 말했다. "두 빛을 다 봤습니다."

"일 초 정도 걸린 것 같은가요?" 그가 말했다.

"일 초밖에 안 됩니다." 내가 대답했다.

트라우트가 말했다. "한 시간이 걸렸다고 하더라도 상관없습니다만, 그사이에 두 천체가 있던 두 지점 사이에는 빛의 속도보다 최소 백만 배는 빠른 어떤 것이 지나갔을 겁니다."

내가 말했다. "그게 뭔가요?"

트라우트가 말했다. "당신의 인식입니다. '우주'에 새로운 성질이 있다는 당신의 인식 말입니다. 그것은 인간이 존재하기에 생기는 겁니다. 지금부터 물리학자들은 우주의 비밀에 대해 고

민할 때 에너지와 물질과 시간뿐 아니라, 아주 새롭고 아름다운 그 무엇, 바로 인간의 인식도 계산에 넣어야 합니다."

트라우트는 그 매혹적인 저녁에 우리에게 해줄 마지막 말을 하려다가, 왼쪽 엄지손가락 바닥으로 틀니의 윗부분이 미끄러지지 않게 고정하면서 잠시 말을 멈췄다.

틀니가 무사히 고정되었다. 트라우트의 마지막 말은 이것이었다. "인식이라는 단어보다 더 좋은 단어가 생각났습니다. 그것을 영혼이라 부릅시다." 그가 잠시 말을 멈췄다.

트라우트가 말했다. "땡그랑?"

에필로그

내 유일한 남자 형제인 버나드 형은 이십오 년간 홀아비로 살다가 각종 암의 오랜 발현 끝에 극심한 고통 없이 나흘 전인 1997년 4월 25일 오전 여든두 살의 나이에 세상을 떠났다. 형은 뉴욕주립대학교 올버니 캠퍼스의 대기과학연구센터 수석 명예 연구원이었고, 훌륭한 다섯 아들의 아버지였다.

나는 일흔넷이다. 우리 누나 앨리스가 살아 있었다면 일흔아홉이 될 터였다. 누나가 마흔한 살에 참담한 죽음을 맞이할 때 나는 이렇게 말했다. "앨리 누나는 얼마나 멋진 노년의 숙녀가 되었을까." 그런 행운은 없었다.

버나드 형은 좀더 운이 좋았다. 형은 자신에게 걸맞게 사랑받고, 유쾌하고, 즐겁고, 고도로 지적인 괴짜 늙은이로 죽었다.

형은 아주 마지막 순간에 앨버트 아인슈타인의 어록집에 매료되어 있었다. 어록집에는 예컨대 이런 것이 있다. "우리가 경험할 수 있는 가장 아름다운 것은 신비로운 어떤 것이다. 신비로운 것은 모든 진정한 예술과 과학의 원천이다." 또 이런 것도 있다. "물리학의 개념들은 인간정신의 자유로운 창조물이다. 그리고 아무리 그렇게 보일지라도, 그 개념들은 외부세계만으로 결정되지 않는다."

아인슈타인이 한 말 중 가장 유명한 것으로는 이런 게 있다. "나는 하느님이 세계를 가지고 주사위 놀이를 한다고는 믿지 않겠다." 버나드 형도 우주를 대하는 데 너무도 열린 태도를 취했고, 극한 상황에서는 기도가 도움이 될 수 있다고 생각했다. 항상 실험가였던 버니 형은 아들 테리가 후두암에 걸렸을 때 아들의 회복을 위해 기도했다. 테리는 정말로 살아남았다.

요오드산은의 경우에도 그랬다. 그는 이 물질의 결정체가 얼음물 결정체처럼 구름 속 과냉각 물분자가 어떻게 얼음으로, 눈으로 변화하는지를 밝혀주지 않을까 궁금해했다. 버니 형은 실험을 했다. 성공했다.

버니 형은 전문직생활의 마지막 십 년간 아주 오랫동안 널리 인정받아온 뇌우 속 전하에 관한 패러다임을 부정하려 노력했다. 그는 뇌우 속 전하가 어디서 오는지, 어디로 가는지, 어떤 작용을 하고 또 왜 그런지에 관한 기존의 패러다임에 반대했다.

형이 쓴 백오십 편 이상의 논문 중에서 마지막 논문이 유고로 발표될 예정인데, 그 논문에서 설명하는 실험이 그의 주장이 옳았는지 글렀는지 분명히 밝혀줄 것이다.

어느 쪽이건 형은 질 수 없다. 실험 결과가 어찌되었건, 그는 굉장히 흥미로운 결과들을 발견하게 되는 것이기에. 어느 쪽으로 결론이 나도 미친듯이 웃게 될 것이다.

대화할 때 형은 나보다 더 웃겼다. 대공황 시기에 나는 영화나 라디오에 나오는 코미디언들에게서 배운 것 못지않게 많은 조크를 버니 형을 따라다니면서 배웠다. 또한 형이 나를 웃긴다고 생각해준 걸 영광으로 여겼다. 그는 결국 자기를 즐겁게 해준 나의 조크를 모아 작은 수첩까지 만들었다. 그중 하나는 내가 스물다섯 살이었을 때 알렉스 삼촌에게 쓴 편지였다. 당시 나는 아직 아무 작품도 발표하지 않은 상태였고, 제너럴일렉트릭사의 홍보 담당자로 일하기 위해 아내와 아들을 데리고 이제 막 시카고에서 뉴욕주 스케넥터디로 이사간 참이었다.

내가 그 일자리를 잡은 것은 버니 형이 어빙 랭뮤어, 빈센트 섀퍼와 협동으로 구름씨 실험을 해서 GE사 연구소의 저명인사가 되고, 회사가 홍보를 담당할 정규직 언론인을 고용하기로 결정했기 때문이었다. 버니 형의 제안으로 GE사는 멀리 시카고시 뉴스국에서 특종 기자로 일하고 있던 나를 고용했다. 또한 나는 당시 시카고대학교에서 인류학 석사과정중이었다.

나는 당시 알렉스 삼촌이 버니 형과 내가 GE사에서 일한다는 사실을, 게다가 내가 홍보부에서 일한다는 사실을 알고 있으리라 생각했다. 삼촌은 모르고 있었다!

그리고 알렉스 삼촌은 〈스케넥터디 가제트〉발로 여러 신문사들에 공동 배급된 버니 형의 사진을 보았다. 삼촌은 신문사에 편지를 써서 조카에 대해 "아주 조금 자랑스럽다"고 말하고, 그 사진을 한 부 가지고 싶다고 말했다. 삼촌은 1달러를 동봉했다. 〈스케넥터디 가제트〉는 GE사로부터 사진을 입수했기 때문에 삼촌의 요청을 나의 새 고용주에게 전달했다. 우리의 새 사장님은 충분히 사리에 맞게, 그 편지를 내게 전달해주었다.

나는 GE사의 푸른색 편지지에 이렇게 답신을 써서 보냈다.

GENERAL ELECTRIC
COMPANY
GENERAL OFFICE SCHENECTADY, N. Y.

뉴욕, 스케넥터디 5
리버 로드 1
1947년 11월 26일

알렉스 보니것 씨 귀하
인디애나주, 인디애나폴리스 4
개런티 빌딩 7C1

존경하는 보니것 씨

〈스케넥터디 가제트〉의 시내 뉴스 편집자이신 에드워드 시마 씨가 귀하의 11월 26일자 편지를 제게 맡기셨습니다.

제너럴일렉트릭사의 버나드 보니것 박사의 사진은 저희 사무실에서 최초로 배포한 것이 맞습니다. 그러나 저희 자료실에는 현재 그 사진 인쇄본이 더이상 남아 있지 않으며, 원본 음화는 미 육군 통신대가 소유하고 있습니다. 더구나 저희에게는 귀하의 푼돈 사전 동봉 요청 따위에 시간을 허비하는 것보다 훨씬 더 중요한 일들이 산더미처럼 쌓여 있습니다.

저희가 그 B급 짝퉁 스타인메츠 박사의 다른 사진은 확실히 좀 가지고 있습니다. 이 사진들은 제가 널널한 시간에 귀하에게 보내드릴 수 있습니다. 하지만 재촉하지는 마십시오. 정말 "아주 조금 자랑스럽다"면서요! 하! 보니것이라고! 내 참! 저희 사무실이 귀하의 조카를 키워냈고, 그래서 달걀 껍데기처럼 그를 단번에 박살내버릴 수도 있습니다요. 하오니 사진을 일이 주 내에 받지 못하더라도 제발 법석을 떨지는 마시기 바랍니다.

덧붙여서 말씀드립니다만, 제너럴일렉트릭사에게 1달러는 그 유명한 말처럼 폭풍 속의 방귀에 불과합니다. 여기 반송해드립니다. 한곳에다 몽땅 날려버리진 마시기를.

진심을 담아서,

뉴욕주 본사 홍보과

수탁자: 가이 포크스*

독자 여러분도 보시듯 나는 영국사에서 악명 높은 '가이 포크스'라는 이름으로 서명을 했다.

알렉스 삼촌은 너무나 큰 모욕감을 느껴서 꼭지가 돌아버렸다. 삼촌은 회사 고위직의 누군가로 하여금 저자세로 사과하게 만들고 또 편지를 쓴 사람의 목을 날려버릴 수 있는 법률적 조치를 알아보기 위해 내 편지를 변호사에게 가지고 갔다. 그는 GE사 회장에게 편지를 써서 당신 회사에 1달러의 가치를 모르는 직원이 있다는 말을 해줄 요량이었다.

---

* 1605년 영국에서 가톨릭 탄압에 반대해 제임스1세 시해와 의회 폭파를 기도한 이른바 화약음모사건의 주모자로 사형에 처해진 인물. 이 이름에서 '친구' '녀석'을 의미하는 영어 단어 'guy'가 유래했다.

그런데 이런 조치를 밟기 전에 누군가 삼촌에게 역사 속 가이 포크스가 어떤 인물이었는지, 그리고 내가 어디에 있는지, 그리고 또 너무도 유쾌하고도 괴기스러운 그 편지가 내가 보낸 조크임을 말해주었다. 알렉스 삼촌은 자기를 바보로 놀린 나를 죽이고 싶었을 것이다. 나는 그저 삼촌을 포복절도하게 만들려는 의도였을 뿐이지만, 삼촌은 결코 나를 용서하지 않았을 것이다.

만약 삼촌이 내 편지를 제너럴일렉트릭사에 보내 정신적 보상을 요구했다면 나는 해고되었을 것이다. 그랬다면 나와 내 아내와 아들이 어찌되었을지 모르겠다. 『자동 피아노』와 『고양이 요람』, 그리고 몇 편의 단편소설들의 소재를 만나지도 못했을 것이다.

알렉스 삼촌은 가이 포크스 편지를 버니 형에게 주었다. 버니 형은 임종 때 그 편지를 내게 주었다. 그러지 않았다면 그 편지는 영원히 사라져버렸을 것이다. 그런데 편지는 남아 있다.

타임퀘이크 아닌가! 나는 다시 1947년으로 돌아가서, 제너럴일렉트릭사에서 일을 막 시작하고, 재연 기간이 시작된다. 우리는 모두 좋건 싫건 처음 그 시간에 했던 것과 똑같은 일을 그대로 반복해야 한다.

최후의 심판의 날에 언급되어야 할 정상참작 사유가 있다. 우리는 애초에 태어나게 해달라고 부탁한 적이 없다.

나는 우리 가족의 귀염둥이 아기였다. 이제는 내가 자랑해 보일 사람이 아무도 없다.

올버니의 세인트피터스병원 호스피스 병동에서 버니 형의 마지막 열흘 동안 그를 알고 지낸 한 여성은 죽어가면서 우리 형이 보여준 태도가 "고상하고 품위 있었다"고 설명했다. 얼마나 멋진 형인가!

얼마나 멋진 말인가.

옮긴이의 말

열네 편의 장편소설과 다섯 편의 희곡, 수많은 단편소설(집), 그리고 논픽션을 남긴 커트 보니것(Kurt Vonnegut, 1922~2007)은 신랄한 풍자와 블랙유머로 잘 알려진 현대 미국 작가이다. 보니것의 작품은 자전적이면서도 보편적이고, SF적이면서도 사실적이고, 경박하면서도 심각하며, 풍자적이면서도 동시에 진지한 주제를 다룬다. 보니것이 2007년 4월 11일에 타계했다는 사실을 감안하면, 1997에 출판된 『타임퀘이크』가 보니것의 마지막 소설이라는 사실이 믿기 힘들 수 있다. 왜 보니것은 『타임퀘이크』를 마지막으로 근대 인문학의 최고 예술 형식인 장편소설 장르를 생의 후반기 십 년 동안 멀리했을까? 옮긴이의 말은 이 질문에 대한 미봉의 답변 형식을 취하고자 한다.

『타임퀘이크』는 의인화된 우주가 138억 년 만에 처음으로 팽창을 멈추고 잠시 경련을 일으킨다는 기상奇想, conceit에서 출발하여 파괴적인 인간문명에 대해 근본적 비판을 제기하는 내용으로 이루어져 있다. 우주의 경련으로 인한 십 년간의 '타임퀘이크'와 동시에 소설 속 '보니것'은 작가로서의 '폐색', 소설 서사의 종언, 인간문명의 자살 위기를 동시에 경험한다. 이런 위기 속에서 '보니것'은 자신의 또-다른 자아인 킬고어 트라우트를 내세워 인류를 구원하고자 한다. 이 점에서 『타임퀘이크』는 폭력과 전쟁을 중단해달라는 보니것의 간곡한 인문적 탄원서이다. 『타임퀘이크』는 또 인간의 영혼과 상상력, 그리고 그것의 산물인 문학·예술의 회생에 대한 보니것의 간절한 소망의 표현이다. 이 작품은 또 인간의 자유의지에 기초한 진정한 반성만이 문명의 최종적 자살을 막을 수 있다는 보니것의 휴머니즘 선언이기도 하다.

그런데 보니것은 이러한 주제를 엄숙하고 진지하게 일관적으로 제시하지 않는다. 보니것은 내용과 플롯으로 말하는 작가가 아니라, 형식과 형식의 파편으로 '이야기하는' 작가이다. 보니것은 이 점에서 빅토르 위고나 레프 톨스토이가 아니다. 보니것을 족적이 가장 뚜렷한 미국의 초현대 거장으로 자리매김해주는 것은 대표작 『제5도살장』과 『타임퀘이크』에 똑같이 나타나는 다음과 같은 특징들 때문이다.

우선 보니것은 모더니즘적이면서도 동시에 포스트모더니즘적인 작가이다. 산업혁명 이후 서구문명은 '인간소외'로 상징되는 야만적 근대를 탄생시켰다. 이에 대해 엄숙한 주제의식과 독특한 문체로 맞선 것이 모더니즘이었다면, 보니것은 이 주제의식은 공유하면서도 포스트모더니즘적 형식, 예컨대 시공간 혼동을 활용하는 SF적 기법, 여러 장르를 뒤죽박죽 섞어놓는 장르의 '스튜'화, 이야기를 찢어발기는 파편화된 서사 기법 등을 주로 사용한다. 보니것은 현대의 자살적 문명에 대해 낭만적 몽환이나 모더니즘적 엄숙주의로는 맞설 수가 없으며, 어쩌면 짙은 패배의 전조가 지금 여기에 이미 나타나 있음을 알고 있다. 그래서 보니것은 통렬한 풍자를 마지막으로 제시하며, 근대 교양의 최고봉인 거대서사·장편소설의 종언을 예감하며 작고 사소한 파편적 '이야기들'에 몰두하기 시작한 것인지 모른다.

『타임퀘이크』에서 보니것은 자전적 경향에 크게 의존한다. 20세기 말 영미소설의 서사는 존 바스가 말한 '소진의 문학'을 경험하게 되고, 그에 따라 자전적·주관적 요소의 (재)활용이 두드러진다. 이것 또한 장르의 혼동, 경계의 와해, 주관과 객관의 어우러짐이라는 포스트모더니즘 문화 현상의 결과이기도 하다. '객관적' 역사·철학마저 일종의 허구·문학적 글쓰기에 불과했다는 인식이 두드러지면서 주관과 객관, 허구와 사실, 문학과 역사·철학, 기억과 기록 등이 뒤섞이게 되고, 소중한 개인의 '기억의 장소'들이 더욱 중시되게 되었으며, 이런 흐름 속에서 보니것은 오스카 와일더의 『우리 읍내』처럼 소중한 자전적 일화들을 파편적 포스트모던 서사 덩어리 속으로 감싸넣는다.

세번째, 보니것은 지구행성과 외계행성의 평행이론을 중시하는 일종의 SF 기법을 『타임퀘이크』에서도 활용하고 있다. '타임퀘이크'로 인한 인생의 십 년 반복과 그로 인한 자유의지의 재확인이라는 주제는 1960년대 이후 발전해온 '뉴웨이브' SF 경향을 반영한다. 최근 여성문학(옥타비아 버틀러, 어슐러 르귄, 마거릿 애트우드)과 소수자 문화(조던 필)에 거의 주류처럼 되어버린 '뉴웨이브' SF는 전통 SF가 중시하던 '새로운 장치novum', 예컨대 시·공간 여행이나 외계인 조우와 같은 거대 경험보다, 오히려 사소하고 낯선 사회문화적 요소들과의 개념적 조우를 통해 문명에 대한 반성을 촉구하는 주제 중심의 현대 SF 경향이다. 말하자면 보니것은 『제5도살장』에서와 마찬가지로 『타임퀘이크』에서도 거대 스펙터클보다는 소소한 '가상의 문법what if'을 통해 인간문명에 대한 우주적 질문을 제기한다.

보니것은 미국식 풍자의 화신이다. 블랙유머라고 알려진 보니것식 풍자는 로마의 '메니피언 풍자', 모어의 자기비하 조크, 라블레·스위프트·스턴의 과학·정치 풍자에서 마크 트웨인의 미국식 풍자로 이어지는 긴 전통 위에 서 있다. 특히 트웨인-보니것의 미국식 풍자는 언뜻 보기에 실없어 보이는 가벼운 조크나 외설적이고 병적인 어두운 유머 속에 면도날같이 통렬한 풍자의 송곳을 품고 있다. 그러니 보니것 독자들은 문학을 가볍게, 그럼에도 누구보다 진중하게 읽을 줄 안다. 그리고 인간의 영혼과 상상력과 이야기를 누구보다 사랑한다.

『타임퀘이크』를 번역하면서 보니것의 조크와 한국의 엄숙주의 사이의 미묘한 타협을 고려하지 않을 수 없는 사정이 있었다. 상호텍스트적인 부분과 다른 작가 · 작품의 재인용 또는 패러디 부분이 모두 옮긴이 자신의 직접 번역인 이유도 그런 사정 때문이다. 보니것 특유의 고도 풍자와 상상을 살리기 위해 한 구절 한 문장 옮긴이 나름대로 뒤틀지 않을 수 없었기 때문이다. 물론 보니것은 독자에 따라 천차만별로 이해되고 오해될 수 있다. 다만 현대 미국소설을 전공한 사람으로서 최선을 다해 우리말로 옮기려고 노력했다는 말씀은 드리고 싶다.

끝으로 상상력과 문학과 예술에 대한 무차별 공격이 그 어느 때보다 창궐하는 이 시기에 지구 저쪽의 귀한 이야기를 우리말로 번역할 소중한 기회를 주신 문학동네와 지뢰밭같이 위험한 표현들을 꼼꼼하게 순화시켜주신 정혜림 편집자에게 감사드린다.

유정완

커트 보니것 연보

1922년 미국 인디애나주 인디애나폴리스에서 독일계 이민자 커트 보니것 시니어와 이디스 보니것 사이의 3남매 중 막내로 태어남. 본명은 커트 보니것 주니어.

1940년 코넬대학교에 입학해 생화학을 공부함. 〈코넬 데일리 선〉 편집을 맡음.

1943년 미 육군에 입대해 육군 특별 훈련 프로그램의 일환으로 카네기공과대학과 테네시대학교에서 기계공학 교육을 받음.

1944년 어머니 이디스가 자살하고 석 달 후 유럽으로 파견됨. 벌지 전투에서 정찰병으로 적후를 살피던 중 독일군에게 포로로 잡혀 드레스덴으로 끌려감.

1945년 드레스덴 폭격에서 운좋게 살아남음. 이 경험은 이후 『제5도살장*Slaughterhouse-Five*』의 소재가 됨. 송환 후 소꿉친구인 제인 마리 콕스와 결혼함. 시카고대학교 대학원에서 인류학을 공부함.

1946년 시카고대학교에서 논문이 통과되지 않아 학위를 받지 못함.

1947년 아들 마크 출생. 뉴욕주 스케넥터디에서 제너럴 일렉트릭사의 홍보 담당자로 일함.

1949년 큰딸 이디스 출생.

1950년 첫 단편 「반하우스 효과에 대한 보고서*Report on the Barnhouse Effect*」를 비롯, 단편 몇 편을 지면에 발표함.

1951년 제너럴 일렉트릭사를 그만두고 매사추세츠주로 이사함.

1952년 『자동 피아노*Player Piano*』 출간.

1954년 작은딸 나넷 출생. 고등학교 영어 교사, 광고기획사 카피라이터, 자동차 영업사원 등의 일을 병행함.

1957년 아버지 커트 보니것 시니어 사망.

1958년 매형이 열차 사고로 사망하고 그 직후 누나마저 병으로 죽자, 누나의 세 아이를 양자로 들임.

1959년 『타이탄의 세이렌*The Sirens of Titan*』 출간.

1961년 『마더 나이트*Mother Night*』 『고양이 집의 카나리아*Canary in a Cathouse*』 출간.

1963년 『고양이 요람*Cat's Cradle*』 출간.

1965년 『신의 축복이 있기를, 로즈워터 씨*God Bless You, Mr. Rosewater*』 출간.

1967년 드레스덴을 방문함.

1968년 『몽키하우스에 어서 오세요*Welcome to the Monkey House*』 출간.

1969년 『제5도살장』 출간.

1970년 하버드대학교에서 문예창작 강의를 함. 희곡 〈생일 축하해, 완다 준*Happy Birthday, Wanda June*〉이 공연됨.

1971년 시카고대학교에서 『고양이 요람』을 논문으로 인정받아 뒤늦게 석사학위를 받음. 제인과 별거하고 뉴욕으로 이사함. 이후 뉴욕에서 사진작가이자 아동소설가인 질 크레멘츠를 만남.

1972년 미국 PEN 부회장에 선출됨. 『제5도살장』이 영화화되어 그해 칸 국제영화제 심사위원상, 이듬해 휴고상 드라마틱 프리젠테이션 부문 수상.

1973년 전미예술가협회 회원으로 선출됨. 뉴욕시립대 영문학 석좌교수가 됨. 인디애나대학교에서 명예박사학위를 받음. 『챔피언들의 아침식사*Breakfast of Champions*』 출간.

1974년 에세이, 여행기 등을 모은 『웜피터, 포마 그리고 그랜펄룬*Wampeters, Foma and Granfalloons*』 출간.

1976년 『슬랩스틱*Slapstick*』 출간. 이때부터 주니어를 빼고 커트 보니것이라는 이름으로 책을 출간함.

1979년 『제일버드*Jailbird*』 출간. 제인 마리 콕스와 정식으로 이혼하고 질과 결혼함.

1980년 그림책 『해 달 별*Sun Moon Star*』 출간.

1981년 연설문, 에세이 등을 모은 『종려주일*Palm Sunday*』 출간.

1982년 『데드아이 딕*Deadeye Dick*』 출간.

1984년 자살을 시도했으나 실패함.

1985년 『갈라파고스*Galápagos*』 출간.

1987년 『푸른 수염*Bluebeard*』 출간.

1990년 『호커스 포커스*Hocus Pocus*』 출간.

1991년 에세이 『죽음보다 나쁜 운명*Fates Worse Than Death*』 출간.

1996년 『마더 나이트』가 영화화됨. 영화에 커트 보니것 본인도 카메오로 등장함.

1997년 『타임퀘이크*Timequake*』 출간. 소설가로서 은퇴를 선언함.

1998년 『챔피언들의 아침식사』가 영화화됨.

1999년 미출간 단편들을 모은 단편집 『배곰보 코담뱃갑*Bagombo Snuff Box*』, 가상 인터뷰를 모은 『신의 축복이 있기를, 닥터 키보키언*God Bless You, Dr. Kevorkian*』 출간.

2000년 집에 화재가 나 병원 치료를 받음. 뉴욕주 작가로 지명됨.

2005년 에세이 『나라 없는 사람*A Man Without a Country*』 출간.

2007년 맨해튼 자택 계단에서 사고로 머리에 큰 상처를 입고 입원, 몇 주 후 사망함.

2008년 미발표 작품집 『아마겟돈을 회상하며*Armageddon in Retrospect*』 출간.

2009년 미발표 단편집 『카메라를 보세요*Look at the Birdie*』 출간.

2011년 미발표 단편집 『세상이 잠든 동안*While Mortals Sleep*』 출간.

2012년 미발표 작품집 『멍청이의 포트폴리오*Sucker's Portfolio*』 출간.

2013년 졸업식 연설문 모음 『그래, 이 맛에 사는 거지*If This Isn't Nice, What Is?*』 출간.

TIMEQUAKE
KURTVONNEGUT

지은이 **커트 보니것**
1922년 11월 11일 미국 인디애나폴리스에서 태어났고, 2007년 4월 11일 세상을 떠났다. 『타이탄의 세이렌』 『마더 나이트』 『고양이 요람』 『제5도살장』 등의 소설과 풍자적 산문집 『신의 축복이 있기를, 닥터 키보키언』을 발표했다. 1997년 『타임퀘이크』 발표 이후 소설가로서 은퇴를 선언했고, 회고록 『나라 없는 사람』을 남겼다.

옮긴이 **유정완**
경희대학교 영어영문학과와 동 대학원에서 학사와 석사학위를 마쳤다. 뉴욕시립대학교에서 「포스트임피리얼 서사: 폴 오스터, 돈 드릴로, 팀 오브라이언」으로 박사학위를 받았다. 현재 경희대학교 영어영문학과에서 현대 미국 문학 및 미국 문화를 강의하고 있다. 경희대학교 후마니타스칼리지 학장과 한국미국소설학회 회장을 역임했다. 옮긴 책으로 『포스트모던의 조건』 『마오 II』 등이 있다.

문학동네 세계문학

타임퀘이크

초판 인쇄 2022년 10월 5일 | 초판 발행 2022년 10월 24일

지은이 커트 보니것 | 옮긴이 유정완
책임편집 정혜림 | 편집 김정희 이희연 고선향
디자인 이보람 유현아 | 저작권 박지영 형소진 이영은 김하림
마케팅 정민호 이숙재 박치우 한민아 이민경 안남영 왕지경 김수현 정경주
브랜딩 함유지 함근아 김희숙 고보미 박민재 박진희 정승민
제작 강신은 김동욱 임현식 | 제작처 상지사

펴낸곳 (주)문학동네 | 펴낸이 김소영
출판등록 1993년 10월 22일 제2003-000045호
주소 10881 경기도 파주시 회동길 210
전자우편 editor@munhak.com | 대표전화 031) 955-8888 | 팩스 031) 955-8855
문의전화 031) 955-3578(마케팅) 031) 955-8861(편집)
문학동네카페 http://cafe.naver.com/mhdn
인스타그램 @munhakdongne | 트위터 @munhakdongne
북클럽문학동네 http://bookclubmunhak.com

ISBN 978-89-546-8897-0 03840

www.munhak.com

웃음과 유머로
절망에 맞선 작가

커트 보니것

Kurt Vonnegut

제5도살장 정영목 옮김

드레스덴 폭격을 소재로 한, 커트 보니것의 대표작. 시간과 시간 사이를 떠도는 빌리 필그림의 유쾌하고 황당한 이야기 뒤에 숨어 있는 비관론과 허무주의, 그리고 인간에 대한 희망. 오직 보니것만이 쓸 수 있는 독특한 반전反戰 소설.

제5도살장: 그래픽노블 공보경 옮김

'만화계의 아카데미상' 아이너스상을 두 차례 수상한 만화가이자 기획자 라이언 노스가 각색하고 스페인의 저명한 만화가이자 일러스트레이터 앨버트 먼티스가 그림을 그렸다. "정신분열증적" 방식으로 서술된 『제5도살장』을 누구나 직관적으로 이해할 수 있는 작품이다.